JULIANA DANTAS

no silêncio do mar

AUTORA BEST-SELLER DA VEJA

JULIANA DANTAS

no silêncio do mar

Rio de Janeiro, 2019

Copyright © 2019 por Juliana Dantas
Todos os direitos desta publicação são reservados à Casa dos Livros Editora LTDA. Nenhuma parte desta obra pode ser apropriada e estocada em sistema de banco de dados ou processo similar, em qualquer forma ou meio, seja eletrônico, de fotocópia, gravação etc., sem a permissão do detentor do copyright.

Diretora editorial: Raquel Cozer
Gerente editorial: Renata Sturm
Editora: Diana Szylit
Edição de texto: Isadora Attab
Revisão: Luisa Tieppo e Renata Lopes Del Nero
Capa, projeto gráfico e diagramação: Marilia Bruno

Os pontos de vista desta obra são de responsabilidade de seu autor, não refletindo necessariamente a posição da HarperCollins Brasil, da HarperCollins Publishers ou de sua equipe editorial.

Dados Internacionais de Catalogação na Publicação (CIP)
Angélica Ilacqua CRB-8/7057

D213n	
	Dantas, Juliana
	No silêncio do mar/Juliana Dantas. - 1. ed. - Rio de Janeiro: HarperCollins, 2019.
	256 p.
	ISBN 978-85-9508-584-8
	1. Ficção brasileira I. Título.
19-1512	CDD B869.3
	CDU 82-3(81)

HarperCollins Brasil é uma marca licenciada à Casa dos Livros Editora LTDA.
Todos os direitos reservados à Casa dos Livros Editora LTDA.
Rua da Quitanda, 86, sala 218 — Centro
Rio de Janeiro, RJ — CEP 20091-005
Tel.: (21) 3175-1030
www.harpercollins.com.br

> **“** *Mesmo que o mar esteja calmo na superfície, algo pode estar acontecendo nas profundezas.* **”**

O mundo de Sofia – Jostein Gaarder

Para Karla – eu disse que ia escrever.
E para Arthur, um anjo no céu.

PRÓLOGO

Não consigo dizer com exatidão quando foi que me apaixonei.

Ou quando ela deixou de ser apenas uma paixão para se tornar a razão de tudo.

Quando ela caiu, eu a segurei.

Quando chorou, enxuguei suas lágrimas.

Quando ela cometeu o pior crime que alguém pode cometer, eu a encobri.

A protegi.

Eu me tornei seu cúmplice.

parte 1

Superfície

CAPÍTULO 1 – ANA

A primeira coisa que sinto quando noto a mulher chorando em frente ao mar é temor.

Sua presença me faz interromper meus passos, intrigada. Com os joelhos na areia e os olhos perdidos, ela contempla a imensidão azul como se esta pudesse levar seu sofrimento para longe.

Na verdade, não entendo a atração que o mar exerce nas pessoas.

Para mim, é apenas uma enorme quantidade de água salgada e perigosa que envolve aqueles que creem em seu poder mágico, em um abraço traiçoeiro, levando-os para suas profundezas.

Eu prefiro mil vezes a tranquilidade de uma piscina, como a que tínhamos no jardim do meu pai. Grande, linda e segura. Aprendi a nadar quando era tão pequena que sequer me recordo das aulas. Por isso, tenho a impressão de que sabia lidar com a água desde sempre.

Como qualquer criança, adorava passar horas brincando dentro dela – era meu lugar preferido, na verdade. E, naquela época, não entendia por que minha tia Norma, a irmã de meu pai que veio passar férias com a gente quando eu tinha cinco anos, ficou tão espantada quando descobriu que eu ainda não conhecia o oceano.

— Como é que vocês vivem em uma cidade com as praias mais bonitas do país e não levam a filha de vocês para ver o mar? — perguntou, inconformada, para minha mãe.

Não me lembro qual foi a resposta de mamãe naquele momento, mas não me importei quando tia Norma me contou que iríamos à praia.

// 13

Pareceu uma grande aventura para uma menina: conhecer um lugar novo e diferente.

Lembro de como fiquei abismada com aquela imensidão azul, as ondas gigantes que pareciam engolir as pessoas... Eu me segurei à cintura de tia Norma, puxando com os dedos aflitos seu maiô de oncinha enquanto ela ria, me encorajando a entrar na água.

— Você não ama isso, Ana? Esse silêncio? — ela perguntou, fechando os olhos.

Eu realmente não entendi nada, já que aquelas ondas gigantes que quebravam na areia eram bem barulhentas. Mas confesso que, apesar do medo, fiquei um tanto curiosa, e me aproximei cautelosa das ondas que lamberam meus pés, afundando-os na areia. Aquilo era tão mágico!

Fascinada, soltei as mãos de tia Norma e me arrisquei um pouco mais, com a água cobrindo minhas pernas curtas e depois minha cintura. Eu ria enquanto me preparava para nadar naquela espécie de piscina mágica em movimento, meus braços ansiosos querendo se mover por entre as ondas, até que, de súbito, fui arremessada para trás.

Assustada, abri a boca para gritar, mas a água a invadiu e escorregou pela minha garganta, fazendo-me engolir um bocado dela. Sal e perigo. Meu coração disparou de medo. Tentei mexer meus membros para voltar à superfície, mas o mar não deixava. A água mágica queria me levar embora.

Não me recordo direito de como fui tirada de lá. Tenho uma breve lembrança de ser alcançada por um par de braços que me arrastaram entre as ondas enquanto a água ainda insistia em entrar pela minha boca e pelo meu nariz. Já na areia, as mesmas mãos fortes massagearam meu peito enquanto eu vomitava toda a água e o horror daquele momento.

Daquele dia ficaram apenas pequenos fragmentos de memórias, as quais eu fazia muito esforço para esquecer, assim como todo o medo que senti de ser tragada pela água e nunca mais voltar. Desde então, passei a odiar o mar e suas ondas traiçoeiras.

Retornei muito feliz para minha piscina e fiz dela o meu lugar predileto pelos próximos anos. Foi ali que eu me escondi com meus amigos imaginários quando minha mãe foi embora, ainda naquele ano, e nunca mais voltou, deixando minhas lágrimas de saudade se misturarem à água e ao cloro.

Também foi com a sua ajuda que eu me tornei popular entre os amigos da adolescência. O lugar onde aconteciam as melhores festas e eu podia fingir que era querida por ser quem eu era, e não por morar em uma mansão e ter um pai rico.

E foi na beira da piscina que conheci Gael. O cara que amava o mar. Que era tão profundo, misterioso e, talvez, perigoso quanto o oceano. E o mais curioso é que, agora, tanto o mar quanto Gael são meu refúgio, ainda que o meu medo persista. De alguma maneira, ainda resisto. Ao mar e a Gael.

* * *

Saindo de meu devaneio, volto a atenção para a mulher chorando. A observo de uma distância segura, com a varanda de casa à minha frente, os braços cruzados como um escudo. Eu sou um escudo.

Essa praia na qual nossa casa foi construída é muito isolada, e apesar de existirem outras residências espalhadas nas proximidades, não parece haver ninguém hospedado em nenhuma delas. Afinal, é inverno, e não há nada de sedutor em enfrentar um frio tão rigoroso como o do Sul de frente para o mar gelado.

Mesmo assim, *ela* está aqui. Maculando nosso refúgio.

Por um momento, aquele temor também me faz sentir raiva. Uma vontade incontrolável de me aproximar dela e exigir que vá embora. Esse pensamento descabido permeia minha mente por alguns instantes.

"Não seria a primeira vez que isso acontece", sussurra uma voz dentro de mim. Afasto-a com a mesma força que gostaria de usar para afastar a intrusa.

Estará ela sozinha? É hóspede de alguma casa vizinha? Ou apenas alguém passando?

Um vento mais frio chicoteia minha pele e estremeço, o suéter azul-claro não é o bastante para conter a onda gelada que varre meu corpo.

Demora um pouco para eu entender que o frio vem de dentro de mim. O frio do medo. Da apreensão. Da certeza de que a minha tranquilidade está próxima de ser perdida.

— Ana!

A voz de Gael me alcança e eu me viro, deixando a estranha e suas lágrimas sozinhas na areia. Entro em casa quando ele me chama novamente. Dessa vez, há um quê de aflição em sua entonação.

— Estou aqui — sussurro, mas sei que ele não ouviu, pois surge no mezanino com um olhar preocupado. Seus cabelos são uma linda bagunça, os fios escuros se espreguiçando para todos os lados depois de uma noite de sono. O peito nu sobe e desce num esforço para respirar, provando que deve ter passado algum tempo me caçando pela casa.

— Onde diabos você estava?

Presto atenção enquanto ele desce de vez as escadas. Sua voz agora adquire um tom entre frustrado e aborrecido, e seus olhos descansam nos meus, inquisidores. É incrível como ele faz com que eu me sinta uma menina de dezessete anos quando me encara assim.

A idade que eu tinha quando nos conhecemos. Me faz lembrar do quanto eu detestava e temia o que ele me fazia sentir com apenas um olhar. Acho que ainda há dentro de mim um resquício daquele temor. E daquela menina.

— Fui andar na praia. — Passo por ele e entro na cozinha enorme, branca e moderna. Tudo nesta casa é enorme e moderno. A cara de Gael: bonito e sofisticado. Impecável.

Escuto seus pés descalços me seguindo enquanto ligo a cafeteira e fixo a atenção além da cozinha, meus olhos viajando através da janela. Daqui, ainda consigo ver a mulher chorando.

— Quem é ela? — questiono, como se Gael tivesse todas as respostas.

Ele se coloca atrás de mim para ver de quem estou falando. É pelo menos uma cabeça mais alto do que eu, de maneira que consegue enxergá-la com facilidade.

— Eles chegaram ontem, no crepúsculo — responde, sem emoção.

Me viro para perscrutá-lo. Agora está intrigado, porque provavelmente percebeu que ela está chorando.

— Eles? — A desconfiança agarra meu coração de novo, fazendo as batidas falharem.

Dessa vez, Gael me encara. Assim, de perto, seus olhos são tão escuros que parecem um pântano sombrio. Mergulho neles por alguns instantes. Sinto-me sufocar como naquele dia no mar.

— Um casal — responde, me estudando. Sei que está tentando ler minha mente. Ele gosta muito de fazer isso. Às vezes, acho que consegue.

Volto minha atenção para a mulher na areia.

— Chegaram com o nevoeiro... — murmuro.

Ontem o frio estava mais forte do que de costume. As ondas altas impediram que Gael entrasse no mar, como faz todas as tardes. É sua hora preferida: quando o sol baixa no horizonte e a brisa fresca se transforma em um vento impressionante, deixando o mar revolto. Parece muito destemido quando tira a roupa e entra na água, como um guerreiro indo à luta. E ele sempre vence.

Porém, ontem, até a coragem de Gael fraquejou diante do nevoeiro que chegou sem aviso, cobrindo tudo. Eu devia ter imaginado que algo ruim estava para acontecer.

— Por que eles estão aqui? — Sei que Gael percebe a desconfiança na minha pergunta porque sinto suas mãos tocando meus braços. Fecho os olhos, muito ciente do calor daquele corpo recém-acordado perto do meu.

Luto contra a vontade de me encostar nele e deixar que sussurre em meu ouvido que não há nada a temer. Que estamos protegidos aqui e que ele vai me proteger. E por um momento, é tudo o que quero. Tudo o que preciso. Mas ainda há um pedaço de mim alerta. Que *precisa* se manter alerta.

— Ana, você não pode ter medo para sempre. — Sua voz sai baixa e rouca dentro do meu ouvido. Por um instante, acho que está falando diretamente com meu medo.

Me irrito e saio do espaço que seus braços formaram ao meu redor. Percebo suas mãos caindo sem utilidade do lado de seu corpo. Frustradas.

As minhas estão trêmulas quando apanham a cafeteira e despejo o líquido escuro na caneca.

— Não gosto disso. — Deixo transparecer o medo em minha voz.

— Temos que nos acostumar. — Ele dá de ombros e olha novamente para a mulher.

— Por que será que ela está chorando?

Me dou conta de que Gael não está surpreso ou curioso com o choro da estranha, o que não é de seu feitio, muito pelo contrário: ele sempre foi um cara atencioso, gentil e preocupado com o sofrimento alheio.

— Vou tomar um banho. — Ele ignora minha pergunta, descolando os olhos da visitante. — Não saia de casa sem uma blusa. Vai adoecer.

— Estou de blusa — refuto, levando a caneca à boca. O café queima minha língua.

— Não é o suficiente.

Reviro meus olhos.

— Como sabe? — Dessa vez, encaro Gael em desafio, e por um momento é como se voltássemos no tempo. Quando eu era apenas aquela menina tola. E ele, o cara mais lindo e inatingível que eu já tinha visto.

— Eu sempre sei. — Sua resposta arrogante me faz rir para a xícara. É uma reação típica dele. Me faz ter a ilusão, mais uma vez, de que ainda somos as mesmas pessoas de antigamente.

Mas isso não é possível.

O riso morre em meus lábios e, quando o encaro, ele está me observando daquele jeito que antes eu não sabia o que era. Que me atraía e me irritava ao mesmo tempo, e fazia algo estranho pesar em meu estômago.

Hoje eu sei.

— Está bem, papai! — resmungo, me levantando e colocando a caneca na pia. Há louça suja do jantar para lavar.

Ele rosna com raiva e sorrio secretamente. Sei que Gael odeia quando eu faço essa comparação. E eu, de fato, tinha parado com isso, pelo simples motivo que é doloroso demais falar do meu pai agora.

Bem, talvez a dor esteja cicatrizando, porque consegui fazer aquela piada.

— Se eu fosse seu pai, talvez te desse umas palmadas para deixar de ser teimosa! — repete o que disse para mim tantas vezes, quando ele não perdia tempo em demonstrar o quanto me achava imatura. Queria parecer muito mais velho do que eu, sendo que nossa diferença de idade era de apenas seis anos.

— Mas você não é. E, na verdade, isso me parece meio pervertido. — A brincadeira sai da minha boca antes que consiga me dar conta das implicações, e as palavras flutuam entre nós, cheias de significado.

Ainda é estranho pensar que podemos fazer esse tipo de brincadeira. E acho que a mesma coisa passa pela cabeça de Gael.

Espero uma resposta que não vem. Um misto de alívio e frustração me acoberta quando escuto seus passos indo para longe. Mesmo contra a minha vontade, começo a lavar a louça da pia.

Mais um dia normal.

Meu olhar viaja até a praia de novo, procurando a mulher, mas ela não está mais lá. E eu finjo que nunca esteve.

Eu sempre fui boa nisso: fingir.

antes

Eu tinha dezessete anos quando ele apareceu na minha vida.

Eu sabia que o sol queimava minha pele e que ficaria vermelha como um camarão, mas não queria ser a garota chata que não aguenta uma tarde de bronzeamento debaixo de trinta e sete graus com as amigas. O verão naquele ano estava especialmente quente, daqueles que os programas de TV aconselham a não se expor ao sol por muito tempo.

Como a maioria dos jovens de dezessete anos, eu não ligava nem um pouco para aquele conselho. Ou para qualquer outro.

— Sua casa é incrível, Ana! — Karine, minha mais nova melhor amiga, saiu pelas portas francesas que davam para a piscina carregando uma taça de Coca-Cola como se fosse um cosmopolitan e gingando os quadris bronzeados que o biquíni florido mal comportava.

Sorri, me ajeitando na espreguiçadeira e colocando os óculos de sol.

— Eu sei.

— Você é muito sortuda de ter uma casa como essa. Deve dar festas incríveis por aqui! — Karine sentou ao meu lado, passando mais bronzeador.

— Seria incrível se o pai da Ana fosse mais legal — Laila comentou, saindo da piscina. Ela era tão curvilínea, bronzeada e linda quanto Karine. Porém, enquanto Karine tinha cabelos pretos e lisos que chegavam até o meio das costas, Laila ostentava madeixas loiras, não naturais como as minhas, mas com grossas luzes estrategicamente colocadas. Eu a conhecia desde que tínhamos catorze anos.

— Pais são um saco. — Karine se solidarizou.

— Na verdade, eu dava festas aqui sempre que meu pai viajava.

— Mas, da última vez, ele chegou e nos pegou em flagrante! — Laila completou, rindo.

— E sua mãe?

Desviei o olhar, incomodada. Odiava quando perguntavam sobre a minha mãe.

— Ela não mora com a gente.

— Ah, mas...

— Enfim — interrompi —, a festa estava ótima, meu pai apareceu do nada, mandou todo mundo embora e me colocou em um castigo eterno.

— Como assim, "castigo eterno"?

— Festas, nunca mais — Laila resmungou. — Eu falei pra Ana que é só esperar o pai dela sair de casa de novo. Ele vai viajar na semana que vem, não vai?

— Se ele me pegar outra vez, estou lascada, Laila! Ele disse que me manda pra Suíça.

— Meu Deus, Suíça? Achei que isso só existisse nos livros! — Karine riu.

— Eu também, mas com meu pai, nunca se sabe! Ele é...

— Um chato — completou Laila.

Eu não poderia deixar de concordar. Porém, o que minhas amigas não sabiam é que meu pai nem sempre foi aquele cara severo e rígido. Ele já tinha sido alegre e sorridente um dia. Carinhoso comigo. Mas minha mãe levou consigo todo o lado bom que existia nele quando foi embora.

Karine comentou:

— Eu acho que a Laila tem razão, hein? Ele é um chato! Ele viaja bastante? O que ele faz?

— Você não sabe? O pai da Ana é dono do Mondiano — Laila citou o restaurante mais famoso do meu pai.

— Uau! Um cara me levou lá uma vez, é superchique! Seu pai é chef?

— Não, mas minha mãe era — sussurrei e logo me arrependi. Eu não falava sobre minha mãe. Não queria que ninguém ficasse curioso. Muito menos Karine, que eu acabara de conhecer em uma balada algumas semanas antes. — Vou nadar, estou pegando fogo!

Me levantando, andei até a beira da piscina e pulei. Deixei que o peso do meu corpo me levasse para baixo por alguns instantes, forçando meus pulmões a quase explodirem. Gostava daquela dor. Me fazia esquecer pensamentos indesejáveis. Sentimentos indesejáveis.

Quando não aguentava mais, movi meus braços de forma graciosa pela água, nadando até o outro lado, e emergi inspirando uma longa lufada de ar.

— Achei que teria que pular aí dentro para te salvar.

A voz masculina me fez abrir os olhos, aturdida.

* * *

Nunca irei esquecer a primeira vez que vi Gael Caballero. O sol da tarde criava um raio de luz sobre sua cabeça de cabelos escuros. Por um momento, achei que tinha me afogado e um daqueles anjos negros da Bíblia de que minha vó tanto falava tinha vindo me buscar. Mas, no instante seguinte, a figura deu um passo à frente e percebi que estava diante de apenas um homem comum.

Bem, "comum" não era uma palavra com a qual eu pudesse descrevê-lo. Ele era o que a Laila chamaria de "galeto": um cara muito gato na gíria de Floripa. E, quando estendeu a mão para mim, não pensei muito antes de segurá-la e deixar que ele me puxasse da piscina.

Assim que saí da água, deixei meus olhos curiosos percorrerem sua figura imponente, desde os sapatos lustrosos, passando pelo terno preto de caimento impecável, até seu rosto bronzeado. Várias coisas passaram pela minha cabeça naquele momento: caramba, ele era alto! E, nossa, ele era realmente bonito, com olhos tão escuros como nunca vi na vida. O cabelo também escuro e meio bagunçado, e aquela barba por fazer que causava um contraste curioso com o terno elegante. Era como se... não combinasse. O cara de olhos perigosos, cabelos rebeldes e barba sexy com o terno sóbrio. Num dia de sol.

— Você está queimada. — Foram suas palavras para mim, quebrando o silêncio que durou apenas alguns segundos enquanto eu o media.

Enrubesci, dando um passo para trás e tirando minha mão da sua. Só naquele momento percebi que ele ainda a segurava.

— Quê? — indaguei, confusa. De onde tinha saído aquele cara?

— Sua pele. Está queimada. — Apontou para meus ombros. — Não devia estar nesse sol. É perigoso. Ainda mais para peles brancas como a sua. Não sabia?

— Ah, tá... E quem é você? E por que está me dando uma bronca? Tipo...

— Ana. — Outra voz masculina se interpôs antes que o estranho pudesse me responder. Eu virei e vi meu pai vindo em nossa direção.

Meu pai, Fernando Mondiano, era um cara bonito para seus sessenta anos, com cabelos grisalhos e um porte elegante. Ele se casou quando já era um homem de quase quarenta anos, enquanto minha mãe tinha apenas vinte e dois.

Às vezes eu me perguntava se não era por isso que ela não estava mais conosco.

— Estou vendo que já conhece o Gael.

— Na verdade, ainda não sei quem ele é. — Minha voz saiu petulante. Olhei de soslaio pelo quintal e percebi que Karine e Laila espiavam a conversa, interessadas. Aquilo me fez erguer mais ainda o queixo, orgulhosa, ignorando o fato de que estava usando um minúsculo biquíni branco e pingando água. E, sim, que meus ombros estavam começando a arder.

— Este é Gael Caballero. Meu novo assistente. Gael, esta é Ana Sofia, minha filha.

Gael estendeu novamente a mão para mim. Dessa vez, não a segurei. Não sei dizer por quê.

— Caballero? Que sobrenome diferente.

— É argentino. — Ele não pareceu incomodado com o fato de eu não ter pegado sua mão.

— Mas ele mora no Brasil desde pequeno — meu pai explicou. — E vai ficar hospedado aqui em casa até conseguir um apartamento.

— Sei... — Não disfarcei minha preocupação.

Desde que minha mãe foi embora, só morávamos eu e papai naquela casa enorme. Nós tínhamos muitos parentes e amigos, mas eles nunca se hospedavam com a gente. Muito menos os vários empregados de meu pai, que iam embora assim que o trabalho terminava. Por que justamente aquele cara tinha que ficar?

— Gael, fique à vontade, a casa é sua! — meu pai continuou, alheio à minha perturbação. — Vou deixar você se instalar. Encontre-me no Mondiano depois.

Ele se encaminhou para dentro de casa e eu fui atrás.

— Eu ainda não entendi... Por que ele vai ficar aqui?

— Eu já falei. Gael não é da cidade. Acabou de chegar de São Paulo.

— Você nunca hospedou nenhum empregado aqui. Por que esse cara?

— O pai dele é um amigo antigo.

— Ainda não entendi.

— Tenho alguns bons pressentimentos sobre esse rapaz. Ele tem futuro.

— Como assim?

— São negócios, Ana. Eu não sou mais jovem. Preciso de alguém de confiança que assuma por mim um dia.

Arregalei os olhos em choque.

— Sério? E essa pessoa é aquele cara lá fora?

— Ele tem potencial para ser.

— Ele não é tão mais velho do que eu!

— Tem vinte e três anos. Acabou de se formar, com louvor. É o cara certo, posso sentir. Tem muita ambição. E muita vontade de agradar. Gosto disso.

— Me parece bem puxa-saco, isso sim!

— Você nem o conhece, Ana.

— Ele está vestido com um terno todo preto em um dia de trinta graus!

— Coisa de paulista.

— Você disse que ele era argentino...

— Nasceu lá, mas mora em São Paulo há muitos anos.

— E por que ele tem que ficar hospedado aqui em casa?

— Porque sim. Espero que seja educada com ele.

— Se ele for comigo!

— Ele vai ser. Sabe que é minha filha e que deve ser tratada com respeito.

— Está confiando demais num cara que você nem conhece direito...

— Ana, deixe de ser mimada! Vai fazer bem ter outra pessoa aqui. Especialmente para cuidar que o que aconteceu da última vez que eu viajei não aconteça de novo.

— Ah... Vai dizer que agora esse tal de Gael é minha babá?

— Se você quiser entender assim. Ele é só uma pessoa muito centrada, vai ser um bom exemplo pra você. Pense nele como um irmão que nunca teve.

E com essas palavras meu pai saiu de casa. Pude ver pela janela da sala quando entrou no carro e deu partida, me lançando um último aceno. Como se aquelas notícias não tivessem acabado de sair da sua boca e atingido minha vida como uma granada.

Quando dei por mim novamente, Gael estava se aproximando.

— Você não parece muito feliz — ele disse.

— Não tenho motivos para estar. — Sabia que estava sendo rude, mas não conseguia evitar.

— Porque eu vou ficar hospedado aqui? Essa casa é enorme, qual o problema?

— Que sorte a sua, não? Ficar hospedado na mansão do chefe!

— Não é tanta sorte assim se tenho que ficar na sua companhia.

— Ah! — Abri a boca, chocada com a afronta. — Seu cretino! Vou contar para o meu pai o que você disse!

Ele riu, nem um pouco preocupado.

— Pode contar.

— Hum... Meu pai parece ter muita confiança em você.

— Ele deve ter mesmo.

Observei sua expressão arrogante. A postura despreocupada, as mãos nos bolsos da calça.

— Não concordo com meu pai, se quer saber.

— Por que acha que uma adolescente tem mais experiência para julgar o caráter de alguém do que seu pai?

— Não sou adolescente!

— Achei que tinha dezessete, não tem?

— Em breve faço dezoito. Sou quase adulta. E por isso é melhor que você não tente bancar minha babá.

— Babá?

— Eu sei bem por que meu pai te colocou aqui. Para me vigiar.

— Então você precisa ser vigiada? O que anda aprontando?

— Nada! Mas só... fique longe de mim!

— É impressão minha ou você não gosta de mim?

— Não é impressão!

— Eu sabia que você devia ser uma garotinha mimada, mas não imaginei que fosse tanto.

— Não sou garotinha e muito menos mimada!

— Calma, eu já entendi que você não gosta de mim, mas não tem motivos para me odiar. Essa casa é tão grande que provavelmente nem vamos nos esbarrar. E não se preocupe que não vou roubar suas bonecas, estragar seus esmaltes ou pedir seus biquínis emprestados. Estou aqui para trabalhar e demonstrar meu valor, e a última coisa que quero é ser babá de uma pirralha como você.

— Vai se foder! — esbravejei e dei meia-volta, furiosa, para sair de perto dele.

Nesse processo, e com o pé molhado, escorreguei, quase caindo. Gael imediatamente estendeu a mão, me segurando e impedindo que eu fosse ao chão.

— Olha a boca suja! — Ele riu quando puxei o braço, irritada. — E vá se enxugar, está molhando toda a casa!

Espumando de raiva, andei em velocidade na direção da piscina, onde Karine e Laila continuavam torrando no sol. Fechei a porta de vidro com força, mas ainda podia ouvir a odiosa risada de Gael ecoando em meu ouvido.

Num reflexo, toquei meu braço, onde seus dedos estiveram.

— Uau, Ana, que cara gato! — disse Karine ao me ver entrando.

— Ele é um idiota! — rosnei, me enxugando com movimentos bruscos.

— Ele é lindo, não percebeu? — Laila me cutucou. — E vai ficar aqui na sua casa?

— É um empregado do meu pai. — Ignorei a pergunta. É claro que eu notei. Mas preferia não ter notado. — Um puxa-saco, pelo que percebi. E já saquei que meu pai o colocou aqui para me vigiar! Ou seja, nada mais de festas para nós.

— Será que ele também é careta assim? — Laila fez um bico. — Nem é tão mais velho que a gente!

— Mas é o capacho do meu pai! Acredite, eu já saquei tudo. Melhor que fique bem longe de mim! Tomara que seja péssimo e meu pai o demita logo.

— Nossa, mas você não gostou mesmo dele, hein? — Karine riu.

Eu não respondi, era bastante óbvio. Eu mal conhecia Gael e já o detestava, só queria que ele ficasse longe de mim.

Mas parecia que o universo tinha outros planos...

CAPÍTULO 2 – ANA

Na manhã seguinte, caminho pela praia com o vento furioso castigando meus cabelos. Ainda é muito cedo e o nevoeiro cobre tudo com um manto espesso. Aperto o passo e continuo em frente, os pés afundando na areia e os braços cruzados para manter o suéter no lugar. Tenho um destino certo.

A residência dos novos vizinhos é uma construção moderna. Incrustada em uma pedra, tem grandes paredes de vidro no andar superior e uma bonita varanda. É quase tão impressionante quanto a de Gael, mas menos imponente. Será que ele havia visto essa casa quando construiu nosso refúgio? Era típico de Gael querer uma casa maior e mais vistosa.

Paro a alguns metros, respirando com dificuldade. Meu coração está disparado e sei que não é por causa do cansaço da caminhada.

Fixo o olhar na casa. Embora tivesse a clara intenção de vir até aqui, agora não sei bem o que fazer. Deveria voltar e esquecer da presença dos intrusos, mas não posso negar que estou curiosa.

De repente, escuto vozes alteradas vindas do segundo andar. Pelas janelas de vidro que vão do chão ao teto, avisto um homem. Ele está de costas, mas vejo que tem os ombros tensos e as mãos gesticulam freneticamente, percebo que está discutindo. Não consigo distinguir o que ele diz, pois a força das ondas quebrando nas pedras rivaliza com seu tom furioso.

Dou mais um passo na direção da casa, tomada pela curiosidade de saber o que discutem. Uma voz feminina diz algo, mas não consigo vê-la. O homem se vira na direção da janela e eu paro, com medo que me note. É quando vislumbro sua imagem mais nitidamente. Ele usa óculos por cima dos olhos tempestuosos, se aproxima do vidro e bate com o punho. Dou um passo para trás de sobressalto. Sei que deveria me afastar, porém continuo ali. Até que as vozes cessam e o homem se afasta do meu campo de visão.

Quando a porta da frente se abre, levo a mão ao peito, um tanto aturdida. E antes que consiga me esconder de quem vem ali, surge uma mulher com um olhar atormentado. Reconheço-a de quando a vi chorando em frente ao mar.

Por um momento, ela não me vê. Para na varanda, as mãos segurando com força a cerca, inspirando longas lufada de ar. Percebo que está tentando não chorar.

"Não quero vê-la chorar de novo", é um pensamento estranho que toma minha mente quando ela levanta o olhar e nota a minha presença. Sua expressão é de espanto e, depois, de vergonha, quando se dá conta de que eu a observava em um momento íntimo de aflição.

— Me desculpe. — Dou um passo para trás. Porém, ela se aproxima, enxugando uma lágrima fortuita no rosto. Tem os cabelos castanhos curtos e mal cortados, como se não se importasse com a aparência.

— Eu que peço desculpas — diz ela estendendo a mão. — Você deve ser a vizinha, não?

Observo a mão estendida com certo receio. E mesmo querendo dar meia-volta e sair correndo — como uma criança que é pega fazendo arte —, seguro a mão da desconhecida e até finjo um sorriso brilhante. Gael uma vez disse que meu sorriso podia ser mais quente que o sol.

— Eu sou Lívia — ela se apresenta quando solto a mão.

— O que fazem aqui? — Ignoro que, pela educação, deveria me apresentar também.

— Viemos passar um tempo, eu e meu marido. — Novamente, seu olhar está cheio de tormenta. Me pergunto se são um casal em crise. Talvez seja por isso que estão nesta praia afastada em pleno inverno. E que ela chorava de frente para o mar naquela noite.

— O tempo está horrível — comento, como se minhas palavras pudessem fazê-los ir embora.

— Eu sei. Inverno não é o melhor clima para uma temporada na praia, não é?

— Temporada?

Ela dá de ombros.

— Ainda não sei quanto tempo ficaremos. Mas acho que será breve. E você?

— Eu moro aqui — digo, imediatamente querendo morder a própria língua.

O olhar da mulher é de espanto.

— Sua casa é aquela grande no começo da praia? É realmente magnífica. Rui ficou apaixonado.

— Rui?

— Meu marido.

"O homem furioso na janela de vidro", penso.

— Você está sozinha aqui? — A mulher agora parece ter superado o dissabor da briga com o marido e fixa em mim um olhar curioso.

— É, eu...

— Ana. — A voz de Gael me faz virar. Ele se aproxima e volta sua atenção para a mulher ao meu lado. Parece apreensivo.

— Quem é? — Lívia pergunta, curiosa.

— Meu marido.

— Estava preocupado. Já falei para não sair sem me avisar! — Gael me repreende.

— Saí apenas para caminhar. Já estou voltando... — Me viro para a Lívia. — Eu preciso ir.

Lívia ignora minha despedida, com o olhar curioso em Gael.

— Olá, eu sou Lívia.

Gael pode ser acusado de tudo, menos de ser mal-educado. Estende a mão para a mulher.

— Gael. — Ele se vira para mim. — Vamos? Está frio e você está sem agasalho.

Luto para não revirar os olhos quando ele segura minha mão e acena para Lívia, me puxando.

— Até mais.

Por um momento, enquanto caminhamos de volta, nenhum dos dois fala nada, até que o silêncio se torna ruidoso demais para ser ignorado.

— Eles vão passar um tempo aqui.

Gael me encara com um olhar inescrutável.

— Acho que é óbvio.

— Eles estavam discutindo.

— Bisbilhotando, Ana? — Agora existe um tom divertido em sua voz. Tento tirar minha mão da sua, incomodada. Ele não deixa.

— Estava apenas caminhando e parei na frente da casa. — Nós dois sabemos que é mentira, mas ele não diz nada.

— Fiquei preocupado quando não a vi.

— Você sempre fica. — Quero acrescentar que é inútil, mas guardo para mim. Sua mão aperta a minha, antes de soltar. Percebo que já estamos fora da vista de Lívia. — Segurou minha mão apenas para a mulher ver?

Ele não responde.

A resposta é clara.

antes

Jurerê, no verão, fervilhava de vida e badalação. Era onde aconteciam as melhores festas de Florianópolis. E, naquele dia, eu ostentava com orgulho um sorriso brilhante de quem era anfitriã de uma dessas festas inesquecíveis.

O crepúsculo caía, tingindo o céu de vários tons de rosa, e uma brisa suave trazia a leveza do verão para o jardim da minha casa, enfeitado com tochas douradas, incidindo uma áurea sensual no clima já efervescente. Os convidados, cuja maioria eu nem conhecia, circulavam com seus drinques da moda enquanto o DJ, um dos mais famosos da região, aumentava o ânimo com batidas frenéticas.

— Ana, desta vez você arrasou! — Laila abraçou minha cintura e pousou um beijo de batom vermelho na minha bochecha. — Achei que nunca ia conseguir!

— Eu sempre consigo — respondi com presunção. — Eu disse que ia dar a melhor festa do verão. E olha só!

— Eu sei! Mas seu pai estava pegando muito no seu pé! E esse tal Gael se revelou um chato de marca maior!

Fechei minha expressão quando ela citou Gael. Já fazia um mês que ele tinha se instalado na minha casa com sua arrogância. Eu o evitava a todo custo, mas era difícil que não nos trombássemos de vez em quando.

Ele acordava cedo todos os dias e ia para a praia. Chegava quando eu e papai estávamos tomando café, refestelados na varanda, o único momento que eu tinha com ele antes que saísse para vistoriar seus negócios. Gael passava por nós, ainda pingando água, meu pai fazia alguma piada besta e ainda dizia: "Por que não vai com ele, Ana? Nadar no mar é revigorante". Eu apenas fazia uma careta e ignorava. Meu pai sabia que eu odiava o mar. Mas Gael parecia amar.

Ele nunca tomava café conosco, mesmo com a insistência de papai – o que eu achava ótimo. Eles ficavam fora a maior parte do dia, até mesmo nos fins de semana. Eu já estava acostumada com aqueles horários puxados do meu pai, sempre foi assim. Ou se tornou assim depois que mamãe se foi. Mas agora isso me irritava bastante justamente porque eu sabia que ele tinha Gael ao seu lado. O tempo todo.

E Gael parecia ser a sombra do meu pai, mesmo quando estavam em casa. Se trancavam no escritório até altas horas em reuniões de negócios, me deixando para fora. Na primeira vez que fizeram isso, eu bati e entrei depois de algumas horas, curiosa sobre o que estavam fazendo, mas meu pai me colocou para fora, irritado. Não passou despercebido por mim um riso de troça de Gael. Cretino.

Quando não estavam trabalhando, sentavam na varanda e bebiam uísque. Certa vez, fiquei à espreita e entreouvi uma conversa em que meu pai contava a Gael sobre como começara aquele negócio, há quase quarenta anos. Ele nunca tinha contado para mim como pegara a herança do seu avô e abrira um restaurante na praia, o primeiro Mondiano. De como seu próprio pai, que morreu antes de eu nascer, e que trabalhava no ramo imobiliário, fora contra e ficara anos sem falar com ele, irritado que o filho quisesse viver preso a uma cozinha.

— Eu tinha vinte e três anos, a mesma idade que você tem agora, e não entendia nada de negócios, mas amava gastronomia. Na minha ignorância, achava que bastaria. Estava muito enganado. Você tem muito mais conhecimento de negócios do que eu na sua idade. Vai longe.

Era sempre assim. Os dois juntos, para cima e para baixo, e meu pai enaltecendo todos os atributos de Gael. Era irritante!

Eu me ressentia que meu pai, sempre frio e circunspecto comigo, tivesse tanto tempo e carinho para um estranho.

— Ele viajou com meu pai — respondi a Laila, me desvencilhando e pegando um drinques quando o garçom passou. — Estou de saco cheio daquele babaca aqui na minha casa!

Laila riu.

— Eu acho Gael um gato.

— Ele é um idiota, acredite. Cadê a Karine?

— Está pegando o Fred no vestiário da piscina.

Eu sorri.

— Ela se deu bem!

— E você, está de olho em alguém? Já está na hora de superar o idiota do Pedro.

Antes que eu pudesse responder que nem pensava mais no meu último namorado, que terminou comigo ao entrar na faculdade, três meses antes, arregalei os olhos ao ver, como num pesadelo, Gael se aproximando com o rosto furioso.

— Que diabos está acontecendo aqui? — ele questionou.

— Eu que pergunto: que merda você está fazendo aqui?

— Seu pai não te proibiu de dar festas nesta casa?

— Ah, isso não é problema seu! E você não deveria estar no Rio puxando o saco do meu pai ou algo assim?

— Nós voltamos mais cedo. E, para sua sorte, ele foi no Mondiano da Lagoa antes de vir pra cá. — O restaurante ficava na Lagoa da Conceição, um dos lugares mais badalados da cidade.

Empalideci, caindo na real. Era hoje que eu ia morrer.

— Ai, meu Deus, ele vai me matar!   Cheguei a cambalear de medo.

Meu pai ia ficar irado se chegasse ali e visse toda aquela gente. Eu ainda me lembrava de sua raiva quando desobedeci às suas ordens e dei a última festa. Fiquei de castigo, sem poder sair de casa a não ser para ir à escola e com meu cartão de crédito cortado.

Mas o pior não foi isso: papai mal olhava na minha cara por todo esse tempo, decepcionado. E eu não podia suportar isso. Depois que mamãe se foi, ele era tudo o que eu tinha. Mesmo parecendo que ele não se importava comigo a maior parte do tempo.

— Isso tem que acabar agora — Gael falou, incisivo.

— Como? Não posso simplesmente mandar todo mundo embora!

— É exatamente o que você vai fazer. — Ele pegou o celular. — Comece desligando a música.

— Não posso! — Deus, era um pesadelo!

— Escuta, posso te ajudar a acabar com isso, ou posso deixar que seu pai descubra o que anda fazendo nas suas costas. Você decide.

Eu me questionei apenas por um instante. Ficar queimada com a galera era melhor do que aguentar a frieza do meu pai.

— Tudo bem. — Me afastei e pedi à Laila, quase chorando, que me ajudasse.

Ela ficou consternada, mas sabia que era o melhor a fazer, porque também se prejudicaria se meu cartão de crédito fosse cortado de novo. Afinal, praticamente todo seu guarda-roupa foi comprado com o meu dinheiro.

Laila foi até o DJ e pediu que fizesse o comunicado de que a festa tinha sido interrompida. Houve um burburinho de reclamação. Em seguida, vi alguns homens vestidos de preto entrando na festa e ajudando a enxotar todo mundo.

— Limpem tudo! E tirem essas lâmpadas agora! — Gael dava ordens.

De onde tinha surgido aquela gente? Eu fiquei apenas observando tudo sendo desfeito, toda a decoração cara e suntuosa que tinha sido feita pela melhor empresa de eventos da região sendo desmontada. Via as pessoas confusas deixando o jardim e ficava me perguntando o que iriam dizer de mim.

Eu estava acabada. E era tudo culpa de Gael. Ele não percebia que estava destruindo minha vida?

Em uma hora, a casa estava como sempre foi. A noite caíra, calma e silenciosa, e era como se nunca tivesse havido uma única pessoa ali.

Desolada, fui para meu quarto. Troquei de roupa, tirei a maquiagem e desci, deixando o olhar descansar na piscina, com vontade de chorar.

— Pronto. — Gael se aproximou, digitando algo no celular, antes de me encarar. — Seu pai deve chegar logo.

Ele parou na minha frente, no alto de toda sua presunção.

— Um "obrigada" seria muito bom agora.

— Há. — Eu ri, sem o menor humor. — Obrigada por acabar com a minha festa? Enxotar meus amigos e destruir minha vida social?

Ele levantou a sobrancelha.

— Sério?

— Sério! — Quase cuspi as palavras.

— Você é inacreditável. Eu salvei seu pescoço.

— Não pedi para me ajudar! — gritei com uma petulância que, no fundo, sabia ser exagerada. Eu estava frustrada e tinha que descontar em alguém.

— Mas ajudei.

— Por quê? — Era realmente uma boa pergunta. Achava que ele me odiava também, mas hoje ele tinha me ajudado, me protegido.

Antes que conseguisse responder, o barulho do carro de meu pai estacionando nos distraiu. Gael dirigiu até a sala e eu fui atrás, e chegamos juntos no momento em que meu pai entrava.

— Olá, Ana, tudo certo por aqui?

Troquei um olhar com Gael, como se ele ainda pudesse me delatar. De alguma maneira eu ainda achava que era bem possível, mesmo com todo o trabalho que ele teve para me ajudar e me livrar dos resquícios da festa.

— Tudo tranquilo. — Gael respondeu no meu lugar.

— Que ótimo. Vou subir e tomar um banho. Gael, podemos conversar depois, no meu escritório?

— Claro.

Eu fiz uma careta de asco. Ele chegou de viagem e já queria se trancar no escritório com o seu queridinho. E nem me deu atenção.

Fui para o meu quarto pisando duro e passei as horas seguintes me desculpando com as inúmeras mensagens indignadas que chegaram no meu celular. O que era para ter sido uma noite perfeita havia descambado para um completo pesadelo. "Mas poderia ter sido um pesadelo maior se seu pai tivesse flagrado a festa", minha consciência lembrou.

Sim, era verdade. Gael me deu uma escolha. E eu preferi não decepcionar meu pai. Mas de que adiantava? Ele não estava nem aí para mim.

Senti aquela velha dor oprimindo meu peito e me impedindo de respirar. Quando era criança e me sentia assim, achava que ia morrer. Quase desejava morrer.

Então fiz o que sempre praticava desde aquela época: caminhei até a piscina vestindo a minha camiseta de dormir e pulei. Deixei a água me puxar para baixo, ouvindo os sons do mundo exterior desaparecendo aos poucos. Eu estava segura ali. E, mesmo quando meu corpo começou a lutar por ar, minha mente apreciou a doce sensação de vazio. A ausência total de sentimento.

Subitamente, algo me tirou do meu enlevo. Garras de aço me puxaram para cima e eu tossi quando encontrei o ar.

Demorou alguns instantes para eu entender que Gael me puxava para fora da água, deitava meu corpo no jardim e colava sua boca molhada à minha, puxando água dos meus pulmões.

Tossi, engasgada de dor e indignação, encontrando força na minha raiva para empurrá-lo.

— Que inferno você estava fazendo?! — ele gritou comigo cheio de fúria.

Abri os olhos, me sentando e cruzando os braços sobre o peito, encarando-o com a mesma raiva.

— Que inferno *você* está fazendo?

— Está de brincadeira? Acabei de impedir que você se afogasse!

— Eu não estava me afogando! — refutei indignada, notando agora que não havia apenas fúria em sua expressão.

Havia também preocupação e medo. Por mim?

Essa percepção escorregou sem pedir licença para algum lugar dentro de mim, e se escondeu ali, junto a todas as coisas que eu não queria encarar.

— Você estava se afogando e nem percebeu! — disse ele de repente, com uma súbita suavidade. Os olhos em mim, inquiridores, como se quisessem saber o que se passava dentro da minha cabeça. Do meu coração.

Eu queria dizer que dentro de mim tinha muito pouco. E este pouco, ele estava me roubando. Mas apenas o encarei com ressentimento.

— Eu não pedi para ser salva!

— Suas palavras são bem diferentes das suas atitudes.

Sem dizer mais nada, ele se levantou e foi embora, me deixando sozinha e tremendo à beira d'água.

Quando ele estava bem longe, levei os dedos à minha boca. Ainda tinha gosto de Gael. O gosto de seus lábios, que permaneceram nos meus durante anos.

CAPÍTULO 3 – ANA

No terceiro dia, eu o vi próximo ao mar. Rui, era esse o seu nome.

Devia ter uns trinta anos. Os cabelos eram de um loiro claro que contrastava com os óculos de grau de aro escuro. Da janela de onde o observo, seu semblante parece concentrado em pensamentos indesejáveis enquanto caminha pela areia.

Me recordo da discussão. Por que brigavam? Eu tentei não pensar neles desde ontem, quando Gael fora me buscar, mas não saíam da minha cabeça. Por que estavam ali?

E me perguntava se eles se faziam a mesma indagação sobre mim e Gael. Além disso, não compreendia o motivo da minha fixação neles.

O homem para em frente ao mar. Uma onda chega até seus pés descalços, acariciando-os. Ele coloca as mãos nos bolsos, quieto. Não parece se preocupar com o frio cortante. Talvez até goste.

— Ana? — A voz de Gael me assusta. Não me viro quando ele se aproxima, vendo o mesmo que eu. O homem em frente ao mar.

— Este é o marido dela, da Lívia — falo, sem emoção. Eu não preciso. Gael sabe o quero dizer. Em que tom eu estou realmente dizendo.

— Sim, eu sei. — É sua resposta simples. Ele pousa as mãos em meus ombros. Estão mornas.

Por um momento, ainda sinto um desconforto, como se não fosse certo ter as mãos de Gael em mim. Apenas por um momento.

De repente, Rui tira a blusa e entra no mar. Estremeço de medo, como sempre acontece quando vejo alguém fazendo esse movimento.

— Parece que mais alguém não se importa com o frio — murmuro quando o homem desaparece de vista.

— Parece que alguém está depositando muita atenção nos visitantes.

Eu me viro, saindo de seus braços, irritada com o tom de reprovação que senti em sua voz.

— Parece que alguém está querendo dizer alguma coisa.

Ele cruza os braços sobre o peito.

— Por que foi até a casa deles?

— Qual o problema? — Assumo uma postura defensiva.

— Achei que quisesse distância. Não é por isso que estamos aqui?

— Você sabe por que estamos aqui. — Não consigo sustentar a voz.

— Por quê? — insiste.

Não gosto disso. Eu tinha certeza do que estava fazendo aqui. Eu estava feliz... Não estava? Então, por que, de repente, sinto como se algo estivesse tremendamente errado?

"Você sabe o que está errado", a voz que eu vinha tentando abafar sussurra em algum lugar do meu íntimo, e a rechaço, como sempre.

Não quero ouvi-la.

— Por que *você* está aqui? — devolvo a questão.

— Eu estou aqui por você.

A resposta simples e direta me faz engolir em seco. E uma confusão de sentimentos embaralha meus já confusos pensamentos. E não foi sempre assim tratando-se de Gael?

Me viro de novo para a janela, para fugir de seu olhar. Aquele que busca algo em mim que não sei se posso dar.

O homem, Rui, está saindo da água. Ele é um cara bonito.

— Ele é um cara bonito — repito meus pensamentos em voz alta.

De repente, Rui nos surpreende olhando em direção à nossa casa. Dou um passo para trás, como se ele pudesse me ver espionando. Da mesma maneira que eu o espionara ontem. Mas ele apenas dá meia-volta e se afasta. Imagino, em direção à própria casa. Respiro aliviada.

— Não sabia que gostava de nerds — Gael diz, abrindo o armário e pegando leite.

— Você não sabe do que eu gosto.

— Acho que eu tive uma boa amostra. — Ele continua se movendo pela cozinha, acendendo o fogo.

Tenho vontade de continuar provocando, mas sei onde aquela conversa vai terminar e não quero ir por aquele caminho. E tenho certeza que Gael tampouco.

— Estou com fome. — mudo de assunto.

— Quando terminar aqui, faço algo para você comer.

— Eu posso cozinhar, não é? — Essa é outra provocação e ele sabe disso.

— Eu tentei te ensinar, mas você não aprendeu nada.

Reviro os olhos em resposta. Ele tem razão.

— É incrível que, pertencendo a uma família que tem a gastronomia no sangue, você ainda não leve jeito.

Talvez eu apenas não queira levar.

Ele me fita por alguns instantes, antes de se concentrar no que está fazendo. Pego um copo e despejo o leite gelado para enganar a fome.

— Lívia é chef de cozinha.

Levanto o olhar, surpresa.

— Como você sabe disso?

Ele dá de ombros.

— Ela me disse — responde.

— Quando?

— Ontem à tarde, quando fui nadar. Encontrei com ela na praia.

— E por que não me contou?

— Você não perguntou.

— Parece que alguém está feliz fazendo novas amizades. — Não consigo evitar minha irritação. Não quero que Gael confraternize com Lívia.

— Talvez não seja tão ruim termos companhia.

— Ruim é um eufemismo — rebato com a voz trêmula, que deixa entrever meu medo.

Ele para o que está fazendo e se aproxima, ficando de frente para mim.

— Até quando ficaremos aqui, isolados, como se o mundo não existisse lá fora?

— Você disse que podia ser para sempre.

Há anseio em minha voz. Ele tinha prometido! Disse que ficaria aqui comigo. Por que agora me olha como se meu desejo fosse absurdo? O que mais ele acha absurdo?

Um medo terrível assola meu peito. Sinto dificuldade de respirar por alguns instantes enquanto miro meus pés descalços sobre o assoalho de madeira.

— Olha para mim — Gael pede.

Descanso meus olhos nos dele. Sou transparente como a água quando ele toca meu rosto.

— Respira.

Inspiro uma longa lufada de ar, mas meu peito ainda pesa. O medo me sufoca. Às vezes, nem o toque de Gael faz com que desapareça. Ele percebe minha apreensão:

— Não há nada que eu queira mais no mundo do que ficar aqui com você para sempre.

Quero acreditar nele. Preciso. Fecho os olhos e deixo suas mãos descansarem, protetoras, em minhas costas.

— Sinto que algo está mudando — murmuro quando seus lábios tocam minha têmpora, minhas pálpebras fechadas. Aspiro seu cheiro único. O desejo camuflando meu receio.

— Não posso parar o mundo para você. — Há certa angústia em suas palavras.

— Não vai deixar ninguém mais me machucar, não é? — peço.

— Você ainda não entendeu? Quando te machucam, eu sangro.

antes

— Por que não vamos à Lagoa?

Fiz uma careta para a sugestão de Laila ao telefone. Era sábado, o que queria dizer que invariavelmente eu estaria fora de casa. Mas a verdade é que há algum tempo eu sentia cada vez menos vontade de sair para as baladas de Floripa.

Eu tinha feito dezoito anos havia alguns meses e deveria estar aproveitando minha maioridade da melhor maneira possível. Afinal, eu tinha um cartão de crédito ilimitado, amigos que me adoravam e morava em uma cidade incrível.

Até meu pai andava menos opressor. Claro, ele se preocupava mais com seus dois novos restaurantes, abertos sob a supervisão do seu pupilo brilhante, do que comigo.

Sim, Gael morava na nossa casa havia já quase um ano. O que era para ser apenas algumas semanas se transformou em meses, e não parecia que iria mudar tão cedo. Era claro o quanto isso me irritava. Eu continuava evitando-o a todo custo e, graças a esses novos empreendimentos em outras cidades, ele passava muito tempo fora.

Hoje era uma das raras ocasiões em que Gael estava em casa, trancado no escritório do meu pai.

— Não estou a fim. A gente se fala amanhã, ok? — respondi para Laila.

— Tem certeza? O Rodrigo vai estar lá. E perguntou se você vai...

Ah, sim. Rodrigo. O cara com quem eu tinha ficado algumas vezes nos últimos tempos. Meu interesse por ele já tinha esfriado tanto quanto a minha vontade de ir nas mesmas baladas com a mesma galera de sempre. Eu estava de saco cheio. Será que isso queria dizer que eu estava amadurecendo?

Meu pai estava me pressionando para escolher uma faculdade e eu estava enrolando, porque, na verdade, não fazia a menor ideia do que queria. Acho que o que mais me irritava era que em nenhum momento ele acenara com a possibilidade de eu ajudá-lo na administração do Mondiano. Estava claro: ele já tinha escolhido seu sucessor.

— Já cansei do Rodrigo — respondi a Laila, voltando ao assunto.

Laila riu com vontade.

— Ah, seria tão legal se você fosse. Estou meio sem grana...

— Eu te empresto uma grana. Sabe que nem precisa pedir. Vou fazer a transferência no aplicativo, ok?

— Ah, amiga, te adoro!

Laila morava só com a mãe, que tinha uma butique em um shopping, mas os negócios não andavam bem. Claro que eu não ia deixar minha amiga sem dinheiro, sendo que eu tinha sobrando.

Desliguei o telefone e comecei a fazer a transferência quando Gael saiu do escritório. Me endireitei no sofá em que estava largada vestindo short e camiseta. Ele lançou um olhar curioso em minha direção.

— Não vai sair?

— Não é da sua conta. — Eu ainda não fazia a menor questão de ser simpática com ele. E como desculpa, dizia a mim mesma que ele também não se esforçava para ser comigo.

— Não tem um encontro com... Como é mesmo o nome dele? Rodrigo?

Arregalei os olhos. Como ele sabia disso?

— Como sabe o nome do meu namorado? — Ok, era um tremendo exagero chamar um cara que eu tinha ficado algumas vezes de namorado. Mas Gael não precisava saber disso.

— Era segredo? — Ele sorriu, indo para a cozinha. Fui atrás.

— Claro que não.

— Então, é sério?

— Por que está interessado em saber? Cuida da sua vida! — resmunguei indo para o escritório do meu pai.

Ele estava ocupado, olhando várias planilhas na mesa.

— Oi, pai.

— Oi. — Não levantou o olhar.

— Está com fome? Podíamos sair para jantar. Faz tempo que você não me leva no Mondiano.

— Você nunca se interessa em ir lá.

— Hoje estou com vontade.

— Não, Gael está fazendo um lanche para nós.

Eu fiz uma careta.

— Então, vou falar para ele que eu mesma faço. Não quero que parem o trabalho.

Corri de volta para a cozinha e flagrei Gael espiando meu celular.

— Que diabos! — Arranquei o aparelho de sua mão.

— Por que a Laila está te pedindo dinheiro?

— O quê? Como?

— Ela mandou uma mensagem perguntando se você já fez a transferência.

— Isso é problema meu!

— Você não tem que dar dinheiro para a sanguessuga da sua amiga.

— Por que não? O dinheiro é seu por acaso?

— Seu pai sabe?

— Como se ele se importasse!

— Talvez se importe quando descobrir que a filha está comprando amizades.

Meu rosto ficou vermelho de indignação.

— Como se atreve?

— Pensa que não percebi? Você faz tudo o que seus amigos parasitas pedem. Está desesperada para que gostem de você.

— Não faço isso.

— Só não faz comigo. Não quer que eu goste de você?

— Por que ia querer isso? — rebati, sem saber se estava mais irritada com suas críticas ou por ele ter tocado no assunto sobre gostarmos ou não um do outro.

Não achei que isso o incomodasse. Da minha parte, eu fingia não me incomodar.

— E pode deixar que eu mesma vou fazer algo para o meu pai comer — sentenciei.

Gael ainda ficou alguns minutos me observando enquanto eu pegava os ingredientes da geladeira, antes de voltar ao escritório. Tentei respirar fundo. Por que ele tinha sempre que ficar me provocando? E por que isso me tirava tanto do sério?

Enquanto tentava afastar aqueles pensamentos, preparei omelete e suco de laranja para meu pai. Obviamente, esqueci de fazer qualquer coisa para Gael.

— A comida! — Abri a porta com um sorriso, muito satisfeita com o lanche, e pousei a bandeja na mesa do escritório.

Gael apenas observou, mantendo seu rosto sem expressão.

— Não acreditei quando Gael disse que você estava cozinhando — papai comentou, pegando o garfo e levando-o à boca. Mas, em seguida, tossiu e cuspiu a comida. — Isso está horrível!

— Mas... não entendo. — Meu rosto se contorceu de aflição e embaraço.

— Você devia ter deixado Gael fazer! Pelo amor de Deus, só tem pimenta aqui, e está cru! — Ele tomou um generoso gole do suco. — Você definitivamente não sabe cozinhar. Tenho pena do homem que se apaixonar por você.

Um nó fechou minha garganta enquanto papai ria de sua piada estúpida. Gael ria com ele.

Claro. Gael era sempre melhor. Melhor como companhia, melhor para dividir seus preciosos restaurantes. Melhor até para cuidar de sua comida. A dor que senti com essa percepção me fez ter vontade de chorar.

* * *

Saí do escritório, batendo a porta atrás de mim. Não queria ficar mais nem um minuto naquela casa. Estava farta! Devia mesmo era escolher uma faculdade bem longe dali e não voltar nunca mais.

Corri para o quarto e me arrumei. Mandei um recado para Laila e outro para Rodrigo. Ele ficou de me pegar em duas horas. Eu tinha um carro novinho que ganhei do meu pai quando fiz dezoito anos, mas não gostava de dirigir e a estrada para a Lagoa tinha umas ladeiras terríveis.

Quando desci, encontrei Gael na cozinha, preparando algum prato. Dei meia-volta para evitá-lo, mas ele me chamou de volta.

— Ei, aonde vai?

— Não é da sua conta.

— Por que continua sendo tão grossa comigo, como se ainda fosse uma adolescente birrenta?

Isso me exasperou.

— Não sou adolescente.

— Não deveria ser, mas age como uma. Quantos anos tem? Dezenove?

— Quase.

— Sinto muito pela omelete estragada — disse, ignorando minha resposta.

— Está me provocando?

— Não, estou falando sério. Por que não vem aqui?

— Pra quê? — Fiquei na defensiva.

— Vou te ensinar a fazer uma omelete decente. Para começar.

Encarei Gael com desconfiança. Por que ele estava sendo legal comigo? Nós não éramos cordiais um com o outro, mal nos suportávamos. Estava fazendo aquilo para mostrar sua superioridade? Para dizer que era ótimo na administração dos restaurantes e ainda sabia cozinhar?

Sinceramente, não sei o que me impeliu a aceitar seu pedido.

— Onde você aprendeu a cozinhar? — Me aproximei, meio a contragosto, e sentei na bancada.

Gael se movia como num balé entre as panelas.

— Com meu pai.

— Me fale sobre ele. É argentino, não é?

— Sim. Ele conheceu minha mãe em umas férias no Brasil e ela foi embora com ele.

— Por que se separaram?

— Por que os casais se separam? — Ele levantou uma de suas sobrancelhas bonitas com ironia.

— Eu não sei...

— Talvez não devamos saber. A única coisa que interessa é que não tem nada a ver com gente.

— Acha mesmo? Nunca se sentiu culpado?

— Por que deveria? Minha mãe voltou para o Brasil quando eu tinha dez anos. Ela trabalha em restaurantes.

— Ela é cozinheira também?

— Não. *Sommelière.*

— Uau. Que diferente.

— Vem aqui — pediu com naturalidade e, do mesmo jeito, eu fui. Acho que era a primeira vez que me aproximava dele sem ter vontade de estrangulá-lo.

Gael quebrou dois ovos em um prato.

— Não tem segredo, é questão de colocar os ingredientes certos. E na quantidade certa, claro. Esta é uma omelete francesa. — Ele acrescentou o creme de leite à mistura, junto com cebolinha. — Tem que prestar atenção no fogo. O fogo diz tudo.

— Sim, chef! — brinquei, e ele riu.

Também acho que foi a primeira vez que ele riu assim, sem parecer estar debochando de mim. Era uma risada rouca, masculina. Entrou em meu ouvido e foi direto para meu ventre, mexendo em algo dentro de mim que eu não estava preparada para sentir.

— E para que fique suculenta e macia existem alguns truques. A frigideira não pode estar nem muito quente nem muito fria.

Sim, o fogo. Acho que peguei.

Ele jogou a mistura na frigideira.

— Nunca utilize um *fouet*, porque quebra a estrutura dos ovos. — Apanhou um garfo. — Agora, o truque. Com o garfo, misture a omelete enquanto gira a frigideira com a outra mão, no sentido contrário.

— Ah... — Parecia tão simples.

— Quando começar a cozinhar e formar uma película, incline a frigideira, solte e empurre as bordas, juntando as duas partes. — Gael ia falando e fazendo. Deu uns tapinhas no cabo da frigideira e virou tudo em um prato. — Agora coloque um pano de prato em cima e aperte.

— Sério?

Ele riu.

— Esta é a maneira certa de fazer.

Fiz conforme ele me instruiu. Terminando, ele passou uma camada de manteiga e me entregou o prato.

— Experimente.

Eu provei e gemi de prazer.

— Hum, é realmente bom!

— Agora pode fazer você mesma.

— Ah, não sei se consigo.

— É só uma omelete, Ana.

Antes que respondesse, fomos interrompidos pelo meu celular vibrando sobre a mesa. Lembrei imediatamente que deveria ser Rodrigo me avisando que estava chegando.

De repente, eu não tinha mais a menor vontade de sair.

A mensagem dizia que ele iria se atrasar. Típico de Rodrigo.

— Problemas? — Gael interpretou minha careta.

— Nada, minha carona vai atrasar. — Omiti que a tal da carona era de Rodrigo, sem saber direito o motivo.

— Por que não leva essa omelete para o seu pai?

— Achei que eu mesma iria fazê-la.

— Acho que você ainda não está preparada para tanto.

Eu peguei o prato.

— Dou permissão para dizer que foi você quem fez — disse ele.

— Isso não seria desonesto?

— Pode ser nosso segredo. — Ele piscou.

— Acho que não seria o primeiro, não é? — Num impulso que não sei de onde veio, fiz essa provocação e deixei Gael me observando, curioso, enquanto levava a omelete para meu pai.

Quando voltei para a cozinha para contar para Gael que meu pai havia adorado a comida, ele não estava mais lá.

* * *

Apareceu meia hora depois, na sala, enquanto eu ainda esperava a carona de Rodrigo, agora bem irritada com o seu atraso.

— Ainda aqui? — Ele estava arrumado também, todo vestido de preto. Essa cor ficava bem nele.

— Minha carona atrasou.

— Para onde vai?

— Para a Lagoa.

— Eu te levo.

— Quê? — Quase engasguei de choque.

— Estou indo para lá também.

— Ah... — Me perguntei se deveria aceitar por um momento. Que mal havia? Era só uma carona. E eu estava começando a achar que tinha levado um bolo.

— Tudo bem.

O rádio do carro de Gael estava sintonizado em uma estação que tocava rock nacional antigo enquanto ele dirigia pelas ruas do Jurerê. Nenhum de nós falou nada. Não sabíamos o que dizer um outro sem ser em tom de insulto ou de deboche. Em determinado momento, uma antiga música do Engenheiros do Hawaii começou a tocar.

— Ah, não! — Eu odiava aquela canção. Ela falava de uma garota chamada... Ana.

— O que foi?

— Essa música! — Fiz uma careta e ele aumentou o som.

— Eu gosto. — E começou a cantarolar.

Inferno. Mais uma para a sua lista infinita de qualidades: ter uma bela voz. Isso não era nem um pouco justo.

Ruborizei com a música sobre a tal Ana com lábios de labirinto atrair seus instintos sacanas, mas sempre se manter distante. E, de repente, tive um pensamento que nunca havia me ocorrido: Gael não tinha uma namorada? Ele passava muito tempo trabalhando com meu pai, mas devia ter uma vida social, não?

A verdade era que eu nunca tinha me atentado à sua vida pessoal. Até aquela noite, nós não tivemos uma conversa madura o suficiente para que eu me importasse. Ele também nunca levou ninguém lá em casa, fosse amigo ou namorada.

Agora, porém, eu olhava para ele de soslaio. Seu perfil atraente, suas mãos fortes segurando o volante. Seu olhar determinado, quase feroz, preso na estrada difícil. Não era possível que não tivesse uma namorada! Ou será que ele era aquele tipo de cara que ficava com várias mulheres, sem nunca se apegar a nenhuma?

Ele parou o carro em frente ao bar mexicano onde eu encontraria meus amigos antes que eu pudesse prosseguir com minhas conjecturas.

// 45

— Está entregue.

— Obrigada. — Sorri, um pouco sem graça, sem saber o motivo.

Onde será que ele ia? E se eu o convidasse para ficar com a gente? Ele daria risada da minha cara, obviamente. Saltei do carro, ainda aturdida, e me virei para encará-lo. Nesse mesmo momento, ele me chamou:

— Ana, se precisar de carona para voltar, me liga.

— Não tenho seu número.

— Eu tenho o seu. Te dou um toque.

Antes que eu pudesse responder qualquer coisa, senti braços me rodeando e uma boca no meu pescoço.

Observei a expressão de Gael passar de gentil para irritada instantaneamente. Em segundos, ele já tinha dado a partida e saído cantando pneu.

— Oi, gata!

Eu me desvencilhei dos braços de Rodrigo.

— Por que você não foi me buscar?

— Ah, eu ia, mas...

— Ah, cala a boca! — Deixei-o falando sozinho e fui à procura de Laila. A verdade era que já não estava com o menor ânimo para ficar ali.

Àquela altura Laila já estava bêbada e com a língua na garganta de um desconhecido, o que deixou minha noite ainda mais desagradável. Pelo menos Rodrigo parou de me perseguir e me deixou em paz depois de um tempo. Bebi alguns drinques e, quando peguei meu celular, vi que Gael tinha mandando uma mensagem sucinta:

"Acho que não vai precisar, mas caso seu namoradinho lhe dê o fora de novo, aqui está meu número."

— Idiota — murmurei. Mas estava sorrindo.

Passei uma mensagem: "Pode vir me buscar agora?".

Parte de mim ainda esperava que ele me respondesse com um sonoro "não", o que só me deixou mais desconcertada quando vi que ele disse somente "ok". Não sei se foi surpresa o ridículo contentamento que senti. Algo estava mudando.

E eu estava ansiosa para isso acontecer.

* * *

Meia hora depois, o carro de Gael estacionou em frente ao bar. Meu sorriso morreu no rosto ao ver que uma moça morena estava sentada ao seu lado.

— Ei, vai entrar ou pretende ficar aí a noite inteira? — Gael indagou, impaciente.

Respirei fundo e entrei, sentando no banco de trás.

— Não sabia que tinha companhia — disse entredentes.

— Ana, essa é Carol. Carol, Ana é filha do meu patrão.

Ah, claro. Era só isso que eu era mesmo, a filha do patrão. Algo pesado como chumbo caiu no meu estômago.

— Oi, como vai? A noite não foi boa? — A moça sorriu, condescendente.

— Bem, parece que igual a sua, já que seu namorado teve que parar para rebocar a filha do patrão.

Ela riu. Gael continuou sério, com o olhar preso na estrada.

— Ela é legal, Gael. — Carol tocou o ombro dele. — Você disse que ela era infantil, mas parece bem gente boa.

Como é? Gael falava sobre mim com a namorada? Me chamava de infantil? E eu achando que enfim podíamos ser... o quê? Amigos? Ter pelo menos uma relação madura?

"Ou você estava imaginando outra coisa?", uma voz sussurrou dentro de mim.

Nunca me senti tão idiota em toda minha vida!

Quando o carro parou em frente à minha casa, saltei, sem me despedir, agradecer ou olhar para trás. Gael era um cretino e eu não queria absolutamente nada dele. Nada.

CAPÍTULO 4 – ANA

Decido que não há motivos para a vida não seguir normalmente. Aprecio o clima pela janela, as ondas batendo na areia e o horizonte cinzento. Hoje, não há sinal de vida na praia. Quase consigo fingir que estamos sozinhos.

Escuto a voz de Gael no escritório, falando de negócios. Um lembrete de que o mundo continua a girar lá fora. E que eu desejo continuar aqui, como antes. Como havíamos escolhido.

Com isso em mente, calço sapatos confortáveis e paro em frente ao espelho. Prendo o cabelo num rabo de cavalo displicente, reparando que está mais longo do que o normal. Precisa de um corte urgente. Há quantos meses não vou a um salão de beleza? Meu rosto está pálido, sem um pingo de maquiagem, outra coisa que há tempos não uso. Não há motivos, isolada nesta praia, sem ninguém me ver.

Apenas Gael.

De repente, me pergunto o que ele vê. Será que a mesma garota de antes? Eu era bem diferente naquela época. Não saía de casa sem maquiagem, meus cabelos e minha pele eram constantemente mimados pelo melhor que o dinheiro podia comprar. Eu gostava de ser admirada. Desejada.

Mas não importa mais. Era outra vida. Eu era outra pessoa. Só há uma coisa que veio comigo daquela outra vida: ele.

Entro no quarto, certifico-me de que tudo está quieto e pego o que preciso. Desço as escadas e continuo ouvindo a voz de Gael, concentrado em dar ordens. Entro rápido e deixo o que peguei em cima de sua mesa. Ele apenas lança um olhar rápido. Sei que sua mente está longe, é sempre assim quando está concentrado em negócios. Acho que é a única coisa que tira sua atenção de mim.

Antes que ele decida me olhar mais atentamente, saio do escritório fechando a porta. Rabisco um bilhete e deixo em cima do aparador, depois pego as chaves do carro.

Quando dou partida e saio pela estrada que leva à vila a uns vinte minutos da praia, meu coração está errático. Não quero pensar que é a primeira vez que estou fazendo isso em todo o tempo que estamos aqui, mas Gael tem razão. O mundo não para de girar e eu não posso ficar isolada para sempre. Com medo para sempre.

Estaciono o carro e respiro fundo algumas vezes, limpando as mãos suadas na calça jeans. Reunindo o pouco de coragem que me resta, salto e caminho até o pequeno mercado. Não há quase ninguém entre as prateleiras e apenas uma jovem mexe no celular distraída no caixa, com fones de ouvido. Pego uma cesta e começo a escolher os mantimentos pelos corredores.

Está vendo? Não é tão difícil. Desde que chegamos, era sempre Gael quem saía pelo menos duas vezes por semana para fazer compras. Talvez agora eu possa ficar com essa tarefa. Seria bom não deixar tudo na mão dele, para variar. Será que ele gostaria disso?

Termino a compra rapidamente e a adolescente no caixa mal olha na minha cara enquanto pago e retorno para o carro. Coloco as sacolas no porta-malas e, em vez de entrar e partir, decido ser mais ousada e dar uma volta.

Caminho pelas ruelas com pouco movimento. Muitos estabelecimentos estão fechados, afinal, é inverno. Chego à praia do centro que, assim como as ruas adjacentes, encontra-se vazia. As barracas da pequena feirinha fechadas. Exceto uma.

Eu sei qual é. Ela sempre está ali. Faça chuva, faça sol.

Por um momento, fico em dúvida entre ir até lá ou fugir. Algo faz meus pés prosseguirem e eu paro em frente à barraca que ostenta todo tipo de bijuteria dessas que se encontram na praia. Ela está vazia.

Toco o cordão no meu pescoço. Um presente de Gael. Comprado exatamente ali. Me recordo desse dia e sinto meu estômago se revirar. Havia me esquecido... Como poderia?

Engulo a bílis na garganta e praticamente corro de volta ao carro, ainda no estacionamento do mercado. Estou abrindo a porta quando os vejo.

Lívia e Rui saem do próprio veículo e vão caminhando em direção à entrada do mercado. Estão tão absortos em uma discussão que não notam minha presença.

— Se era para ficar brigando comigo, por que veio? — Rui indaga, irritado.

Lívia puxa sua blusa para que ele pare.

— Estou de saco cheio de suas atitudes! Quer que eu aja como se nada tivesse acontecido? Como você faz? Como pode querer que eu aja assim? — Sua voz está cheia de acusação e dor.

Rui solta um palavrão baixo.

— A culpa não é minha.

— Não?

E essa simples palavra descansa no silêncio que se segue, cheia de um significado muito maior – que eu não entendo, mas sei que existe.

— Foi um erro vir pra cá! Quero ir embora, quero... — A voz de Lívia se alquebra.

— São apenas alguns dias. Você sabe que precisa disso. Nós precisamos. — Rui puxa sua mão, obrigando-a a entrar no mercado.

Ainda fico ali por mais uns instantes, enquanto enfio a mão no bolso para pegar a chave do carro. É quando abro a porta que escuto uma voz conhecida.

— Algumas pessoas vivem em negação.

Levanto o olhar para a mulher parada na rua, olhando para mim com um sorriso.

— Oi, Ana.

— Ah... Oi, Sara.

— Vi que foi até a minha barraca.

Não falo nada.

— Como está Alice?

Desta vez eu me viro, encarando-a. Ela ainda está sorrindo.

— Desculpe, eu preciso ir...

— Eu sei. Volte quando quiser.

Depois que entro no carro e dou partida, deixando-a para trás, tenho a impressão de ter ouvido ela dizer: "Eu sei que você vai voltar. Porque eu sei o que você fez".

— Por que não pode me deixar ir? — gritei, exasperada.

Meu pai me encarou com aquele olhar impaciente, aquele que dizia com muita clareza que não tinha tempo para minha vida, para minhas escolhas.

— Você não vai estudar em São Paulo. E fim de papo! — Ele bateu na mesa do escritório, voltando a se sentar e mexer em seus preciosos papéis.

Eu tinha vontade de rasgar um por um. Estava de saco cheio daquele amor descabido por seus restaurantes, quando não sobrava nada para mim, a não ser recriminações.

Nada do que eu fazia parecia agradá-lo. Vivia insistindo que fosse para uma faculdade, estudar e seguir uma carreira. E agora, agora que eu tinha passado na maior universidade do país, ele dizia que não me deixaria ir?

— Não era exatamente isso que você queria? Que eu estudasse?

— Existem ótimas faculdade aqui em Florianópolis.

— A USP é a melhor universidade do Brasil. Você devia ficar feliz!

— Não quero você longe da minha vista por quatro anos.

— Ah, sério? Você não me tem sob sua vista nem quando estou aqui, aposto que não vai fazer nenhuma diferença! Só se preocupa com seu trabalho!

— Trabalho este que paga suas contas e dos seus amigos parasitas.

Então eu me irritei de verdade. Porque sabia bem de quem era aquela expressão. Era de Gael. Claro que ele ia encher a cabeça do meu pai contra meus amigos. Era típico dele!

Desde aquela noite em que fora me buscar na Lagoa com sua namoradinha, nós nunca mais tínhamos conversado de verdade. Estávamos em uma guerra fria. Nos tratávamos com educação na frente do meu pai e, em suas costas, apenas nos evitávamos. E isso já fazia quase um ano.

— Quem te falou que meus amigos são parasitas? O Gael?

— Ele apenas se preocupa, assim como eu.

— O Gael também falou que você não deveria me deixar ir para São Paulo?

— Ana, achei que você tinha crescido e parado com essa implicância com ele. É uma vontade minha e ponto final. Agora saia que tenho que trabalhar.

// 51

Permaneci ali por alguns instantes, querendo discutir. Mas sabia que era inútil. Saí da sala batendo a porta e encontrei Gael na cozinha. Era uma quarta-feira à noite e ele estava preparando duas xícaras de café, acredito que para levar ao escritório, onde se trancaria com meu pai.

Era sempre assim, Gael com meu pai. Não só seu braço direito nos negócios, mas quase como um filho. Às vezes eu sentia que ele era mais filho do meu pai do que eu.

— Foi você quem fez a cabeça do meu pai? — explodi.

Ele levantou a sobrancelha.

— Do que você está falando?

— Ele não quer me deixar ir para São Paulo!

— Não tenho nada a ver com isso.

— Como se eu acreditasse!

— Pode acreditar no que quiser. Não fui eu quem fez a cabeça do seu pai.

— Mas concorda com ele.

— Você tem quase vinte anos e deveria ir para onde quiser.

— Então você não acha que é errado eu querer fazer faculdade em outra cidade?

— Ana, sei que não gosta de mim, e já cansei de tentar entender o motivo.

— Eu não... Quer dizer, o que isso tem a ver com essa conversa?

— Estou querendo dizer que não sou seu inimigo.

Será? Suas palavras me desarmaram por um instante.

Eu não gostava de Gael. Não gostava do jeito que ele tinha se intrometido em nossa vida, tomado o pouco que restava do meu pai de mim. De como ele parecia sempre perfeito. O filho perfeito.

E, sim, eu o tratava como um inimigo. E ignorava aquela pequena parte de minha mente que se rebelava contra mim, às vezes, ansiando coisas dele que eu não deveria querer.

— Então me prova — me vi dizendo. — Convença meu pai a me deixar ir.

— Tem certeza que é isso que você quer?

— Tenho.

— Eu vou te ajudar.

— Sério? — Aquilo era inesperado.

— Acho que é a primeira vez que a vejo querendo algo por você mesma.

— Como assim?

— Sempre faz tudo o que os outros querem. Se transforma no que acha que as pessoas querem de você.

— Ah, que absurdo.

— Sabe que tenho razão.

E antes que eu pudesse continuar argumentando sobre aquela ideia errônea a meu respeito, ele se afastou, levando os cafés.

* * *

Dois meses depois, eu estava dando uma festa de despedida. Meu pai tinha concordado com a minha ida para São Paulo. Me sentia excitada e animada com as novas perspectivas que se abriam à minha frente, como se finalmente estivesse me tornando uma adulta.

Não queria pensar que fora Gael que, no final das contas, me ajudara a chegar àquele lugar. Ele passou a maior parte do tempo viajando, enquanto eu organizava a minha ida para a faculdade.

— Ah, vou sentir saudade! — Karine me abraçou, quando veio se despedir. Laila nem apareceu. Fazia alguns meses que ela namorava um cara rico e mais velho, com um apartamento enorme na Beira-Mar, e desde então eu quase não a via.

— Eu também vou. — Abracei Karine de volta, mas sua atenção já estava além de mim.

Segui seu olhar e vi Gael conversando com meu pai. Ele usava óculos escuros e roupas casuais. Não era como se eu nunca o tivesse visto assim, afinal, morávamos na mesma casa. Mas algo nele parecia diferente hoje. Mais relaxado.

Estaria feliz por se livrar de mim? Essa perspectiva fez uma desconfiança até então inédita se apossar do meu corpo. Será que Gael tinha convencido meu pai a me deixar ir embora para poder finalmente tomar posse de tudo por ali, como se fosse, realmente, o herdeiro legítimo de Fernando Mondiano?

Essa ideia me deixou com o estômago embrulhado. Talvez estivesse exagerando. Ou não.

Observava-os de longe, meu pai ria de alguma coisa que Gael dizia. Ainda era bem estranho que papai tivesse separado um tempo de sua disputada agenda para me dar aquela festa.

— Esse cara continua um gato — Karine ronronou, interessada, e eu revirei os olhos, fazendo-a rir. — Continua implicando com ele? Achei que isso já tivesse passado!

— Não implico com Gael, ele que implica comigo!

— Se você diz. Nunca rolou nada entre vocês mesmo? — Me fitou curiosa, abaixando a voz em tom malicioso, me fazendo corar.

Alguma coisa entre mim e Gael? Ela estava louca?

"Quem estava louca?", uma voz inoportuna sussurrou dentro de mim. Ignorei.

— Não!

— Ele olha para você como se quisesse.

— Agora está delirando.

— Vai dizer que nunca percebeu?

— Gael me evita tanto quanto eu o evito! Essa é a verdade.

— Ele te evita como se evita o sol. Brilha demais para se olhar diretamente.

— Meu Deus, de onde você tirou isso? — Dessa vez eu ri, mas suas palavras estavam causando um furor em meu íntimo. Algo como repulsa e empolgação ao mesmo tempo.

Karine riu, sacudindo a cabeça.

— Ok, foi piegas. Acho que já estou bêbada. Mas agora que você está indo embora e não vai rolar nada mesmo, será que ele aceitaria sair comigo?

— Claro que não! — Não consegui imaginar Karine e Gael. Sem contar o quão terrível seria Gael saindo com uma das minhas amigas.

— Por que não?

— Não é muito nova para ele?

— Tenho vinte! E ele tem o quê? Vinte e cinco ou vinte e seis? Mas tem razão. Ele é todo certinho, embora seja lindo. Acho que não temos nada a ver. Bem, já vou indo.

— Já? — A festa estava rolando desde o meio-dia, mas ainda eram três da tarde.

— Laila me convidou para conhecer o apê do namorado dela. Disse que vai me apresentar um amigo dele. Acho que vou me dar bem!

Ela se afastou e eu olhei em volta, me sentindo deslocada em minha própria festa. Eu conhecia todo mundo ali, mas sentia que ninguém era meu amigo de verdade.

Achei que Laila viesse, mas onde ela estava agora? Fazíamos tudo juntas há anos, as pessoas até diziam que éramos como irmãs, de tão parecidas.

Me sentia triste por não sermos mais tão próximas. No fim, ela tinha me deixado como todo mundo me deixava.

De repente, Gael está do meu lado.

— Ei, que cara é essa?

Ele tinha tirado os óculos de sol. Reparei que estava mais bronzeado do que o normal, e que seu cabelo escuro tinha umas mexas mais claras, como se tivesse ficado muito tempo exposto ao sol.

— Acho que aproveitou o Rio, hein?

— Eu estava trabalhando.

— Ah, claro. O eficiente Gael Caballero. Não tenho te visto muito ultimamente.

Sim, era verdade, mesmo quando estava na cidade, ele nunca estava em casa.

— Namorada nova? — arrisquei. Estava curiosa, não podia negar. Nunca mais tinha visto a tal da Carol, mas vai saber com quantas mais ele saía?

— Não. Mas estou envolvido em um projeto que anda tomando bastante meu tempo.

— Projeto?

— Se vier comigo, eu te mostro.

Ele estava falando sério?

— Estou no meio de uma festa, se não percebeu.

— Não vejo nenhum amigo seu aqui.

— São todos meus amigos! — refutei.

— Não parecem próximos. Laila não veio, não é?

— Ela está com o namorado.

Ele sorriu com sarcasmo.

— Claro, ela achou outra pessoa para sustentá-la.

— Ah, nada a ver!

— Sabe que tenho razão. E então, vem comigo ou não?

Ele estendeu a mão bronzeada para mim. Depois de muitos anos, ainda me pergunto por que eu a peguei e deixei que ele me levasse.

*   *   *

Me sentia como num sonho estranho durante todo o tempo em que ele dirigia, saindo da cidade e pegando a estrada. Passamos por um pequeno centro comercial, com barraquinhas à beira da praia e muita gente pelas ruas aproveitando o verão. Mas só paramos em uma praia quase deserta – havia apenas poucas pessoas curtindo o fim de tarde e algumas casas. Gael parou o carro em frente a uma casa em construção.

— Eu não gosto de praia. — Fiz uma careta.

— Não vim te mostrar a praia. — Ele saiu do carro e eu fiz o mesmo. As ondas arrebentavam bem próximas de nós, me dando arrepios.

— Então, o que viemos fazer aqui?

— Vim te mostrar minha casa. — E apontou para o edifício em construção à direita. Eu arregalei os olhos.

— Sua casa?

— Sim.

Ele segurou minha mão e me levou para o esqueleto de madeira e concreto, ainda sem um teto, apenas grandes vigas entre o céu e nossas cabeças.

— Não sabia que estava construindo uma casa.

— Pareceu curiosa sobre onde eu passava minhas horas livres.

— Aqui? Tipo, construindo você mesmo?

— Não sozinho. — Ele riu. — Mas gosto de saber que eu mesmo coloquei aquelas vigas ali.

— Uau. — Estava impressionada de verdade.

— Gostou?

— É, não tem muito para se ver, mas parece enorme.

— Sempre quis ter uma casa grande. Eu morei em um apartamento minúsculo em São Paulo com a minha mãe.

— Ela ainda está lá?

— Sim. Ela se casou de novo.

— E seu pai?

— Ele já é falecido. Faz oito anos.

— Ah, não sabia. Me desculpa.

— Foi há muito tempo.

— Pelo menos ainda tem sua mãe — murmurei, sentindo aquela velha sensação de vazio me assolar.

Ele parou para me encarar. E vi compaixão em seu olhar. Isso me incomodou, já que eu nunca falava de minha mãe para ninguém. Muito menos do quanto me sentia vazia com a ausência dela.

— Esquece. Não quero falar sobre ela.

Me afastei, agora sentindo como se a casa sem paredes me espremesse.

Fui até a praia para respirar o ar salgado. Meu peito doía.

— Devia conversar sobre isso. — Gael parou ao meu lado.

— Por quê?

— Para não sufocar.

— Eu sufoco há anos.

Ele não falou nada. Apenas se sentou na areia.

Queria pedir que me levasse embora. Mas, em vez disso, me vi sentando ao seu lado. E falei, sem pensar:

— Você já sentiu um vazio tão grande que parece que nunca nada vai fazer sentido?

— Está falando de sua mãe?

Inferno. Ele ia insistir?

— Talvez — sussurrei baixinho.

Sinto aquela velha hesitação que beira o repúdio quando começo a falar dela. Mas me surpreendo por querer me abrir com Gael. Fecho os olhos e deito na areia, deixando as imagens tomarem minhas lembranças.

— Eu gostava de admirá-la enquanto ela lia para eu dormir. — Sorrio com a lembrança que se forma em minha mente. — Ela lia *Alice no País das Maravilhas* enquanto mexia em meus cabelos. E quando afastava a mão, achando que eu já tinha dormido, eu a puxava de volta pela manga de sua camisa. Ela sempre usava mangas compridas, mesmo no calor. Eu não entendia... — Recolho minhas palavras, sua lembrança se apagando novamente. Deixando o vazio em seu lugar. — Queria entender... — Não consigo terminar.

— Talvez, quando tiver seus próprios filhos, entenda.

— Filhos? Nunca pensei nisso.

Ter filhos parecia uma realidade a anos luz de distância de mim. Descansei meu olhar em Gael, curiosa.

— Você pensa nisso? — perguntei.

— Em quê?

— Filhos... Essas coisas adultas.

— Penso, sim. Eu gostaria de ter dois. Eles viveriam aqui, cresceriam em frente ao mar, tendo a praia como quintal.

— Eles podem ser como eu e odiar o mar.

— Por que você odeia o mar?

Me sentei novamente, retirando a areia de meus cabelos. Pareceu natural quando Gael fez o mesmo, suas mãos se embaralhando nos fios, nas minhas mãos.

— Quase me afoguei quando criança. Estava com minha tia Norma e ela insistiu que eu entrasse na água. Foi horrível. Tenho muito medo. — Ficamos em silêncio por algum tempo depois de minha confissão.

— Eu gosto de pensar de frente para o oceano. — Gael disse, finalmente.

— Por quê?

— Porque quando olho a imensidão, meus problemas parecem pequenos.

Eu sorri. Era uma boa lógica.

Silêncio novamente. Fechei os olhos, aproveitando a brisa que tocava meu rosto. O barulho do mar no meu ouvido, me sentindo pequena. Sorri com aquele pensamento.

— Seu sorriso é mais brilhante que o sol.

Abri os olhos e encarei Gael. Ele me olhava como nunca tinha olhado antes.

"Ele sempre olhou assim para você. Você é que nunca percebeu. Ou não quis perceber." O pensamento sussurrado de algum lugar escondido no meu íntimo me assustou mais do que as traiçoeiras ondas do mar.

Desviei o olhar, meus cabelos revoltos cobrindo meu rosto ruborizado. O barulho das ondas disfarçava as batidas ensurdecedoras do meu próprio coração. Gael não podia escutá-las, mas eu podia.

— Vamos entrar. — Ele se levantou de repente e eu o encarei com incredulidade.

— Nem pensar. Não ouviu o que eu falei?

— Eu nunca deixaria você se afogar, Ana — ele disse, sério. Como uma promessa. — Eu nunca deixaria nada te machucar.

Perdi o ar.

Quando me afastei, não era mais pelo medo do mar. E sim daquele sentimento inesperado que começava a tomar conta de mim.

— Quero ir embora.

Por um momento, me pareceu que ele fosse insistir. Mas apenas abaixou o olhar. Quando me fitou de novo, já não havia aquela intensidade que me assustara.

Senti alívio. Senti pesar.

* * *

Enquanto voltávamos para casa, eu observava a paisagem pela janela e pensava no que Gael havia me dito. Seus planos para o futuro, envolvendo esposa e filhos, algo tão abstrato para mim ainda.

— Você tem alguém em mente? — a pergunta escapou de minha boca.

— O quê? — Ele olhou na minha direção um instante, confuso.

— Disse que queria filhos. Fiquei curiosa se você já teria alguém em mente... para isso. — Não conseguia formular a questão de maneira certa. "Você tem alguém importante em sua vida? Alguém com quem quer passar o resto dos seus dias naquela casa de praia?"

Ele voltou a atenção para a estrada.

— Sim, eu tenho.

Eu não tive coragem de perguntar quem era. Talvez no fundo eu já soubesse.

CAPÍTULO 5 - ANA

Quando estaciono o carro, aprecio o horizonte, apreensiva. Uma tempestade está se formando, com nuvens negras que se arrastam como espectros no céu indefeso.

Corro para o porta-malas e apanho uma capa e um guarda-chuva para me proteger dos pequenos pingos que já começam a cair. Em vez de ir para casa, tomo o sentido contrário. O sentido da casa de Lívia e Rui. Como da primeira vez que caminhei até lá, ainda não tenho certeza do que me impele naquela direção.

Paro em frente à construção e reparo nas janelas abertas. "A chuva fará um estrago", penso.

Posso dar meia-volta e ir cuidar da minha vida, ignorar a presença do casal estranho. Hesito por alguns instantes, mas um instinto que ainda não sei nomear me empurra até ver meus próprios dedos tocando a maçaneta da porta. Está aberta.

Meu coração está um pouco disparado quando entro na sala espaçosa, com móveis de vime espalhados de forma displicente, mas, ainda assim, elegante. Mordo os lábios, indecisa se devo continuar, afinal, estou invadindo aquela casa. Um relâmpago corta o céu, o prelúdio do aguaceiro que vai cair em breve. Vou até a janela da sala para fechá-la.

Enquanto caminho até as escadas, não consigo evitar que meus olhos curiosos desvendem os segredos da casa de Lívia e Rui. Não há quase nada ali que acuse sua ocupação, o que não é exatamente estranho, já que o casal chegou há poucos dias e a casa deve ser alugada.

Avanço pelas escadas até o andar superior. O primeiro quarto está vazio e as janelas de vidro já estão cerradas. Continuo pelo corredor até abrir a porta do quarto que é ocupado pelo casal, aquele com a parede de vidro que tem vista panorâmica do mar. A cama está desfeita. Há algumas malas entreabertas pelo chão. Eles não as desfizeram. Isso deve dizer que realmente pretendem ficar por pouco tempo. Não deixa de ser um alívio.

Fecho também a janela deste quarto, com pressa, querendo sair logo dali. Não seria nem um pouco agradável que Lívia e Rui chegassem e me flagrassem invadindo sua casa, ainda que eu explicasse meus motivos. Porém, algo me detém na mesa de cabeceira. Um porta-retratos.

Ao chegar mais perto, surpreendo-me com uma foto de Lívia grávida. Os cabelos castanhos mais compridos, um sorriso feliz no rosto. Um vento mais forte faz tremer as janelas, me assustando.

Recoloco o porta-retratos no lugar e saio do quarto, descendo as escadas rapidamente e dirigindo-me até a porta da frente. Abro o guarda-chuva e deixo a casa para trás, mas meus pensamentos estão confusos. Não havia nenhum indício naquela casa de que havia uma criança com eles.

Quando chego em casa, a tempestade está formada. E não falo daquela que escurece o horizonte e faz as ondas se transformarem em monstros que engolem a areia. Eu falo da tempestade que vejo nos olhos de Gael.

Ele desce as escadas pulando de dois em dois degraus e me encontra no momento em que entro na sala e coloco as chaves do carro calmamente sobre o aparador.

— Onde você estava? Sua voz é mais forte que o trovão lá fora.

Seu peito sobe e desce como se tivesse corrido uma maratona. E não me admiraria que tivesse mesmo percorrido a casa inteira em tempo recorde em busca de seu troféu perdido: eu.

— Fui fazer compras. Deixei um bilhete, não viu? — Minha voz está calma. Não falo sobre minha visita à casa vizinha.

— Eu só vi o bilhete depois de te procurar pela casa e não achar!

— Por que está bravo? Eu só fui ao mercado. Quer algo mais normal do que isso? — respondo enquanto me livro da capa de chuva, a caminho da cozinha. Mas Gael segura meu braço, me obrigando a virar.

— Tem noção do quanto me deixou preocupado? — Sua voz é um sibilo baixo e angustiado.

Sinto suas palavras em meu peito. Dói.

— Me desculpe — murmuro.

— Por que saiu?

— Você tinha razão. Não posso ficar presa para sempre aqui.

Ele me solta. Seu olhar muda, parece incrédulo. Procura nos meus olhos se estou dizendo a verdade.

— O que quer dizer? — indaga, devagar.

Dou de ombros, sem saber o que responder. Ele não insiste.

— Então foi ao mercado? — Gael cruza os braços, me interrogando enquanto pego um copo de água.

— Eu vi a Sara.

— Sara?

— Você sabe muito bem de quem estou falando. — Fico impaciente. Não sei por que ele está fingindo que não lembra da mulher da barraca de bijuteria.

— Não gosto dela — continuo.

Não é inteiramente verdade.

— Por que não?

Ele sabe o porquê, só quer que eu diga em voz alta. Então, mudo de assunto:

— Eu vi Rui e Lívia também.

Dessa vez, Gael parece mais atento.

— Falou com eles?

— Eles estavam brigando.

— Brigando?

— Eu ouvi apenas fragmentos. Estava entrando no carro e eles saindo. Parecia bem sério.

— E você está curiosa.

— Não! — refuto, mas sei que posso realmente estar um pouco.

Esse tipo de sentimento é esquisito para mim. Há meses não me interesso em nada que vá além do meu próprio mundo. Me dar conta dessa mudança me assusta, como se Lívia e Rui fossem o vento que assola as janelas neste momento, querendo entrar. Querendo invadir a pequena paz que construí aqui dentro.

— Por que acha que eles brigavam? — Gael insiste no assunto.

— Não sei. Mas não é a primeira vez. Os vi brigando pela janela quando fui até a casa deles.

— Se você está tão curiosa, talvez devesse tentar se aproximar.

Arregalo os olhos como se ele tivesse pedido algum absurdo.

— Por que eu faria algo assim?

— Você acabou de falar que não quer ficar isolada para sempre.

Engulo o pânico que essa simples sugestão de Gael me causa.

— Por que está fazendo isso? — sussurro, amedrontada.

Com poucos passos, ele está na minha frente. Seus braços me rodeiam. Crispo meus dedos em sua camisa e aspiro.

Ele tem cheiro de mar.

— Me desculpe. — Sua voz sai abafada contra meus cabelos.

— Nada vai mudar, não é? — sussurro, sem conseguir esconder meu medo.

— Só vai mudar se você quiser — ele repete as palavras que me disse há tantos meses.

Eu não tinha me dado conta de que existia outro medo dentro de mim até este momento. — E se eu nunca quiser? — me vejo indagando.

A resposta que desejo não vem, pela primeira vez.

Tento ignorar o pavor querendo se alastrar dentro de mim quando me afasto o suficiente para encarar Gael. Ele me solta. Há tormenta em seu olhar, uma tormenta que me apavora mais que a tempestade que acontece lá fora.

— Ana, eu... — ele começa, e algo que me diz que não vou gostar do que vou ouvir.

Um choro se sobrepõe ao barulho da chuva. Eu já estou a anos luz de distância da discussão com Gael ou interessada em nossa curiosidade sobre o casal vizinho quando corro escada acima e entro no quarto.

*　*　*

A luz baixinha, para não atrapalhar seu sono, me faz ter dúvidas se está realmente dentro do carrinho. Por um segundo, meu coração pula, lembrando da sensação que era ter os móveis daquele quarto vazios, sem uso. Não fazia tanto tempo assim.

Mas seus bracinhos agitados logo entregam que ela está ali, chorando, pedindo por alguma ajuda que ainda não conseguia expressar de outra maneira. Não demoro mais que alguns segundos para atender ao meu instinto e segurá-la em meus braços, apertando-a contra meu peito. Imediatamente, ela suspira. Seu corpinho pequeno encontra tranquilidade contra o meu.

// 63

— Não chora, querida. Estou aqui — murmuro.

A criança se acalma com a minha proximidade e eu sorrio. Nada mais importava quando eu a tinha assim. Sento-me e abro a blusa, oferecendo meu peito. Ela pega, faminta. E nesse momento, tudo volta a ser certo e seguro. Alice é minha segurança.

Aliso seus cabelos claros, ainda ralos em seus três meses de vida. Aprecio o rostinho concentrado enquanto a amamento. Como sempre acontece quando a tenho assim, me perco contemplando o quanto é perfeita. O quanto minha vida parece completa junto dela.

Aqueles são meus momentos preferidos. Quando a sinto tão minha. Com Alice em meus braços, nada mais importa. Meu mundo é ela. Minha filha.

Levanto a cabeça e Gael está nos observando pela porta. Ignoro a sombra em seu olhar, que ele rapidamente esconde quando vê que eu olho de volta.

— Ela ficou bem enquanto estive fora?

— Sim, ficou. Dei mamadeira duas vezes, mas ela ainda prefere o peito. — Ele entra no quarto e fecha a janela. — Vou até o carro pegar as compras que você fez antes que a chuva piore.

— Gael — chamo, antes que ele saia. — Como Sara sabia sobre Alice?

— Talvez do mesmo jeito que ela sabia que terminaríamos aqui, juntos.

Toco meu colar no pescoço, pensativa.

Sim. Ela sabia.

antes

Voltei para casa somente um ano depois de ir para a faculdade, para as festas de fim de ano. Eu falava com meu pai toda semana pelo telefone, e toda vez ele fazia recomendações com alguma censura para que se sentisse o pai do ano, atencioso e preocupado. Mas eu sabia que, na verdade, ele não estava nem aí. Era só uma questão patriarcal de controle.

Nas férias do meio do ano, papai questionou se eu iria para casa e me perguntei por que faria aquilo. Para vê-lo apenas por alguns instantes entre uma ida a um restaurante e outra?

Além disso, havia algo em mim que hesitava em rever Gael. Eu sabia que ele continuava firme e forte na posição de puxa-saco número um, tomando cada vez mais espaço na vida de meu pai, pelo que o próprio falava com a voz cheia de orgulho. Além disso, Gael nem devia sentir minha falta.

Então, de maneira petulante, disse que preferia fazer uma viagem com meus novos amigos. Sim, eu tinha muitos amigos agora. Eles amavam o fato de eu morar em um apartamento enorme em um bairro bacana da cidade, diferentemente deles, que viviam em repúblicas ou ainda com os pais.

Minha nova casa se tornou o local das festas badaladas, reuniões e encontros. Tudo devidamente custeado pelo dinheiro Mondiano, que meu pai não parecia estar preocupado em pagar, ou simplesmente não se importava.

Quando voltei no fim do ano, não sabia bem o que esperar – nem mesmo o que ia sentir. Eu achei que estaria nostálgica, saudosa dos meus amigos e da antiga vida. Mas não senti nada.

O tempo que passei fora, fazendo novos amigos e vivendo novas experiências, fez como se toda a vida ali em Florianópolis tivesse acontecido com outra pessoa.

Cheguei em um sábado à noite e só me encontrei com meu pai na manhã seguinte. Ele me abraçou com frieza antes do café e fez comentários aleatórios sobre meu novo corte de cabelo e que eu estava magra demais. Nenhuma das duas coisas era real: eu não havia mudado em nada. Pelo menos, não fisicamente.

— E quem vem para o Natal? — perguntei.

Papai começou a discorrer sobre os convidados. O Natal geralmente era uma chatice com um desfile de parentes distantes que não víamos o ano inteiro e fingiam intimidade apenas nessas ocasiões.

Eu gostava mesmo era do réveillon, em que meu pai costumava dar uma grande festa com seus conhecidos famosos que frequentavam o Mondiano. Outros donos de restaurantes, um pessoal das agências de publicidade e até mesmo um ou dois clientes famosos costumavam aparecer lá em casa para a ocasião. Era realmente algo extraordinário.

— E quero que conheça uma pessoa.

Entrei em estado de alerta. Aquele era um tom estranho que nunca tinha ouvido vindo de meu pai.

— Quem?

— Helena.

— Quem é Helena?

Ele riu, se levantando e dando a conversa por encerrada.

— Ela virá hoje para a ceia. Você vai adorá-la.

E foi para seu escritório, me deixando com a pulga atrás da orelha.

* * *

Ainda pensando na conversa que tive com meu pai, fui para meu quarto colocar um biquíni. Pelo menos dela eu sentia falta: da minha enorme e segura piscina. Por algum tempo, nadei de ponta a ponta, me esquecendo das conversas incômodas e questionamentos.

Quando emergi, Gael estava me encarando.

Tomei um susto com o tamanho da minha perturbação ao vê-lo ali, quase repetindo a cena em que nos encontramos da primeira vez, há tanto tempo.

— Ainda tentando se afogar? — Usou um tom divertido, que eu não tinha certeza se era uma brincadeira ou uma bronca.

Eu tinha deduzido que Gael não estaria na cidade. Nos outros anos, ele viajara para encontrar a mãe.

— O que você está fazendo aqui? — Não consegui evitar o tom defensivo na minha voz.

Ele estendeu a mão para mim com um olhar indulgente.

— Continua a mesma menininha birrenta, hein?

E, por um momento, pensei que eu era realmente aquela mesma menina de antes. Com os mesmos sentimentos de antes. Foi somente quando segurei sua mão e ele me puxou para fora da piscina que percebi que estava errada.

Não. Não era como antes. Tinha algo mais ali. Algo que me assustou tanto que tive vontade de correr de volta para São Paulo naquele mesmo momento, para a vida que eu construíra lá. Para a Ana que eu era lá.

Ao invés disso, libertei minha mão da dele.

— E você continua o mesmo babaca! — Não resisti em dizer. Sabia que isso só faria com que ele me chamasse de infantil.

Talvez fosse exatamente isso que eu quisesse: que ele me achasse uma criança. Quem sabe assim eu me livrasse daquela sensação de frio na boca do estômago que estar perto dele novamente me causava.

Mas, em vez de ficar bravo, ele riu.

O que me deixou ainda mais desconcertada.

— Ah, Ana, senti sua falta. — A risada morreu em seus lábios, transformando-se em um sorriso quase terno. Quase me fazendo acreditar que ele não estava sendo sarcástico.

— O que você faz aqui, Gael? Não foi ver sua mãe? — Optei por ignorar suas últimas palavras. Assim como ignorei também o calor que elas tinham causado em minha barriga.

— Não este ano — ele respondeu, dando de ombros, e seu celular tocou. — Bem, queria ficar aqui queimando ao sol como você, mas o dever me chama.

— No dia de Natal?

— O mundo não para de girar, Ana. Até a noite.

Ele partiu e só depois eu percebi que tinha me esquecido de perguntar quem era Helena. Mas eu descobri naquela noite.

✴ ✴ ✴

Helena era uma mulher de quarenta e tantos anos, magra e elegante, com cabelos pretos e que usava brincos enormes. Ela sorriu com seu rosto cheio de botox quando meu pai a apresentou como sua namorada.

Senti uma vertigem enquanto engolia a vontade de vomitar. Ou gritar. Meu pai tinha arranjado uma namorada.

Sorri de volta com toda a falsidade que consegui reunir e me afastei, preferindo aguentar a conversa irritante de tia Norma do que interagir com meu pai e aquela mulher.

Como ele ousava? Será que eles se casariam? Ela tomaria posse da nossa casa? Da casa da minha mãe?

A noite foi como uma tortura para mim. Fiquei o tempo inteiro me esquivando de meu pai e Helena, evitando qualquer outro tipo de interação com eles. Helena, por outro lado, conversava com todos os convidados, fazendo muito bem o papel de anfitriã perfeita. Como se a casa já fosse dela.

Quando todo mundo se foi, papai me abraçou pelos ombros.

— E então, o que achou de Helena?

— Por que não me disse antes? — indaguei com frieza.

Gael me fitava com os olhos semicerrados.

— Ainda é recente, querida.

— Vai se casar? — Havia veneno na minha voz.

Meu pai não percebeu. Tinha certeza que Gael, sim.

— Ainda é cedo para saber, não é? — Ele riu e se dirigiu às escadas. — Boa noite para vocês.

Esperei ouvir a porta do quarto de papai se fechar para perguntar o que queria a Gael.

— Você sabia disso?

— Como não ia saber? Fernando está com Helena há alguns meses.

— E por que *eu* não sabia?

— Porque você não estava aqui.

— Nós nos falamos toda a semana!

— Talvez ele quisesse ter certeza de que é algo sério antes de apresentá-las.

— Sério? Não acredito que é sério!

— Sua mãe foi embora, Ana. — Gael assumiu o tom que se usa para falar com crianças. — Seu pai tem o direito de refazer a vida dele. E, se quer saber, acho que Helena está lhe fazendo bem. Eu sabia que ia dar certo.

— O que você quer dizer com isso?

— Que fui eu quem os apresentou.

— De onde você a conhece?

— Ela é mãe da Carol.

— Ah, claro, sua namoradinha Carol!

— Não estamos mais juntos faz tempo, mas ainda somos amigos.

— Que conveniente, não? Devo me preparar para voltar daqui a um ano e as duas estarem morando na minha casa como primeiras-damas?

— Você está sendo absurda.

— Ah, vai se foder!

Eu estava furiosa. Saber que meu pai estava namorando era terrível para mim. E descobrir que tudo tinha sido ideia de Gael, pior ainda. Aquele cara não cansava de ferrar com a minha vida?

— Achei que você estivesse mais madura, Ana. Mas vejo que me enganei — disse Gael, antes de se levantar e subir as escadas, me deixando sozinha com minhas frustrações.

* * *

O restante dos dias foi um inferno. Eu evitava Gael e até meu pai. Tentei ficar o máximo de tempo possível fora de casa, reencontrando alguns amigos das antigas, como Karine. Laila estava viajando com seu noivo para Miami. Mas, para piorar, era a tal da Helena que estava organizando a nossa festa de réveillon.

— Ela é incrível, Ana! Vai ser a melhor festa que já demos — papai dizia, animado.

Eu tinha vontade de gritar e pedir que ele se livrasse daquela mulher. Não conseguia aguentar o jeito com que ele era amoroso e cheio de atenção com ela.

No fundo, sabia que Gael tinha razão e que eu estava sendo absurda, mas não conseguia evitar o ciúme nem a dor que sentia por estar sendo preterida novamente. Porém, o que eu poderia fazer? Causar uma briga só ia piorar tudo. E eu não queria mais ser acusada de ser imatura por Gael. Então, vesti meu melhor sorriso para participar da festa de réveillon.

Eu podia odiar Helena o quanto fosse, mas jamais conseguiria dizer que ela não sabia organizar uma boa festa. A decoração de nossa casa estava exuberante, combinando elementos chiques de prata com a descontração de arranjos tropicais, e todos os convidados pareciam estar se divertindo como nunca.

A comida estava absolutamente perfeita e havia champanhe para deixar todos à vontade – até demais. Eu começava a me sentir levemente embriagada. Até mesmo meu pai tinha desaparecido com Helena por algum tempo, e eu definitivamente não queria saber o que estava acontecendo entre aqueles dois.

Sentei na beira da piscina, com o jardim silencioso como companhia, me perguntando quando aquele vazio dentro do meu peito seria preenchido. E como sempre fazia quando me sentia assim, pulei na piscina, sem sequer me preocupar se o cloro estragaria o meu caro vestido prateado.

Simplesmente deixei que a força do mergulho me levasse para baixo, e só voltei a emergir quando senti que meus pulmões iam explodir.

— Eu estava me perguntando se teria que pular aí de novo.

Dessa vez não foi a voz grave de Gael que me surpreendeu, tampouco sua presença salvadora, sempre preparado para me resgatar. Foi, na verdade, o que fez em seguida: completamente vestido, ele se aproximou da piscina e, sem pedir licença, pulou na água.

— O que... Você não deveria estar aqui! — sussurrei. — Vai estragar sua roupa...

Ele riu, flutuando à minha volta.

— Também vai estragar a sua.

— Eu ainda não entendi por que está aqui.

— Talvez eu queira entender essa sua fascinação pela água com cloro.

— Ah, claro, você gosta do mar.

— Ainda está brava por causa de Helena? — indagou com suavidade.

— Sei que é estúpido, mas não consigo evitar... — desabafei. — Ele consegue dar amor pra todo mundo, menos pra mim...

— Não é assim.

— É, sim! É como se... eu nunca fosse boa o bastante para ser merecedora...

— Acha que não é merecedora de amor?

Eu não respondi.

— É por isso que você sempre tentou se encaixar na vida de todo mundo, se transformando naquilo que acha que as pessoas querem de você? Para ser amada?

— Nunca fiz isso! — refutei, profundamente incomodada por ele estar chegando bem perto da verdade.

— Menos comigo.

— O quê?

— Você nunca se esforçou para ser diferente perto de mim.

Encarei profundamente Gael, tentando tirar algum sentido daquilo que ele dizia. E, de repente, eu sabia a resposta. Ela se revelou a mim como se uma mão invisível a descortinasse diante de meus olhos confusos.

— Talvez porque eu tenha notado desde o começo que não era preciso.

As palavras flutuaram entre nós, mais densas do que a água que nos envolvia.

Eu nunca saberei dizer com exatidão quem fez o primeiro movimento, mas em um instante eu encarava Gael, atordoada, e no seguinte, ele estava enchendo minha boca de beijos molhados.

Tive a impressão que ia derreter e me juntar à água se Gael não me apertasse forte, como se soubesse que eu estava prestes a me desfazer.

E era exatamente assim que eu me sentia: me desfazendo, me desconstruindo. Em nenhum momento passou pela minha cabeça qualquer reação que não fosse a de envolvê-lo e me colar em seu corpo assim como sua boca já estava colada à minha.

Então, seus braços me ergueram sobre a borda da piscina, colocando-me sentada ali. Seus lábios largaram os meus por um momento, apenas para que ele desse um impulso para fora da piscina e se estirasse sobre mim, com suas mãos ansiosas me pressionando, me marcando, enquanto seus lábios voltavam aos meus, roubando meu ar. Roubando minha capacidade de viver sem ser assim, enroscada nele.

Por um instante louco, tive a total consciência de tudo o que estava rolando. De que era Gael que estava ali, em cima de mim, com sua mão entre as minhas pernas e sua boca sobre meu seio. Ele estava excitado. Eu estava excitada.

Era tão absurdo e maravilhoso ao mesmo tempo que meus pensamentos entraram em colapso. E apenas um se sobressaiu: eu sempre o quis assim. Exatamente desse jeito.

Com sua boca sobre a minha, com suas mãos deixando marcas na minha pele, com sua ereção se esfregando em mim, me fazendo estremecer de expectativas e ansiedade.

Eu queria Gael. Tanto que doía. Mas então, do mesmo jeito que aquilo começou, também acabou. Demorei alguns segundos para entender que o frio que sentia na minha pele era porque Gael tinha se afastado.

Abri os olhos confusa e ele estava em pé, passando os dedos nervosos pelo cabelo.

— O que... — balbuciei aturdida, me sentando.

— Isso não devia ter acontecido.

— Não estou entendendo. A gente... — Subitamente minha excitação desapareceu, dando lugar a um emaranhado de sentimentos confusos.

— Não era para isso acontecer — falou novamente, como se dissesse a si mesmo.

Franzi o cenho, aturdida. Gael não me encarava, então comecei a fazer uma retrospectiva na minha cabeça.

Gael na piscina. Nossa conversa. O beijo.

Bem, não foi só um beijo.

Deus, eu tinha mesmo beijado Gael? Me esfregado em Gael? E ele tinha se esfregado em mim e... quase a ponto de...

Aquilo não fazia sentido. Eu não gostava dele, não é? E ele não gostava de mim. De repente, me recordo do que disse na piscina. Será que eu tinha enlouquecido? Não podia ser verdade. E do jeito que Gael me fitava agora, como se tivesse cometido o maior erro do mundo.

— Você me beijou! Você... me agarrou! — acusei, porque comecei a sentir vergonha.

Ainda não sabia que diabos tinha acontecido. Mas não gostava nada do jeito que Gael me encarava agora.

— Sim, foi um erro. — Sua voz saiu fria como gelo. Congelou meu coração. Congelou meu corpo inteiro. Chegou até minha alma.

— Um erro?

— Sim.

— Por quê?

— Você é filha de Fernando Mondiano. O cara que eu mais respeito no mundo. Eu nunca me aproveitaria da confiança que ele tem em mim trepando com a filha dele.

— Há! — Solto uma risada sem humor, me levantando. — Acho que começo a entender. Você não quer manchar sua reputação como queridinho de Fernando Mondiano!

— Ana...

— Olha, tem razão. Foi um erro! E daqueles bem grandes! Eu nem sei o que deu em mim pra deixar que me beijasse, e acho que tomei muito champanhe. E eu nem gosto de você! — Despejei toda a raiva que estava sentido.

E não só de Gael, mas de mim mesma.

Peguei meu sapato do chão.

— Pode ficar tranquilo. Não vou contar nada ao meu pai. Esse vai ser nosso segredo. Mais um para nossa coleção.

E me afastei sem olhar para trás. Por muito tempo, depois daquela noite, eu nunca me permiti olhar para trás.

CAPÍTULO 6 – ANA

O tempo mudou.

Enquanto acalento Alice em meu peito e observo as ondas punindo as pedras, penso em como a mudança de tempo lá fora parece refletir a mudança da atmosfera aqui dentro. É apavorante.

Gael está no mar. Ignorando o frio cortante da tarde, ele mergulha como sempre faz, sumindo de minha vista por alguns momentos.

Já faz dois meses que nos mudamos para a praia. No começo, eu costumava apreciar esses momentos sozinha com Alice. Eu e minha bebê. Gostava de entrar na banheira quente, sentindo seu corpinho delicado contra o meu. Depois do banho, nos enrolávamos na mesma toalha, fingindo que compartilhávamos a mesma pele. Que éramos uma só.

Eu sentia a paz enchendo meu coração e a certeza de que tudo o que eu havia feito para que estivéssemos ali fora certo.

Agora, ela choraminga um pouquinho e a mudo de posição no meu colo. Hoje não houve banho. Estou apreensiva demais e acho que Alice sente isso. Sinto-me culpada. Quero que ela tenha paz comigo, assim como ela me dá paz. Quero que sejamos completas juntas, como mãe e filha devem ser.

Abro novamente minha blusa e deixo que se alimente em meu peito, o resmungo se calando de imediato e sendo substituído pelo doce som dos pequeninos lábios sugando. Sorrio. Ela adormece rapidamente e eu a coloco no berço.

Ao voltar para a cozinha, deixo o olhar vagar de novo para além da janela. Me perco na perfeição que é a visão de Gael saindo da água. Ele é bonito de uma forma quase surreal. Lembro de como relutava em aceitar isso antes.

Quando foi que deixei de mentir para mim mesma? Quando meu orgulho deixou de ser mais importante que outras questões da minha vida? Que importância tinha se eu me sentia atraída por Gael?

O simples fato de ele prender seus olhos escuros em mim me deixava quente como uma flor ao sol. O sol alimenta as flores, mas também as destrói.

Hoje eu sei que meu medo era exatamente esse. Que Gael tivesse o poder de me destruir. Eu sabia que ele via além do que os outros enxergavam. Ele sabia quem eu era.

De repente, uma mulher se aproxima de Gael, que está se enxugando. É Lívia. Os dois começam a conversar, mas não consigo ouvir o que falam. Sinto-me curiosa. Incomodada, na verdade.

Depois de alguns minutos, eles se despedem e se afastam em direções opostas. Escuto Gael entrar em casa e ir diretamente para o chuveiro.

Ainda estou pensando no que poderia ter sido aquela conversa quando ele entra na cozinha.

— Tudo bem?

— Por que não estaria? — Devolvo com o mesmo tom que a Ana de antes usava. Aquela Ana imatura e ciumenta.

Se ele percebeu, não disse nada. Começa a se mover pela cozinha para fazer nosso jantar.

— Vi você conversando com a Lívia na praia.

— Sim, eu a convidei para jantar.

Deixo escapar um suspiro assustado. Gael ignora minha reação.

— Por que fez isso? — Minha pergunta é ácida.

— Porque eles são nossos vizinhos e é isso que vizinhos fazem.

— Você só pode estar brincando!

— Ana... — Ele estuda minha reação. Parece exasperado e convicto ao mesmo tempo. — Vai acontecer. Acostume-se.

— Não quero socializar com ninguém!

— Não seja birrenta.

— Odeio que nossa paz tenha sido tirada por essas pessoas!

— Você está sendo exagerada. Acho que nos fará bem ter alguma companhia.

— Eles não iam embora?

— Lívia me disse que quer ir embora amanhã. — Isso me deixa aliviada. Ele continua — Então seja educada e gentil com eles. Sei que consegue.

— Você está sendo irônico agora!

Ele ri. Quero sair dali e ver como Alice está, mas Gael continua falando.

— Eu disse para a Lívia que fui eu quem entrou na casa deles.

Eu paro, surpresa.

— Como sabe...

— Ela me questionou.

— E como você sabe que fui eu?

— Quem mais seria?

— Eu só queria que a chuva não entrasse.

Ele não responde. Não sei se acredita em mim.

— Por que você mentiu por mim?

— Força do hábito.

Engulo em seco enquanto nos encaramos. Nossos olhares se sustentam num embate silencioso por alguns segundos, mas logo ele desvia e começa a cortar sistematicamente algumas cenouras na bancada.

— Vem aqui me ajudar — pede, como se o diálogo anterior não tivesse acontecido.

— Vou ver Alice.

— Eu acabei de passar pelo quarto. Ela está dormindo.

Vencido meu argumento, me aproximo. Gael me passa uma faca.

Corte as batatas.

— É o serviço mais chato — reclamo.

— Eu fico com todo o trabalho pesado, não seja impertinente.

De repente, enquanto estou ali, na simples e monótona tarefa de cortar batatas à *julienne*, me dou conta de que é a primeira vez que Gael me dá um objeto cortante em meses. Essa constatação me faz estremecer e erro o alvo, deixando a faca cortar meu dedo.

O sangue se esvai e eu não faço nada por um momento, fascinada pelo tom vermelho que macula as batatas. É quando uma fresta é aberta na minha mente e eu sou transportada para outro lugar, outro tempo. Um tempo em que tudo era vermelho e confuso. Sangue e lástima.

— Ana! — Gael pega meu pulso e, no segundo seguinte, estou ao lado da pia, com a água escorrendo pela minha mão, levando o sangue e as lembranças embora. — Respira — ele diz ao meu lado, e só então me dou conta de que deixei de respirar.

Engulo o ar. Sei que estou pálida como um fantasma. Ou como uma morta.

— Desculpa — murmuro, trêmula e fraca.

— Está tudo bem. — Gael desliga a torneira e abre a gaveta, ainda segurando a minha mão. Providencia um curativo rápido e eficiente, como era de se esperar, vindo dele. Ele sempre conserta tudo.

— Ana? — Eu o encaro. — Fale comigo. — Ele está tenso e preocupado, e fala comigo com cuidado. Me sinto culpada por deixá-lo aflito.

Não é a primeira vez. Mas ele continua ali.

— Me desculpe. — O sussurro vem de um lugar dentro de mim que eu visito pouco. Um lugar onde mora um sentimento que prefiro deixar lá, escondido. Adormecido. Na verdade, meu pedido de desculpas vai muito além do acidente banal com a faca.

A mão de Gael ainda segura a minha. Eu entrelaço meus dedos nos dele. Um lampejo de surpresa transpassa seu olhar. Não sei se pelas minhas desculpas ou por meu gesto. Arrasto meus pés, a fim de me aproximar ainda mais dele, nossos corpos travando uma conversa silenciosa. Agora é ele que não respira.

Mas eu o aspiro. Sinto seu cheiro de mar. É tão familiar quanto meu próprio cheiro.

Fecho os olhos e sinto quando ele volta a respirar. A me respirar. Entreabro meus lábios e seu hálito se mistura com o meu. Sinto seu gosto na minha língua. Sei como é. Sei que será bem-vindo. E quando enfraqueço, agora, é por conta de um desejo que não sinto há tempos.

— Ana... — Meu nome em seus lábios é como um chamado de um homem se afogando.

Abro os olhos e dou um passo para trás, interrompendo todo contato.

— Me desculpe — digo de novo. — Eu...

— Por que pediu desculpas?

Sim, por que? Eu não sei responder. Mas, antes mesmo que eu possa tentar explicar, seu celular vibra no bolso da calça. Ele pega o aparelho e vejo sua expressão tornar-se irritada. Solta um palavrão baixo, colocando o telefone na mesa.

Mordo os lábios, confusa com aquela mudança brusca. Confusa com tudo.

Gael sai da cozinha sem falar nada e eu o acompanho com o olhar. Ele para assim que a porta de vidro se fecha. Olha o céu, o peito se movendo como se estivesse se contendo para não explodir.

Curiosa, aperto qualquer tecla do celular na mesa e a tela se acende, revelando o nome da última pessoa que ligou para Gael.

"Jonas".

Olho para fora novamente e Gael está na porta. Por um momento, apenas nos olhamos. Seu celular ainda está na minha mão. Ele sabe que eu vi.

É o resquício de um velho sentimento dentro de mim que faz meu dedo coçar de vontade de retornar a ligação. O tempo para por um momento, enquanto deixo aquela pequena fresta da porta do passado ser aberta. Dura apenas alguns instantes.

E então eu fecho esta porta com cuidado, recolocando o celular na mesa e abrindo a porta do presente para Gael entrar.

antes

Demorou até que encontrasse Gael outra vez. Passamos muito tempo nos evitando depois do episódio na piscina, de maneira que foi um alívio quando voltei para a faculdade. Estava ansiosa para retomar minha rotina longe dele e de meu pai. Em São Paulo, eu era outra Ana.

Uma Ana que não precisava ser obcecada pela aparência como todos à minha volta em Floripa. Ali, ninguém estava preocupado se eu não fazia escova no cabelo toda semana, ou se vestia roupas de grife e frequentava as melhores baladas. Era uma outra realidade, na qual mergulhei totalmente depois que voltei de minhas férias.

Até então, eu estava me segurando, como se tivesse medo de me transformar totalmente nessa nova Ana, já que teria que voltar para Floripa eventualmente. Agora, eu sabia que não queria mais voltar. E que não queria voltar a ser aquela Ana. Não havia nada que me prendesse lá. "Nem meu pai", pensava com desgosto.

Muito menos Gael.

Toda vez que eu pensava em Gael, o velho ressentimento vinha acompanhado de uma mágoa profunda. Por mais que tentasse esquecer aquilo, o que aconteceu na piscina ficou entranhado em mim. Como se seu toque em minha pele fosse uma tatuagem. Mas ninguém precisava saber. Ali em São Paulo, ninguém sabia que Gael existia.

Assim, eu vestia meu sorriso despreocupado e fazia novos amigos, saía com eles para baladas baratas na rua Augusta, assistia a filmes de arte ou ia a reuniões políticas, envolvida naquela nova vida que eu tinha escolhido para mim.

E foi assim que eu escolhi Jonas.

Nós nos conhecemos no trote, quando eu ainda era uma "burguesinha inocente", como ele gostava de brincar. Eu gostava dele, de ficar escutando seus discursos políticos cheios de sentimento, gostava do jeito que sorria por entre a barba espessa, os cabelos desgrenhados que nunca tinham visto um pente.

Todas as vezes que ficávamos eu me perguntava o que meu pai acharia se o levasse para casa. Com certeza Fernando Mondiano teria um treco se visse sua preciosa filhinha saindo com um estudante pobre de esquerda daqueles.

Naquela época, não era nada sério. Ele era apenas mais um dos caras com quem eu ficava às vezes. Eu não sentia a menor vontade de ter um compromisso, de me prender a alguém. Nunca tive, na verdade. Porém, depois que voltei daquelas primeiras férias em casa, senti pela primeira vez que eu precisava. E foi Jonas quem eu escolhi.

Ele era um cara legal, com ideais e uma história de vida tão diferente da minha que me fascinava. Tinha vinte e dois anos e fora criado na periferia da cidade. Morava na moradia estudantil da universidade e nunca tinha grana para nada. Mas isso não era um problema para Jonas. Ele só queria terminar a faculdade de sociologia e lutar pelo que acreditava.

E eu sentia que talvez fosse isso que faltava na minha vida, ter ideais, e Jonas me incentivava muito nesse sentido. Com ele, eu podia ser outra Ana, bem diferente daquela de Floripa. Ele me mostrava que o mundo era mais do que apenas passar o tempo gastando dinheiro com futilidades. E, em pouco tempo, ele deixou de ser apenas um cara com quem eu ficava, e se tornou meu namorado.

Não voltei para casa nas férias seguintes. Em vez disso, usei o cartão de crédito do meu pai para comprar uma viagem para Cuba. Jonas me amou ainda mais por isso.

Pela primeira vez em tantos anos, andando pelas ruas de Havana, com Jonas segurando minha mão e me contando sobre a história da revolução cubana, eu senti que podia ser feliz.

Eu iria me formar e esfregar o diploma de publicidade — uma faculdade que eu nem sei por que tinha escolhido — na cara do meu pai. E depois poderia partir para sempre, mesmo que ele me implorasse que eu voltasse a ser aquela Ana passiva e carente de atenção de sempre, enquanto ele dava tudo o que tinha, seu tempo, seus restaurantes e seu amor, para Gael.

Mas eu não estaria lá para ver isso. Tomaria as rédeas da minha própria vida. Iria morar com Jonas, arranjar um emprego que eu gostasse. Ele daria aulas, e poderíamos até mesmo ter uma família. Eu seria uma boa mãe. Eu não iria embora. Nunca.

Depois da viagem, nos tornamos absolutamente inseparáveis e eu não poderia estar mais feliz. Estávamos dando certo. Finalmente eu tinha alguém ao meu lado, alguém com quem podia contar.

* * *

Eu já tinha me acostumado àquela sensação de tranquilidade que a minha vida finalmente tinha tomado. O que só me deixou mais desconcertada quando fui atropelada pela surpresa de encontrar Gael saindo de um carro em frente ao meu prédio.

Ele se aproximou com os olhos me sondando, como um médico que procura machucados no corpo de um enfermo. E eu fiquei ali, paralisada, enquanto Gael me examinava, até que os olhos se agarraram aos meus, me tirando o ar. Fazia mais de um ano que não nos víamos.

— Ana. — Eu tinha esquecido da sua voz. Como era profunda, quase brusca. Como se tivesse sempre exasperado. Exasperado comigo.

Esse pensamento me irritou e ergui o queixo.

— Que merda está fazendo aqui?

Sua expressão se suavizou e ele sorriu, sacudindo a cabeça.

— Bom rever você também.

Bufei, desconcertada.

— Por que vou fingir que gostei de te ver aqui? — Não consegui evitar meu tom.

— Eu que deveria estar bravo. Estou te esperando faz horas. Sua aula não termina às 13h?

— Como você sabe disso?

Ele deu de ombros.

— Não é difícil descobrir.

— E por que você está me esperando? Eu não fazia ideia que estaria aqui...

— Eu poderia ter te avisado, se você não tivesse bloqueado meu número.

Fiquei vermelha. Gael nunca me ligava, mas mesmo assim eu tinha bloqueado seu número quando voltei pra São Paulo.

— E quando soube que eu tinha te bloqueado? — perguntei, como quem não quer nada.

— Faz muito tempo.

Engoli em seco. Ele tinha tentado me ligar antes. Por quê?

— Não achei que tivéssemos algum assunto.

— Talvez tenha razão — disse como que para si mesmo, passando as mãos pelo cabelo. Estava mais curto.

— Ainda não entendi o que faz aqui.

— Seu pai estava preocupado.

— Há! — Soltei uma risada sem o menor humor. — Claro que estava!

— Ele não curtiu muito que você tenha ido para Cuba em vez de ir para casa.

— Duvido que tenha se preocupado o suficiente.

— Foi por isso que você foi para lá? Para chamar a atenção do seu pai? Achou que ele viria atrás de você?

— E eu pareço alguém preocupada com isso? — menti. Porque Gael, como sempre, tinha chegado perigosamente perto de uma verdade que eu escondia até de mim mesma.

— Você que tem que me dizer.

— Veio até aqui para descobrir?

— Vim até aqui para te ver.

A suavidade em sua voz me desconcertou. Me desestruturou.

— Eu preciso entrar — disse, tentando fugir.

Eu deveria ter entendido que não seria assim tão fácil quando Gael entrou atrás de mim. Podia exigir que desaparecesse. Mas a quem eu queria enganar? Gael nunca iria desaparecer. Sem saber o que fazer, deixei que ele subisse comigo.

Ele entrou no meu apartamento olhando tudo em volta, curioso. Larguei meu material no sofá. A noite caía lá fora. Ele voltou a atenção para mim novamente, me medindo.

— Você está diferente.

— Diferente como? — indaguei, prendendo o cabelo em um coque alto.

— Acho que nunca te vi assim, toda desarrumada.

Eu ri.

— Não estou desarrumada. Estou vestida normalmente — comentei, olhando para meus jeans gastos e a camiseta da Frida Kahlo que ganhei de uma amiga.

— Você não era assim antes.

— Acho que as pessoas mudam, não é? Talvez você devesse experimentar. — Abri a geladeira olhando o conteúdo — ou a falta dele —, de forma crítica. Meu estômago roncava.

— Não tem nada aí. — Dei um pulo quando ouvi sua voz atrás de mim e fechei a geladeira com um estrondo.

— Esqueci de ir ao mercado.

— Ainda está tentando cozinhar?

— Eu sei cozinhar. O que achou? Que ia morrer de fome? — menti descaradamente. Eu não sabia fazer nada ainda. Passei todo esse tempo comendo fora ou pedindo comida.

— Vou fingir que acredito. Mas tudo bem, vou levar você para jantar.

Arregalei os olhos, surpresa. Ele estava falando sério?

— Como é?

— Você ouviu.   Ele começou a digitar algo no celular. — Estou fazendo uma reserva. Acho que você deveria se trocar. Não vai se sentir bem se for vestida desse jeito.

Ele se encaminhou para a sala, na direção da sacada, que tinha uma linda vista para o rio Pinheiros. E eu fiquei ali, paralisada. Devia mandá-lo à merda.

Porém, em vez disso, fui para o quarto, entrei rapidamente no chuveiro e coloquei um vestido preto daqueles herdados da minha outra vida. Pelo menos me recusei a passar maquiagem, e só soltei os cabelos e passei um brilho nos lábios.

Quando voltei para a sala, não olhei para Gael de propósito. Sei que seu olhar me acompanhava, mas eu não queria ver o que tinha nele. Peguei minha bolsa e abri a porta.

— Vamos?

Ele me seguiu sem falar nada. Como se tivéssemos feito um acordo tácito.

Entrei no carro, que devia ser alugado, e Gael ligou o som. Me lembrei da outra vez que estive com ele em um carro, naquele dia em que ele me levou até a sua casa na praia.

— Sua casa já ficou pronta? — perguntei.

— Sim. Te levarei lá para vê-la quando você voltar.

— E quem te disse que eu vou voltar?

Ele desviou os olhos do trânsito por um momento, me encarando na semiescuridão do carro, mas nada falou.

Queria que ele tivesse me questionado. Queria jogar na sua cara todos meus planos muito bem elaborados. Planos que não o incluíam. Mas ele me devolveu apenas um silêncio desinteressado. Gostaria que não tivesse doído tanto.

Após alguns minutos, Gael parou o carro em frente a um pequeno restaurante.

— Espero que a comida seja boa — disse, enquanto o acompanhava para dentro.

— O Arturito é um dos melhores.

— A chef é argentina, não? — Levantei a sobrancelha com ironia, enquanto ocupávamos uma mesa.

Ele apenas sorriu, daquele seu jeito arrogante. Inferno, como é que eu podia ter sentido falta daquele sorriso?

O restaurante tinha um clima intimista, com decoração clean e aconchegante. Um garçom se aproximou e fizemos nosso pedido.

— E então, o que acha que devo pedir?

— Nós vamos querer o Prime Rib. — Ele entregou o cardápio ao garçom e acresceu o pedido de vinho.

— Eu não gosto muito de carnes assim...

— Essa você vai querer, confie em mim.

É, ele tem razão. Depois que o garçom trouxe nossa bebida, decidi entrar logo no assunto.

— E então, vai me dizer por que está aqui? — indaguei, enquanto tomávamos nosso vinho.

— Seu pai estava preocupado.

— Por que ele mesmo não veio?

Gael não respondeu de imediato, mas também não precisava. Ele sabia a resposta e eu também. Um nó fechou minha garganta e eu amaldiçoei aquelas coisas que ainda tinham o poder de me magoar.

— Estava ocupado.

— Com a Helena? — questionei, sem evitar a cara de nojo.

— Eles terminaram.

— Ele não me disse. — Eu ainda falava com meu pai ao telefone, embora não com a mesma frequência de antes, mas ele não havia comentado nada.

— Além disso, se ele viesse, provavelmente vocês brigariam quando ele descobrisse seu namorado comunista.

Engasguei na hora, encarando Gael chocada.

— Quê?

— E por acaso as inclinações políticas do seu namorado são segredo? — ele indagou com falsa inocência.

— Claro que não são segredo!

— Mas seu pai certamente não sabe.

Ruborizei. Sim, meu pai não sabia.

No começo achei que não era da conta dele. Afinal, ele não se interessava de verdade pela minha vida e muito menos com quem eu estava saindo. Depois, passei um tempo arquitetando maneiras de contar. Sempre com a intenção de deixá-lo irritado, para que eu pudesse gritar que ele não mandava na minha vida. Não mais.

— Ele saberia, se quisesse — respondi por fim.

— Fiquei me perguntando se você não contou porque estava escondendo deliberadamente ou se era algum joguinho para chamar a atenção.

— Que absurdo! — Eu me irritei. — Por que você pensa sempre o pior de mim? Que inferno! Eu estou aqui, vivendo minha vida, longe de vocês. E não interessa se eu tenho namorado ou não. Como se isso importasse para você ou para o meu pai!

— Você acha que eu não me importo? — Gael perguntou bem devagar, com seu olhar me perscrutando, intenso. Irritante.

— Não importa. — Desviei o rosto.

Graças a Deus, a comida chegou. Tive que dar o braço a torcer: a carne que Gael escolheu estava realmente incrível.

— Hum, está bom.

— Sabia que ia gostar — disse com aquela presunção que lhe era peculiar.

— E meu namorado não é comunista. — Voltei ao assunto, até mesmo para minha própria surpresa.

— Fiquei sabendo que ele é ativista político.

— Ficou sabendo... que diabos é isso? Por acaso você investigou a vida dele? — indaguei, horrorizada. De que outra maneira ele saberia sobre Jonas?

— Pode-se descobrir muita coisa no Facebook. — comentou com simplicidade. Como se eu acreditasse naquilo. De repente, a presença de Gael ganhou um outro prisma.

— É por isso que você está aqui? Para falar sobre o meu namorado?

— Ok, Ana, eu gostaria que tivéssemos uma conversa civilizada antes que eu entrasse nesse assunto. — Ele pausou os talheres na mesa como um general descansando suas armas antes de um ataque.

Comecei a tremer de nervoso.

— Esse cara vai te colocar em confusão.

— Ah é? De onde tirou isso? Do Facebook?

— Eu só estou tentando te alertar...

— Ah, cala a boca! Foi meu pai que te mandou aqui?

— Seu pai não sabe de nada. Ainda — ameaçou.

— Pois pode falar pra ele que eu não tenho medo! Quem você pensa que é pra vir aqui dizer como eu devo viver?

— Eu só estou tentando evitar que você se machuque.

— Me machucar? Acha que Jonas vai me machucar? O Jonas é um cara legal, ele nunca me machucaria!

— Seu querido Jonas é um ativista político metido com coisas que podem explodir não só para ele, mas para você também. Vivemos numa época conturbada, cheia de intolerância, e isso pode respingar na sua integridade física.

Eu ri da forma como ele discursava.

— Posso namorar quem eu quiser! E quer saber? Eu gosto de como o Jonas é. Um cara que luta pelos seus ideais.

Desta vez Gael é quem ri, também sem o menor humor.

— Isso já era de se esperar, não é? Mais uma vez, você se transformou em outra pessoa apenas para conquistar esse cara. Quando vai amadurecer e viver sua própria vida e não a dos outros?

— Eu vivo minha própria vida! Você que não quer entender!

Levantei abruptamente da mesa e saí do restaurante sem olhar para trás. Só parei quando cheguei na rua, respirando fundo. Gael tinha me alcançado em poucos segundos e estava às minhas costas. Me virei, furiosa.

— Quer saber? Você perdeu seu tempo vindo aqui. Achou o quê? Que ia falar mal do meu namorado e eu ia aceitar sua opinião? Que terminaria tudo? Qual é o seu interesse nisso? Está com ciúme?

Ele ficou me encarando com o rosto esculpido em pedra.

— É, você tem razão nisso. Eu errei vindo aqui. Devia saber que era a tática errada.

— Tática errada? — cuspi as palavras. Ele era inacreditável!

— Estou começando a ficar cansado, Ana, esperando que você cresça por si só. Que entenda como suas decisões são erradas!

— Pare de agir como se minhas decisões fossem problema seu. Eu tenho quase vinte e dois anos, sou adulta! Você não é meu pai nem nada meu!

— Acha que não é isso que digo a mim mesmo o tempo inteiro? — ele gritou de volta e eu dei um passo para trás, assustada com sua intensidade.

— Por que você não me deixa em paz?

— Não sei.

— Não sabe? Também não sabe por que me beijou naquele dia na piscina? Por que está aqui, Gael, de verdade? Por que para todos os lados que eu olho, você parece estar ali me esperando?

— Talvez eu esteja fazendo exatamente isso.

Aquela afirmação me atingiu como um soco no estômago, me deixando sem ar por um instante. Ele tinha mesmo dito aquilo?

Com que direito ele aparecia novamente na minha vida, dominando tudo com sua presença e suas palavras que me enfureciam e ao mesmo tempo me deixavam ansiosa por algo que eu nem deveria querer?

— Gael. — Nós dois nos viramos ao ouvir aquela voz. Uma senhora morena nos fitava com um olhar preocupado. — Tudo bem? — Ela se aproximou.

Gael sacodiu a cabeça afirmativamente e colocou um sorriso no rosto para encará-la. Nunca vi aquela expressão nele antes. Ele segurou a mão da mulher e beijou seu rosto. Havia carinho em seu olhar.

Ela olhou pra mim, curiosa.

— Não vai nos apresentar? — perguntou.

— Ana, essa é minha mãe, Neiva.

Arregalei os olhos, chocada.

— Mãe? — balbuciei completamente aturdida.

A mulher não pareceu se incomodar.

— Então essa é Ana, a filha do Mondiano?

Neiva segurou minha mão. E deve ter percebido meu atordoamento, pois logo desviou os olhos para Gael.

— Não sabia que vinha hoje, querido. Eu vou entrar, tenho muito trabalho a fazer. Me liga depois?

— Claro.

Ela acenou e entrou no restaurante.

— Sua mãe trabalha aqui? — perguntei. — Ah, é mesmo, você havia me dito. — Ainda assim, aquilo não fazia sentido. Por que Gael me levaria para jantar no restaurante em que sua mãe poderia nos ver juntos?

— Ana, eu...

— Chega, Gael, acho que já dissemos mais do que devíamos. Quero ir embora.

— Tudo bem, eu te levo.

— Não — rechacei. — Eu pego um táxi.

— De jeito nenhum. Eu te trouxe, eu te levo embora. — Ele foi tão enfático que não tive forças para discutir.

Fizemos o caminho de volta para a minha casa envoltos num silêncio profundo. Minha cabeça dava voltas com tantas informações novas: nossa briga tensa, o encontro com sua mãe e a simples presença de Gael bagunçando toda a tranquilidade de minha nova vida. Eu ainda não conseguia entender o que ele estava fazendo ali.

E odiava mais ainda estar incomodada por saber que, quanto mais nos aproximávamos da minha casa, mais perto estaríamos do momento em que ele iria embora. Dessa vez, eu sentia que poderia ser para sempre.

Quando Gael parou o carro em frente ao meu prédio, enxuguei uma lágrima idiota com um movimento quase imperceptível. Quis, de maneira muito infantil, que ele notasse.

— Antes que saia, eu só quero te dizer uma coisa.

Sabia que devia sair do carro sem olhar para trás, mas não me movi.

— Eu te disse que não sabia por que não consigo te deixar em paz. — Gael fez uma pausa, como se lutasse para escolher as palavras. Ou se estivesse avaliando se elas podiam ser ditas. — Mas eu sei.

— Você quer eu que volte pra casa do meu pai? Que eu fique naquele lugar vendo você tomar conta de tudo?

— Eu quero que você descubra quem você é.

— Eu sei quem eu sou.

— Você acha que sabe, mas ainda não descobriu. Há um lugar dentro da sua mente que só você pode entrar. E sair.

— Eu ainda não entendi o que isso tem a ver com você.

— Talvez um dia eu te diga. — E destrancou a porta num claro sinal para eu sair.

Eu queria discutir, porém, avistei Jonas chegando em frente ao prédio. Ele não notou minha presença no carro. Gael acompanhou meu olhar.

— É seu namorado? — Não passou despercebido a mim o desprezo na sua voz.

— Sim. Quer que eu o apresente?

Gael avaliou se eu estava falando sério. Saí do carro sem esperar sua resposta.

— Jonas! — chamei, e meu namorado se virou. Não hesitei em me aproximar, envolver seu pescoço com os braços e beijá-lo. Quando o soltei, Gael estava saindo do carro.

— Jonas, quero te apresentar o Gael — disse, ignorando que os dois já se encaravam, desconfiados —, ele trabalha para o meu pai.

Gael sorriu de forma irônica enquanto estendeu a mão para Jonas, que o cumprimentou, ainda meio confuso.

— Acredito que a Ana nunca tenha falado de mim — disse Gael, completando a ironia de seu olhar.

— Onde você estava? — Jonas finalmente se deu conta que eu estava chegando de algum lugar com Gael.

— Nós fomos jantar — ele respondeu no meu lugar.

Jonas franziu o cenho. Ele não era um cara ciumento, mas dava para entender por que ele não estava gostando de Gael.

— Obrigada pelo jantar, Gael. — Decidi que já tinha abusado da paciência de Jonas e também já estava cansada daquela tensão.

Queria que ele fosse embora. Que me deixasse ali, sendo a Ana que escolhi ser com Jonas. Peguei a mão de Jonas e o puxei para dentro do prédio, ignorando se Gael iria embora depois disso ou não.

Jonas só voltou a falar comigo quando entramos em meu apartamento, como se ainda tivesse avaliando quem era aquele homem com quem eu chegara.

E, sim. Eu nunca tinha nem ao menos tocado no nome de Gael perto de Jonas.

— Quem é esse cara, Ana?

Dei de ombros, rindo, enquanto tirava os sapatos.

— Eu falei, empregado do meu pai. — Usei a palavra "empregado" para minimizar a importância de Gael de propósito.

— E por que vocês foram jantar? — Ele me mediu, notando meu vestido chique, algo que eu nunca usava com ele. — Você está muito arrumada.

— Porque fomos a um restaurante metido a besta. — Fiz um sinal de descaso com a mão.

— Eu ainda não entendi por que você foi jantar com esse cara.

— Não tem nada para entender. Gael é um cara chato, que não passa de um puxa-saco do meu pai. Provavelmente ele veio me vigiar.

— Nunca achei que seu pai se preocupasse com você a ponto de mandar alguém te vigiar.

— Esquece isso. — Me aproximei dele. — Eu já esqueci. — E o beijei.

Óbvio que era uma mentira. Mas eu sempre soube que mentiras podem se transformar em verdades. E eu podia mentir que não dava a mínima para Gael ou seu senso absurdo de proteção. Eu não precisava dele.

CAPÍTULO 7 - ANA

Sinto saudade do tempo em que eu não tinha medo. Do tempo que achava que estava segura e que nada poderia me atingir. Mas agora começo a perceber que vivi uma ilusão.

Observo minhas roupas no cabide, tentando escolher uma que seja mais adequada para um jantar... entre amigos?

Não sei como chamar aquela ocasião. Desisti de sentir raiva de Gael por me colocar naquela situação. Ele deveria saber que eu ia odiar aquilo. Achei que ele fosse odiar também. Mas, por algum motivo que ia além da minha compreensão, Gael tinha convidado os vizinhos para jantar. E neste momento, lá está ele, na cozinha, terminando de fazer a refeição como se realmente fôssemos um casal normal se preparando para um jantar entre amigos.

Visto um jeans e um suéter de lã, já que a noite está caindo, e sento em frente ao espelho para pentear o cabelo. Está cheio de nós difíceis de desfazer. Fecho os olhos, maldizendo as visitas iminentes que me obrigavam a enfrentar aquele emaranhado de fios.

— Parece estar com problemas. — Abro os olhos e Gael está entrando no quarto. Nossos olhares se encontram através do espelho.

— Eu deveria cortá-los, assim não seriam mais um problema — resmungo, e ele se coloca às minhas costas. Tira a escova das minhas mãos com uma delicadeza firme.

— Deixa que eu resolvo isso. — Ele passa a escova por entre os fios com inesperada destreza, desfazendo os nós sem dificuldade. Quase nem sinto dor.

// 89

— Não sabia que você tinha habilidades para isso também.

— Você desconhece muitas das minhas habilidades.

Ele está sendo malicioso? Não sei dizer. Mas é fato que Gael sempre me surpreende. Sinceramente, eu não saberia dizer algo em que ele não fosse bom.

— Pronto. — Recoloca a escova na penteadeira e dá um passo para trás.

Me levanto, desejando que ele tivesse demorado mais. Agora eu teria que descer e esperar as visitas indesejáveis.

— O que foi? — Gael segura meu braço quando minha expressão se turva de inquietação.

— Você sabe. — Me desvencilho dele e vou para o quarto de Alice.

Ela está quietinha no berço, como a deixei. Me inclino e beijo seus cabelos, aspirando seu cheiro gostoso de bebê e querendo que isso aquiete minhas incertezas.

— Eles estão chegando.

A voz de Gael me faz estremecer. Pego a babá eletrônica com uma mão e a outra é puxada por ele em direção à escada. Enquanto descemos, vejo Lívia e Rui chegando através das paredes de vidro. Ela está com os braços cruzados e cara de poucos amigos.

Me questiono se está tão infeliz com o jantar quanto eu. A expressão de Rui é incompreensível.

Não posso deixar de sentir como se estivesse em um daqueles filmes de terror em que o mal se aproxima e não há para onde correr. Sei que estou sendo absurda. O mal não costuma vir de fora. Ele vem de dentro de nós.

— Está tudo bem. — Gael aperta minha mão e eu o encaro em dúvida.

— Quero acreditar em você. — E é verdade.

— Você acredita que eu nunca faria nada que a magoasse de propósito? Franzo o cenho, confusa.

— Por que diz isso?

— Porquê...

Antes de ele prosseguir, uma batida no vidro ressoa. Ele solta minha mão para abrir a porta para o casal. Respiro fundo e busco serenidade.

— Olá! Entrem. Está frio aí fora — Gael diz, com cordialidade. Ele tem um sorriso simpático no rosto.

Rui é o primeiro a entrar e entrega uma garrafa de vinho.

— Eu não esperava esse convite, mas foi bem-vindo. — Sua atenção se volta para mim. — Você deve ser Ana.

Só então me dou conta de que, oficialmente, nós não nos conhecemos.

— Sim, e você deve ser Rui. — Forço um sorriso enquanto aperto sua mão.

— Muito prazer, Ana. Vocês têm uma bela casa. Não é, Lívia?

Olho através dele para Lívia, que está ao lado de Gael.

— Oi, Lívia.

A mulher força um sorriso. Era definitivamente um sorriso que não chegava até os olhos. E, novamente, tenho a impressão de que ela não gostaria de estar aqui.

Assim como eu.

— Oi — ela responde, mas não se aproxima.

Lívia não usa nenhuma maquiagem. Está vestida com roupas simples de frio, os cabelos curtos levemente despenteados. Não parece uma mulher preocupada com a aparência, diferentemente de seu marido, que está muito bem vestido, com uma camisa branca que tem jeito de ser cara.

Gael faz bem o papel de anfitrião, nos encaminhando para a cozinha enquanto comenta sobre o tempo com Rui. Ele também está bem arrumado hoje. Eu e Lívia pegamos nossas taças de vinho e seguimos os homens. Ambas ficamos quietas enquanto eles falam sobre a praia, a casa, o menu do jantar.

— Está um cheiro bom — Rui comenta. — Pasta?

— Sim, preferi algo que todos gostem — Gael responde. Ele olha para Lívia. — Espero que passe no crivo de uma chef.

Ela não responde, como se tivesse com o pensamento longe. Rui passa os braços em volta de seu ombro, sacudindo-a de leve.

— Lívia é ótima. Da próxima vez, vocês têm que experimentar alguma de suas especialidades em nossa casa, não é, querida?

Lívia se desprende dos braços dele. Rui não parece se importar.

— Talvez não haja tempo. Nós vamos voltar logo para casa — ela diz, finalmente.

— Ainda não decidimos isso. — Rui toma um gole de vinho, dando de ombros. — Vocês são de onde, Ana?

— De Florianópolis mesmo — Gael responde. — E vocês?

— De São Paulo.

— E o que você faz?

— Eu sou publicitário.

— Ana estudou publicidade.

— Nem cheguei a me formar — comento.

— Sério? — Rui parece interessado. — Você ainda parece muito nova.

— Ana tem vinte e três — Gael responde por mim. — E talvez ela volte a estudar.

Eu o encaro. Nós nunca conversamos sobre isso. Não sei por que ele está falando sobre esse assunto agora. É muito esquisito falar sobre o futuro. Como se aqui, nesta praia, nesta casa, estivéssemos parados no tempo. Não existe o futuro. Assim como eu tento esquecer o passado.

Nos sentamos para comer falando de amenidades.

— Quase tão boa quanto a da minha esposa — diz Rui, elogiando a comida. Então olha para mim. — Você cozinha, Ana? Pelo que entendi, foi o Gael que preparou tudo hoje.

— Não, eu sou péssima — digo, um tanto sem graça. — Gael é o responsável por não morrermos de fome.

— Então é o contrário da gente. Eu não cozinho. Mas é muito bom ter uma esposa chef. E você faz o quê, Gael?

— Eu sou administrador. Cuido de uma rede de restaurantes, o Mondiano.

— Sério? Já comi no Mondiano do Rio. É excelente! — Ele olha para Lívia, que continua quieta. Ela está apenas remexendo na comida em seu prato. Noto como ela é magra. — Lívia está de licença por enquanto, mas ela já passou por ótimos restaurantes em São Paulo, não é? — De novo ele toca na esposa, como se para chamar sua atenção.

— O quê? Me desculpe, me distraí. — Ela levanta o olhar, confusa.

— Rui disse que você trabalhou em ótimos restaurantes em São Paulo. — Gael comenta. — Minha mãe trabalha em um deles, ela cuida da carta de vinhos do Arturito. Você conhece?

— Claro que ela conhece! — É Rui quem responde. — É um dos nossos lugares preferidos.

Franzo a testa. Isso seria só uma coincidência? Sinto um incômodo no peito.

Antes que pudesse pensar muito sobre aquilo, um som de choro de bebê se faz ouvir pela babá eletrônica que está em cima da bancada. A conversa termina e o barulho vai aumentando e consumindo o silêncio.

Me movo para sair da cadeira, mas Gael segura meu braço enquanto ele mesmo se levanta.

— Deixa que eu vou.

E antes que eu consiga impedi-lo, sai da cozinha, deixando-me sozinha com os vizinhos.

— Eu não sabia que vocês têm um filho! — Rui comenta, curioso.

— É Alice, minha filha — respondo, ainda atenta ao choro que continua, até que se transforma em um choramingo baixinho e cessa de vez. "Gael deve tê-la acalmado", penso, sentindo alívio.

Olho para Lívia, e ela está pálida como a morte.

Rui está bebendo em silêncio e não faz mais nenhuma pergunta, o que me parece estranho. Até aquele ponto, ele demonstrou ser bem curioso e falante.

De repente, Lívia se levanta com rapidez, e no afã de sair da mesa, derruba sua taça de vinho. O líquido vermelho se espalha pela toalha.

— Lívia! — Rui levanta-se também, alerta.

— Me desculpe, eu preciso ir... — balbucia para ninguém em particular, antes de se virar e sair da cozinha.

Rui me encara com um olhar de quem está longe de ficar tranquilo. Na verdade, ele parece mais bravo do que preocupado com a esposa.

— Me desculpe, ela não está bem. Agradeça a Gael pelo jantar, por favor — diz antes de sair atrás dela.

Eu me levanto e vou até a janela. Lívia está correndo na escuridão. Rui a alcança e a segura, mas ela se desvencilha. Percebo que está chorando muito.

Ela para em frente ao mar, chorando. Rui fica atrás dela, tenso e irritado, passando os dedos pelo cabelo. Ele fala algo que não escuto. Repete. Lívia parece não se importar. Ele joga os braços para o alto e sai andando em direção a casa deles, deixando Lívia sozinha com sua dor.

Ainda se passa algum tempo até que ela enxugue o rosto e tome o mesmo rumo. Quando me viro, Gael está descendo as escadas.

— O que aconteceu?

— Eu não sei. Lívia de repente se levantou e saiu. Rui pediu desculpas e foi atrás dela.

— Não é estranho?

— Claro que é!

— Por que acha que ela ficou assim?

Me incomodo com a pergunta.

— Como eu posso saber? — Dou de ombros. — Alice dormiu de novo?

— Sim. — Ele me encara por alguns instantes e então se vira, começando a tirar a mesa.

Eu o sigo e, então, algo me ocorre.

— Posso te perguntar uma coisa?

— Claro.

— Você conhece a Lívia?

Ele me encara, parando o movimento de guardar a travessa na geladeira.

— Por que eu a conheceria?

Sinto que está mentindo para mim, embora seja um tanto absurdo ele conhecer a chef. Mas algo me diz que tem alguma coisa que eu não estou captando.

— Você disse que nunca mentiria para mim.

Ele se aproxima olhando nos meus olhos.

— Eu minto por você. E não para você.

Me encolho com a súbita agressividade em sua voz.

— Ah, é? Então por que o Jonas te ligou? — continuo. Porque se não há mentira sobre Lívia, ainda existe a ligação inexplicável de Jonas. — Há quanto tempo tem contato com ele?

— Por que está interessada? — Mais agressividade.

Antes que eu responda, o choro recomeça.

Corro para cima e pego Alice, acalentando-a no peito. Abro minha blusa e a amamento. Sinto meu corpo começando a se acalmar, a tensão evaporando, dando lugar à calmaria que é estar à disposição da minha filha.

Sento-me e prendo o olhar em seu rostinho, sua pequena boca ávida em meu seio, me fazendo sorrir. Se eu pudesse escolher, estaria sempre assim. Com Alice presa a mim, tendo tudo o que precisa comigo. Nessas horas, sinto como se nada mais importasse. Ela é o centro de tudo.

Porém, neste momento, não consigo deixar de pensar em Jonas. E eu não pensava em Jonas há muito tempo. Parecia que minha história com ele tinha pertencido a outra pessoa. E de certa forma, era verdade. Eu era outra Ana. Em outra vida.

Algum tempo depois, tive que engolir as palavras que disse a mim mesma sobre não precisar de Gael.

Era como estar em um pesadelo. A situação política do país entrou em colapso e Jonas, como não poderia deixar de ser, se envolveu de corpo e alma nas manifestações que tomavam as ruas.

Eu acompanhei de perto sua transformação de estudante e militante idealista em um dos ativistas que se intitulavam "black blocs". No começo, não entendia bem o que eram, mas achava fascinante quando ele me explicava suas motivações.

— Nós fazemos o que as outras pessoas não têm coragem de fazer! — ele dizia, fumando um cigarro depois de uma transa. — Não somos meros manifestantes, nossos alvos são as instituições capitalistas.

E foi tocada pela sua paixão que eu acabei indo com ele em uma dessas intervenções. Eu gostava de pensar que fazia parte de algo maior, mas certamente não estava preparada para o nível de violência e para a depredação dos estabelecimentos que os manifestantes faziam. Nem para a repressão da polícia.

Eu nunca diria a Jonas que queria ir embora ou que estava assustada. Até porque ele parecia muito corajoso e convicto de que essa era a única maneira de mudar a ordem das coisas. Eu não queria que ele pensasse que eu era uma garota mimada, que podia colaborar apenas com dinheiro para a causa.

Mas não ofereci resistência quando a polícia nos cercou. Mesmo assim, fiquei com o braço todo roxo da força com que fui arrastada para o camburão. E quando me vi sozinha e apavorada, algemada dentro do carro, junto de outros manifestantes, a primeira pessoa em quem pensei para me tirar daquela situação aterrorizante foi Gael.

Eu não queria de maneira alguma envolver meu pai. Jonas e eu havíamos passado um fim de semana na casa dele e as coisas não foram nada bem, como já era de se imaginar. "Político demais", meu pai achava. "Pobre demais", eu podia ver as palavras saindo de sua boca, mesmo sem ele dizer.

Achei que chegaria ao ponto de me proibir de continuar namorando Jonas, mas isso não aconteceu. O que eu podia esperar? Ele não se importava comigo o suficiente para tanto. Mas certamente ficaria furioso se descobrisse que fui presa.

Sem enxergar outra saída, quando cheguei à delegacia, engoli meu orgulho e liguei para Gael.

Nunca vou me lembrar exatamente o que foi que eu disse a ele em meio ao barulho da delegacia de polícia, depois de ser colocada em uma cela com outras manifestantes. Mas sei que, algumas horas depois, um policial chamou meu nome e disse que alguém tinha pagado minha fiança.

Encontrei Gael logo depois de ser liberada. Eu jamais vou esquecer a expressão em seu olhar. Um misto de alívio e fúria.

Ele se aproximou e tocou meu braço.

— Você está bem?

Sacudi a cabeça afirmativamente, e ele me levou para o carro.

Não falei nada enquanto ele dirigia até meu apartamento. Sabia que estava se segurando para não explodir comigo. Quando entramos, finalmente o encarei.

— O que aconteceu com Jonas?

— Ele foi preso, assim como você.

— Você tem que ajudá-lo!

— Me diga por que eu faria isso?

— Por favor... Ele não tem ninguém para ajudar, não tem grana...

— Você já não deu o suficiente para ele? Que merda pensou que estava fazendo?

— Não era nada de mais.

— Nada de mais? Você e seu namoradinho anarquista foram presos depredando patrimônio público, cacete! — explodiu.

— Era apenas uma manifestação — menti, diminuindo o que estávamos fazendo de propósito, mas Gael sabia muito bem da verdade.

— Me poupe de suas explicações sem sentido! Já entendi a merda que está fazendo para se mostrar para seu namorado.

— Não estou fazendo isso!

— Eu te conheço muito bem! Duvido que teria se envolvido se não fosse para fingir ser como ele!

— Eu posso muito bem ser como ele.

— Mas não é. Que inferno! — gritou. — Quer saber? Se realmente fosse sua vontade, se realmente acreditasse nesses ideais, eu não estaria nem aí, é sua vida e você poderia fazer o que bem entender.

— Duvido que entenderia.

— Sim, há uma diferença grande em se manifestar a favor de algo que acredita e fazer o que vocês fizeram lá, mas o pior não é isso. O pior é o jeito que você se deixa influenciar.

— Você não sabe de nada!

— E você tem que crescer e parar de fazer merda! Eu devia ter deixado seu pai acabar com isso!

Agora eu realmente estava confusa.

— O que está dizendo?

— Que seu pai não gostou nada desse seu namorado. Eu pedi que te desse um voto de confiança. Que você saberia sair de um relacionamento se fosse ruim pra você. Mas parece que me enganei.

— Quer mesmo que eu acredite nisso? Vi como olhou para o Jonas. Você não gosta dele.

— Eu não ia gostar de nenhum homem que colocasse a mão em você!

Me encolhi com sua explosão. Ele se calou logo depois, sua confissão se assentando entre nós com a força de uma bomba atômica.

Gael soltou um palavrão baixo, passando os dedos pelo cabelo e dando as costas para mim.

Comecei a tremer, ainda meio em choque, e me sentei no sofá. Que merda ele estava falando? Eu tinha realmente entendido aquilo?

"Mas você já não sabia disso?", uma voz sussurrou dentro de mim.

— Eu vou ajudar seu namorado — ele disse por fim, virando-se. Sua expressão era inescrutável. Começou a mexer no celular.

— Obrigada — murmurei sem encará-lo.

— E depois, você vai voltar para Florianópolis comigo.

Levantei a cabeça, atordoada.

— Não!

— Você vai. Ou eu vou contar ao seu pai o que aconteceu aqui.

— Pois pode dizer. Ele não vai se importar!

— Ele acha que você é uma adulta responsável. Coisa que está longe de ser verdade.

— Você está louco se acha que vai me convencer.

Ele se aproximou de mim.

— Seu pai está doente, Ana.

— O quê? — sussurrei. Meu coração falhou.

— Seu pai está com câncer. Já faz alguns meses que ele sabe.

Quase entrei em choque.

— É mentira.

— É verdade.

— Então por que ele não me disse...

— Ele não quis preocupá-la, pois temia que você não conseguisse lidar com... — Ele parou, respirando fundo. — Ele achou que fosse vencer a doença. Mas o tratamento não está fazendo efeito.

— Você está mentindo! Por que está fazendo isso?

— Estou apenas te contando a verdade de uma vez. Você precisa lidar com isso agora, antes que...

— Não fale — murmurei, sentindo vontade de vomitar.

Corri para o banheiro e enfiei o rosto no vaso sanitário, deixando que todo o horror das últimas horas saísse pela minha boca.

Quando voltei a mim, Gael estava ali, segurando meu cabelo e me tirando do chão frio. Passou uma toalha molhada em meu rosto e me fez deitar na cama, me cobrindo, enquanto meu corpo todo tremia. Aquilo não podia ser verdade.

— Descanse.

— Onde você vai?

— Vou fazer o que pediu — disse, saindo do meu quarto. Eu quis pedir que voltasse.

Não sei quanto tempo dormi, mas acordei com o barulho de alguém andando pelo quarto, portas sendo abertas e fechadas com pressa. Abri os olhos e Jonas colocava suas roupas em uma mochila.

— Jonas! — Me endireitei, ainda atordoada.

— Oi. — Ele levantou a cabeça apenas para me lançar um olhar estranho, antes de continuar a fazer a mala.

— O que está fazendo? Você está bem?

— Sim, estou.

— Nossa, que pesadelo. — Eu me aproximei, querendo que ele me abraçasse, que dissesse que tudo ia ficar bem. Toquei em seu braço. — O que aconteceu com você? Fala comigo...

98 \\

Ele parou e me encarou, respirando fundo.

— O que aconteceu? Acho que você sabe.

— Eu sinto muito... O Gael te ajudou?

— Sim, o pau-mandado do seu pai fez o trabalho direitinho.

Queria pedir que ele não falasse assim, mas não disse nada. Jonas continuou a colocar roupas na mala e eu percebi a estranheza daquela situação.

— Por que você está fazendo a mala?

Oficialmente, Jonas não morava comigo, mas passava mais tempo ali do que na própria casa.

Estou indo embora.

— Pra sua casa? Mas por que você está levando todas as suas roupas?

— Porque eu não vou voltar. — Ele finalmente me encarou.

— O quê? O que você está dizendo? Está terminando comigo? — Senti um baque no peito que me tirou a respiração.

Ele não podia estar falando sério! Não naquele instante.

— Sim, estamos terminando.

— Não pode fazer isso...

— Ana, não piora a situação. Acho que nós dois sabíamos que isso não ia dar em nada.

— Sabíamos? A gente praticamente mora junto! Como assim não ia dar em nada?

— Você é uma riquinha, Ana! Uma burguesa.

— Ah! — Abro a boca, em choque. — Que diabos está dizendo? Acha que isso é motivo?

— Olha, sinto muito, tá? Mas toda essa merda que aconteceu hoje só prova que a gente não tem nada a ver.

— Não acredito que você está fazendo isso. — Comecei a chorar, atordoada.

Jonas fechou a mochila e se aproximou de mim. Primeiro tocou meu cabelo, depois beijou minha testa. Eu me agarrei à sua camisa, implorando:

— Por favor, não faça isso... Eu sei que foi horrível o que aconteceu, mas a gente vai superar...

— Não vamos. — Ele se desvencilhou. — Eu não posso mudar o que eu sou, Ana. E você não é como eu, não adianta a gente se enganar. Vai ficar melhor sem mim.

E ele foi embora do apartamento, sem olhar para trás.

*   *   *

Jonas também não havia trancado a porta quando partiu, de maneira que, quando Gael chegou, sem bater, eu ainda estava na mesma posição, sentada na cama, olhando o dia findar lá fora. Era impossível fingir que não estava chorando até então.

— Ana? — Ele sentou ao meu lado. Eu o encarei. Ainda me sentia congelada.

— Jonas foi embora — murmurei, e dizer isso fez com que uma nova onda de choro me tomasse. Gael me abraçou e eu deixei.

Ele não falou nada, o que me deixou aliviada. Não queria que me passasse um sermão agora. Depois de um tempo, ele pediu que eu fosse tomar um banho.

— Vou arrumar sua mala enquanto isso — disse de forma prática, enquanto eu me levantava e ia para o banheiro.

— Para onde vamos? — indaguei sem expressão.

— Para casa.

*   *   *

Depois do banho, ele me preparou um jantar e me mandou dormir novamente. Me deu um calmante para ajudar na tarefa e eu não recusei. Eu queria mesmo apagar.

Quando acordei, a dor voltou. O choque da prisão, a volta de Gael, a descoberta da doença do meu pai e Jonas indo embora. Tudo ao mesmo tempo. Nunca me senti tão perdida.

Eu me sentia mal, com vertigem e enjoo, mas Gael estava ao meu lado, em minha casa, cuidando da minha vida por mim. Disse que viajaríamos ainda naquele dia, que eu deveria tomar meu café da manhã e que ele iria sair para resolver tudo sobre nossa volta a Florianópolis.

Apenas assenti e tentei não pensar muito na bosta em que tinha se transformado a minha vida. Mas o universo não me deixaria em paz. Foi depois que Gael saiu que me dei conta de que o desconforto físico que eu vinha sentindo poderia não ser somente por causa do estresse dos últimos acontecimentos.

Minha mente trabalhou rápido, fazendo contas, chegando a conclusões amedrontadoras que eu precisava confirmar. Eu precisava ser rápida. Corri até a farmácia mais próxima e comprei um teste, voltando antes que Gael pudesse dar por minha falta.

— Ana, está pronta? — Gael bateu à porta do banheiro quando eu finalmente soube. Como eu não respondi, ele bateu novamente, já abaixando a maçaneta e encontrando-me sentada no chão. — O que foi? Está passando mal? — Ele se ajoelhou ao meu lado. — Ana, fala comigo.

Eu o encarei.

— Eu estou grávida.

CAPÍTULO 8 – ANA

Na manhã seguinte, vejo Lívia chorando na praia novamente. Dessa vez, vou diretamente ao seu encontro. Não sei dizer o que me impeliu em sua direção. Talvez algo em seu sofrimento tenha me tocado.

Enquanto me aproximo de sua figura ajoelhada na areia, o olhar perdido no horizonte, os braços envolvendo o próprio corpo, me vejo ali, na mesma posição da mulher. Paro, atordoada, a poucos passos de distância, meu coração falhando no peito. É como um *déjà-vu*.

Não é mais Lívia quem chora em frente ao mar. Sou eu.

Como se percebesse que estava sendo observada, a mulher se vira e me encara. Por um momento, ela parece apenas perdida, como se não me reconhecesse. Então, vira-se novamente, levando a mão ao rosto e enxugando as lágrimas.

— Me desculpe — diz.

Eu continuo paralisada. Ainda aturdida com aquela sensação estranha de alguns segundos atrás.

— Eu... — Não sei o que dizer. Quero dar meia-volta e me afastar de Lívia e seu sofrimento.

Ela sorri sem graça, enquanto se levanta, limpando a areia das calças, e se dirige a mim.

— Queria pedir desculpas por ontem. Deve achar que eu sou muito sem educação.

— Não, eu não pensei isso.

— Eu só... — Morde os lábios, o rosto se desfigurando novamente, como se fosse chorar. Ela respira fundo e se controla. — Sinto muito mesmo. Você e seu marido foram muito gentis nos convidando e eu fiz aquele papelão.

— Tudo bem. — Me vejo dizendo e até esboçando um sorriso tranquilizador. — Não tem problema. Só ficamos preocupados. — Deixo em aberto para ela dizer o motivo da estranha fuga de ontem.

Ela hesita. E percebo que quer falar, mas não pode. Ou não quer. De repente, não sei se quero ouvir.

— Rui está furioso comigo — diz baixinho.

— Por quê?

— Ele não deveria estar, não tem motivo.

— Às vezes isso acontece nos casamentos.

Ela ri de novo. É um riso triste.

— É mais que isso.

— Quer falar a respeito? — Surpreendo-me com a pergunta que sai sem que eu me dê conta.

Eu quero mesmo saber? Há algo dentro de mim que grita: "Saia daí! Não fale com ela. Você não quer saber!".

— Nós prometemos não falar sobre isso — Ela para e respira fundo. — Não falar sobre toda a tragédia que é a nossa vida enquanto estivéssemos aqui. Deixei Rui me convencer de que precisava sair de São Paulo para não enlouquecer. Passar uns dias isolados de tudo... Sem pensar, sem lamentar... Mas não consigo. Não consigo esquecer. — Ela termina sua confissão com um suspiro sofrido.

— O que aconteceu? — indago baixinho.

Ela sacode a cabeça em negativa.

— Desculpe. Não quero falar sobre isso... É... doloroso demais...

— Sinto muito... Eu a aborreci. Fui... invasiva.

— Não, tudo bem. — Ela sorri de novo. Ou ao menos, tenta. — É difícil seguir em frente quando falta algo essencial. Não sei como Rui consegue... — Ela perde o olhar no mar de novo. — Eu o odeio por conseguir. Mas eu devia saber que ele agiria assim. É tão típico dele!

Não falo nada. Só deixo que ela continue.

— Queria que ele sofresse tanto quanto eu. Que se revoltasse como eu! Que sentisse que nada faz sentido, que a vida não faz mais sentido. Mas, às vezes, acho que ele está... aliviado. — Ela me encara. — Será que todos os homens são assim?

Eu não sei o que dizer.

— O Gael parece ser um cara legal — ela diz de repente, mudando o foco.

— Sim, ele é — concordo.

— Ele olha para você como se você fosse uma extensão dele mesmo.

Franzo o cenho, a encarando. Ela continua:

— Acho que não preciso dizer isso. Você deve saber. Há quanto tempo estão juntos?

Não sei o que dizer. Estamos mesmo juntos?

— Eu... preciso ir — digo, querendo me afastar daquela conversa estranha.

— Claro. — Seu olhar ganha um tom estranho quando olha através de mim, para minha casa. — Tem que cuidar de sua filha, não é? — diz, apontando para a babá eletrônica na minha mão.

— Sim — concordo. — Alice.

Ela sorri.

— É um nome bonito.

Eu aceno e me dirijo pra casa. Posso sentir seu olhar preso em mim.

— Ana? — ela me chama enquanto ainda não estou longe. Me viro.

— É... Eu queria... — balbucia, e então para. — Não, deixa pra lá. Até mais.

Eu não respondo. Caminho novamente em direção à casa, ainda atordoada. Quando chego perto o suficiente, vejo Gael me fitando. Há quanto tempo ele está ali?

— Vi você conversando com a Lívia.

— Sim. — Passo por ele, entrando na sala e pegando Alice do carrinho. Ao abraçá-la, sinto-me tranquila de imediato, como se ela fosse um elixir de paz.

Sento-me na poltrona, acalentando a bebê. Percebo o olhar de Gael sobre nós. Quando o encaro, consigo pegar uma expressão que ele esconde rapidamente. Sinto meu peito doer.

— Ela disse por que saiu daquele jeito ontem?

Sacudo a cabeça em negativa.

— Não.

— Sobre o que conversaram?

— Sobre como os homens são insensíveis, acho. — Não foi bem isso, mas foi mais ou menos o que Lívia quis dizer, não?

— Acha que eu sou assim? Insensível?

— Às vezes, quando você acha que estou distraída com Alice, você nos olha como se não entendesse... — Minha voz está fraca. — Como se não a amasse.

Eu o encaro, desafiando-o a negar. Querendo que ele negue.

— Eu não quero machucar você, Ana. — Sua voz é cheia de sofrimento. — Não me obrigue a dizer.

— Seu olhar diz o que seus lábios não pronunciam.

Ele não fala nada, mas seu silêncio está gritando.

Quando eu disse a Gael que estava grávida, não sei exatamente o que estava esperando. Eu estava chocada e com medo.

Jonas tinha me deixado e eu sabia que não poderia mais contar com ele. Para piorar minha situação, estava voltando para casa de meu pai, e teria que enfrentá-lo com aquela notícia. Me sentia completamente perdida.

— Jonas sabe? — Foi a primeira pergunta de Gael depois de um silêncio contundente.

Sacudi a cabeça em negativa.

— Não. Eu desconfiei agora cedo. Eu... Não sei o que fazer. — Comecei a chorar.

Gael me abraçou.

— Não pense nisso agora. Vamos dar um jeito.

Eu o encarei.

— O que quer dizer com isso? Que eu devo... me livrar do bebê?

— Quero dizer que você ainda está em choque e acabou de passar por uma confusão sem tamanho. Não precisa decidir nada agora.

— Meu pai vai me matar — murmurei.

Por mais que ele não se importasse comigo, uma gravidez não planejada certamente seria algo que o deixaria furioso.

— Não precisa contar a ele ainda. Não até saber o que vai fazer.

— Acho que tem razão, eu não consigo nem pensar direito.

— Vá se arrumar, nosso voo sai em três horas. Eu já cuidei de tudo.

* * *

Eu não estava preparada para encontrar meu pai tão abatido. Me senti tremendamente culpada por ter ficado longe por tanto tempo, e ao mesmo tempo revoltada por ninguém ter se dado ao trabalho de me contar que ele estava doente.

— Pai, por que não me disse? — acusei quando ele me abraçou, assim que cheguei em sua casa. Estava visivelmente mais magro e com os cabelos muito ralos. Era terrível de ver.

— Não queria preocupá-la à toa.

— À toa? Gael disse que é câncer, pelo amor de Deus! Você já sabia quando vim visitá-lo durante as férias?

— Não, não sabia.

— Você tinha que ter me ligado, eu viria para casa!

— É por isso que está aqui? — Ele encarou Gael. Pela primeira vez em todos esses anos, parecia bravo com o protegido. — Por que contou a ela?

— Eu tinha que contar, Fernando.

— O Gael tem razão!

— E por que você veio? Está no último ano da faculdade, não deveria estar estudando?

— Eu não vou voltar para a faculdade — decidi.

— Não gosto nada disso.

— Não me importo, eu vou ficar aqui com você.

— Eu estou em tratamento, não tem nada que você possa fazer.

— Como assim, não tem nada que eu possa fazer? — Encarei Gael, apavorada. — O que está acontecendo? Você vai ficar bem, não é?

— Ana, vá descansar — interrompeu Gael. — Você vai ter tempo de conversar com seu pai depois.

Eu queria discutir, mas ele tinha razão: eu precisava me deitar. Estava me sentindo extenuada.

* * *

Na manhã seguinte, encontrei meu pai em ótimo humor.

— Por que não me contou que terminou com seu namorado?

Franzi a testa. O que Gael tinha dito ao meu pai?

— Gael te disse isso?

— Eu perguntei. Achei estranho que você quisesse ficar aqui e abandonar aquele rapaz. Mas fico feliz que finalmente tenha caído na real.

— Achei que você não se importasse.

— Claro que eu me importo se minha filha está namorando um estudante sem eira nem beira. Fez bem em se livrar dele. Gael tinha razão, afinal. Era só eu não me intrometer que você mesma iria perceber sozinha...

— Ah é? E o que mais Gael tinha razão sobre a minha vida?

— Ah, não vai me dizer que ainda implica com ele? Achei que isso tinha ficado no passado, que vocês eram amigos a essa altura.

— Ele me ajudou muito. E não sei se posso dizer que somos amigos, mas algo mudou — confessei, afinal era verdade.

— Confesso que ele teve razão ao me dizer que eu não deveria ter escondido meu estado de saúde de você. Mas achei que passaria por todo o tratamento sem problemas, você não precisaria saber.

— E como está o tratamento, afinal, pai? Está tudo bem agora? — indaguei, esperançosa, e ele sorriu.

— Claro, está tudo sob controle. Inclusive estou trabalhando com força total.

— Achei que você ainda estivesse debilitado...

Ele se levantou da mesa.

— Fico feliz que você esteja aqui.

— Fica mesmo? — murmurei, em dúvida, ao ver que ele se preparava para ir embora cuidar de um dos seus restaurantes, como sempre fez.

— Claro que sim! — respondeu. — Por que não vai pra piscina? Está fazendo calor hoje. Ou vá fazer compras no shopping com uma de suas amigas.

Meu Deus, eu tinha voltado no tempo?

— Pai, não sou mais aquela adolescente. Não percebeu?

Ele riu.

— Claro que não é!

E foi embora, me deixando com uma sensação estranha.

* * *

Sem ter muito o que fazer ali, liguei para meus antigos amigos, como meu pai havia sugerido. Como eu imaginava, muitos deles tinham outros compromissos e não podiam atender meu convite para curtir a piscina de casa como se fôssemos adolescentes.

Apenas Karine apareceu naquela tarde. Karine era uma daquelas pessoas para quem o tempo parecia não fazer muita diferença. Ela continuava ali em Florianópolis, vivendo um dia de cada vez, sem se preocupar com planos para o futuro. Naquele momento, isso era muito bem-vindo para mim. Pensar no meu próprio futuro me apavorava.

— Eu não sei o que estou fazendo aqui... — disse a ela, depois de algum tempo fazendo um breve resumo de nossas vidas até então.

— Como assim? Achei que ia ficar um tempo em Floripa por causa da doença do seu pai e do fim do namoro.

Eu contei a ela apenas que tinha terminado com Jonas, sem dar mais explicações. Também disse que trancaria a faculdade por um semestre.

— Não é isso... é tudo. Você não tem essa sensação? De que o tempo está passando e você não sabe para onde ir ou quem você é de verdade?

— Ana, todo mundo passa por essa fase — respondeu, sem parecer se preocupar muito. — É normal.

— Você não tem medo do futuro?

— Eu não! — Ela riu. — Tenho vinte e dois anos, por que teria medo?

Tive vontade de contar a ela sobre a minha gravidez, mas sentia pavor só de pensar nisso. Eu ainda não fazia ideia do que aconteceria comigo.

* * *

Passei dias evitando Gael, pois tinha medo de que ele me confrontasse com tudo o que sabia. Tentei encontrar outros amigos e curtir a cidade como antes, fingindo que estava tudo bem. Mas, na verdade, não via a menor graça naquilo. Aquelas pessoas não eram mais minhas amigas, se é que um dia foram. Eu me sentia muito sozinha.

Meu pai continuava com a mesma rotina de sempre, dando a mim algumas migalhas de sua atenção, me ignorando o resto do tempo.

Em um domingo, depois de um almoço com Karine, cheguei em casa e ouvi Gael e meu pai conversando na varanda.

— Você precisa contar a ela — dizia Gael.

— Não acho que vá ajudar — respondeu meu pai, com uma voz cansada.

— Acha que vai ser melhor se ela for pega de surpresa? Ana precisa se preparar...

108 \\

— Eu tenho medo de como ela vai reagir. A verdade é que eu nunca soube como lidar com... — Sem querer, esbarrei na porta de vidro, fazendo barulho. Meu pai se virou e me viu. — Oi, filha.

— Oi. — Olhei de um para outro, perguntando com os olhos por que estavam falando de mim.

Meu pai se levantou.

— Eu vou trabalhar.

— Ainda trabalhando de domingo, pai? — questionei, meio irritada. Ele apenas sorriu.

— São os melhores dias. Mas Gael está por aqui. Por que não fazem algo juntos?

Ele se retirou e eu encarei Gael.

— Do que vocês estavam falando? O que meu pai precisa me contar?

— Acho que ele tem razão. Devíamos fazer algo... divertido. — Ele usou a palavra "divertido", mas sua expressão era dura.

— Gael, estou falando sério. — Me exasperei.

— Certo, eu vou te contar. Mas, primeiro, vou pegar a chave do carro e vamos dar uma volta.

Acabei concordando, sem saber muito bem o que fazer.

* * *

Mais uma vez, estava no carro de Gael, seguindo em silêncio pela rodovia. Reconheci onde estávamos quando ele foi diminuindo a velocidade: estávamos próximos ao ponto em que ele construíra sua casa, mas na praia mais movimentada, no centro.

— Por que me trouxe aqui? — perguntei enquanto estacionava.

— Para darmos uma volta.

— Não estou a fim. Quero que me fale...

Ele saiu do carro sem me ouvir. Sem opção, segui Gael pela feira de artesanato em pleno movimento naquele domingo à tarde.

— Quero que conheça alguém — disse, finalmente, prestando atenção nas barracas à sua volta.

— Quem? — indaguei, confusa. Ele parou em frente a uma barraca de bijuterias.

Uma mulher negra, de meia-idade, usando um vestido colorido nos recebeu com um sorriso.

— Gael, como vai?

— Oi, Sara — disse, estendendo a mão. — Quero que conheça a Ana.

O rosto dela se iluminou.

— Ana, que bom finalmente conhecer você! — E para minha surpresa a mulher se aproximou e me deu um abraço.

Fiquei um pouco sem graça com aquele gesto inesperado, mas não foi algo ruim. Muito pelo contrário: Sara parecia irradiar boas energias.

— Finalmente?

— Tenho ouvido falar de você.

Encarei Gael.

— Você fala de mim, Gael?

— Na verdade, fui eu que perguntei de você a ele — Sara respondeu em seu lugar.

— Como assim?

— Sara é um pouco... sensitiva — tentou explicar Gael, com uma pitada de sarcasmo. — É essa a palavra?

— Você continua não acreditando, não é?

— Eu não estou entendendo nada! — reclamei. A dinâmica entre os dois me deixava zonza, ainda mais porque parecia que haviam conversado sobre mim anteriormente.

— Não se aflija, querida. As pessoas só entendem quando lhes convém. — Ela pegou uma das pedras expostas em sua barraca e me mostrou. Era amarelada, lembrando a resina de âmbar, com listras amarronzadas de espessuras diferentes. — Quero que fique com isso.

Eu a segurei, confusa.

— O que é?

— Olho de tigre. Aumenta nossa coragem, protege nossa aura e afasta as pessoas mal-intencionadas.

Eu encarei Gael. Ela falou:

— Por que olhou para ele? Acha que Gael é mal-intencionado?

— Bem, você pode me dizer, não é? — indaguei com ironia.

— Às vezes as más influências vêm de dentro de nós mesmos, querida. Mas acho que você já sabe disso, não é mesmo?

Soltei a pedra como se queimasse ao ouvir aquelas palavras. Sara a pegou de volta.

— Vou colocá-la neste colar para você. — Ela amarrou a pedra a um cordão de couro fininho.

— Quanto fica, Sara? — Gael pegou a carteira.

— Não precisa comprar nada para mim! — me adiantei.

— É um presente, Ana. — Ele deu algum dinheiro à Sara mesmo sem que ela falasse o valor do colar. — Vire-se, Ana, deixe eu te ajudar.

Obedeci para não fazer uma cena, levantando meu cabelo para que Gael colocasse o colar em mim. Senti suas mãos ajeitando o cordão em meu pescoço por um breve momento, mas ele foi rápido e logo terminou o movimento.

Toquei a pedra no meu peito.

— Ficou bonito em você! — Sara elogiou.

— Por que disse que eu preciso disso, Sara?

— Tempos ruins estão por vir, minha querida. Você vai precisar de força — ela disse isso sorrindo, mas suas palavras me deram arrepios.

— O que quer dizer?

— Com licença, preciso atender outra cliente... — Sara desviou, chamando a atenção de uma mulher atrás de nós.

Ao mesmo tempo, Gael segurou meu braço, me guiando para longe dali.

* * *

Eu ainda estava atordoada quando voltamos para o carro, mal percebi quando Gael deu partida. Por que ele me levou para conhecer aquela mulher? Quem era ela? E por que os dois conversavam sobre mim sem que eu soubesse?

Estávamos em frente à sua casa quando ele estacionou. Agora ela se erguia como uma bonita construção finalizada.

— Já está pronta? — perguntei enquanto saímos do carro.

— Sim. Quer entrar e ver? — disse, já caminhando em direção à entrada.

Eu o segui. E a casa era tão magnífica por dentro quanto por fora. Os móveis eram claros, contrastando com o chão de madeira escura. Tudo novo, moderno e com um estilo único. Como Gael.

— Parece com você.

Ele riu.

— Como assim?

— É tudo... perfeito.

— Acha que sou perfeito?

Revirei os olhos enquanto me levava pela cozinha com armários brancos e uma ilha enorme.

— Claro que sua cozinha seria incrível — provoquei, e ele apenas riu, me guiando através da sala com pé-direito alto, com confortáveis sofás cor de creme e almofadas coloridas. Atravessamos o cômodo em direção à varanda de frente para o mar e não pude deixar de sentir o já esperado arrepio de medo diante da imensidão azul.

O barulho das ondas batendo na areia era nítido e avassalador. Me deixou apreensiva. Sem pensar, toquei a pedra na ponta do colar em meu peito, me recordando de Sara.

— O que ela quis dizer... — falei baixinho para mim mesma, sem esperar que Gael tivesse me seguido até lá. Mas ele estava a meu lado.

— Como assim? Está falando de Sara? — perguntou, vendo que eu segurava o colar.

— Estou falando sobre ela ter perguntado de mim a você.

— Eu a encontrei algumas vezes. Sara sempre parece saber muito sem que precisemos falar nada.

— E você acredita nessas coisas? — Gael certamente não parecia ser uma pessoa que se impressionava com facilidade.

— Eu não acreditava até ela dizer.

— Dizer o quê?

— Que você estava voltando.

— Como é?

Gael desviou o olhar para o mar, pensativo. De repente, soltou, brusco:

— Ana, seu pai está morrendo.

Eu parei de respirar.

— O quê? — Senti meu estômago despencando.

— Eu sinto muito. Ele não queria que você soubesse, mas o tratamento não deu resultado, o câncer não diminuiu. Ele só está esperando que piore e...

Nesse momento eu parei de escutar Gael. Só conseguia ouvir o barulho das ondas, como se saíssem de sua boca.

— Não. — Dei um passo pra trás, querendo me afastar.

— Ana. — Senti todo o ar sendo sugado de meus pulmões, a dor me fazendo vergar. Gael me segurou, enquanto os soluços varreram meu corpo.

Não podia ser verdade. Eu não deixaria que fosse.

Gael não falou nada. Continuou me envolvendo até que as lágrimas se esgotassem dentro de mim e, entre nós, restasse apenas o som do vento e das ondas. Ele me mantinha junto ao seu corpo, com os braços ao meu redor. Como se não fosse me soltar nunca mais.

— Sinto muito — murmurou por fim.

Desvencilhei-me, tentando pensar racionalmente por cima das várias camadas de dor e confusão.

Não pode ser verdade. Deve ter alguma coisa que possa ser feita...

— Não tem.

— Por que ele não me disse?

— Ele tem suas razões.

— E o que vai acontecer? Quanto tempo...

— Só podemos esperar. Meses talvez.

Fechei os olhos, lutando para respirar. Eu já sentia meus pensamentos indo para aquele lugar seguro dentro de mim. Escondendo-se de mim.

— Vai acontecer, Ana — Gael disse mais firme, me impedindo de esquecer.

— O que eu posso fazer? Ele... ele nunca deixou que eu me aproximasse de verdade... Eu só queria que ele tivesse orgulho de mim, e agora... é tarde. Eu só tenho más notícias.

— Está falando sobre estar grávida?

— E o que mais? Quando ele souber do Jonas, que fui presa, que estou grávida de um cara que me deixou... Ele vai saber que eu falhei. Que eu não sou a pessoa que ele achava que eu era. Não quero que ele me odeie.

— Ele nunca vai te odiar.

— Mas vai ser um desgosto!

Gael segurou minha mão.

— Presta atenção. Não vou deixar que isso aconteça.

— Como?

Eu o encarei confusa e seu olhar capturou o meu, cheio daquela confiança que era tão dele. Mas havia algo além disso. Algo tão intenso que me deixou sem ar.

— Quero que se case comigo.

// 113

CAPÍTULO 9 – ANA

— Você não está comendo.

Levanto a cabeça para encarar Gael do outro lado da mesa. Ele está taciturno desde nossa conversa à tarde. Seu olhar foge do meu, fazendo a apreensão crescer em meu íntimo.

O que mais me apavora é a certeza sombria que começa a se alastrar em meus pensamentos de que aquela sensação não é de hoje, eu só não tinha percebido. Ou não queria perceber.

Há quanto tempo Gael escondia sua infelicidade apenas por medo de me machucar? Desde que Lívia e Rui chegaram, ameaçando nosso isolamento? Ou ainda antes? Alguma vez Gael foi realmente feliz comigo? Ou eu fui feliz com ele?

Me recordo do caminho tortuoso de nosso casamento. Eu não tinha certeza de nada quando me vi dizendo sim para seu pedido, ainda que aquele não parecesse o movimento certo a se fazer. Naquele momento, eu não tinha nada além dúvidas e medos. E Gael me pareceu o caminho mais seguro. Meu único caminho.

Então, veio Alice, e ela se tornou tudo.

Mas Gael ainda está aqui, e hoje eu consigo interpretar seu olhar. É de incerteza.

Sinto um medo gelado se alastrar por minha alma. Gael sempre foi o homem das convicções e da segurança, que me fazia acreditar que tudo era possível. Que nós éramos possíveis. Eu quero indagar o que está passando pela sua cabeça, mas tenho medo da resposta.

— O que foi, Ana? — ele insiste, vendo que eu estou pensando em milhares de coisas.

— Quando se casou comigo, era isso que esperava? — Resolvo arriscar.

Para minha surpresa, ele sorri.

— Posso fazer a mesma pergunta a você.

— Eu não... eu não esperava nada naquele momento.

— E depois que nos casamos?

— Desejei que a gente fosse feliz. — E era verdade. Me dou conta só agora. — Você acredita?

— Você acha que somos felizes agora? — Ele lança outra pergunta, sem responder a minha.

— Eu acreditei que seríamos, mas não sei. Deveríamos ser...

— Por causa de Alice? — pergunta.

— Ela me faz feliz.

— ...Mas?

— Você não me parece feliz agora. Se arrepende?

— Do quê?

Ah, Gael, de tantas coisas... Começo pela mais simples delas. Ou não.

— De ter se casado comigo.

Ele respira fundo por um segundo, olhando profundamente nos meus olhos. Parece que vai dizer a coisa mais séria do mundo.

— Você se lembra do que eu te disse no dia em que te trouxe aqui pela primeira vez?

— Me disse muitas coisas.

— Nós conversamos sobre o futuro.

— Você disse que queria ter dois filhos. — Recordo-me.

— Quando estávamos voltando para a casa de seu pai, no carro, você me perguntou se eu imaginava quem seria a mulher aqui nessa casa comigo, se ela já existia. Quando eu disse que sim, você não disse nada. E, naquele momento, eu quis dizer que essa mulher era você.

Sacudo a cabeça negativamente.

— Isso não é verdade — respondo.

— Não? Esqueceu, como tudo o que lhe convém esquecer?

Afasto o prato com um safanão, saindo da mesa. Gael vai atrás de mim e me segura no primeiro degrau da escada. Não percebi que eu estava chorando até ele tocar minhas lágrimas.

// 115

— Eu sinto muito.

— Por que você está bravo comigo? Por que diz que não quer me magoar e faz isso agora? Você me fez uma promessa, Gael. Você jurou. E agora...

— Não consigo continuar. Apenas enterro minha cabeça em seu pescoço. Sinto cheiro de mar.

Quando foi que esse cheiro se tornou sinônimo de casa?

O medo se enrosca em minhas veias como gelo enquanto ergo o olhar para encará-lo. Seus olhos se agarram aos meus, cheios de pesar e anseio.

Me apego apenas ao anseio. Crispo meus dedos na sua camisa.

— Por que não podemos ser felizes? — murmuro com um lamento. Em seguida, deixo meus lábios percorrem sua barba por fazer, num caminho sinuoso até seu ouvido, e sinto-o estremecer. — Lembra-se da minha promessa?

Suas mãos deslizam pelo meu braço e sinto meu coração batendo rápido contra o peito, ansiando que ele não faça como antes. Como sempre.

Mas ele faz. Ele se afasta, dando um passo pra trás. Como se eu fosse o próprio diabo. Talvez eu seja.

— Por que você faz isso? Por quê?

— Eu faço qualquer coisa por você, Ana. Eu já fiz tudo por você. Mas quando você fizer por mim, quero que esteja fazendo por você e não porque sente que precisa me prender ao seu lado com...

— Sexo.

Ele se assusta com a minha resposta direta, mas se aproxima de novo. Sinto o desejo ali, que vem dele e abraça o meu. Queria que isso fosse suficiente, mas antes mesmo que ele fale, sei que não é.

— Não quero só o seu corpo, Ana. Eu quero seu coração. Sua alma. Eu te quero inteira. Inteira comigo. E enquanto você não estiver aqui desse jeito, não vai fazer sentido.

— O que você quer que eu faça?

— Você sabe.

Arquejo de horror quando entendo, mesmo sem que ele diga em voz alta. Não é preciso: seu olhar está gritando.

Era impossível responder de imediato ao pedido insólito de Gael.

Retornamos para casa e ele me deixou sozinha com meus pensamentos caóticos. E foi assim que permaneci por dias a fio. Sentava-me em frente à piscina, com o sol e a lua tingindo a água, um tom dourado de dia, prateado à noite. Tentava, sem sucesso, achar uma saída em meio à confusão da minha vida.

Pensava em Jonas. Revivia toda nossa história, e, às vezes, era como se tivesse acontecido com outra pessoa. Tentava me lembrar se algum dia tinha feito planos para o futuro com ele. Se imaginava que poderíamos viver juntos para sempre. Ter filhos.

A palavra "filho" ainda me apavorava e fazia meu coração disparar de apreensão e incerteza. Eu me perguntava se deveria falar com Jonas. Mas, de alguma maneira, sentia que não seria bem recebida. Ele vivia apenas o presente. Colocava a causa pela qual lutava antes de seus próprios interesses pessoais. Eu lembrava com ressentimento que ele também não hesitara em me deixar pelos mesmos motivos.

Então, o que eu ia fazer? Manter aquela gravidez e ter um filho sozinha?

"Não precisa ser sozinha. Gael disse que estaria com você", uma voz sussurrava em meio às minhas dúvidas. E isso me dava ainda mais medo.

* * *

Eu tomava café com meu pai todo dia de manhã, sem ter coragem de confrontá-lo sobre a mentira da doença. A verdade é que não suportava pensar que, em breve, ele poderia não estar mais ali. Preferia acreditar que Gael estava enganado, mas sua saúde se deteriorava a olhos vistos.

— Você não me parece contente — comentou papai em um desses dias.

Tentei sorrir.

— Eu terminei um namoro, nunca é fácil. — Optei pela meia-verdade. Não estar mais com Jonas era apenas uma parte pequena da minha tristeza.

— Eu me preocupo com você, Ana. — Surpreendi-me com seu tom de voz. Parecia tão diferente. Meu pai era um homem forte e pragmático, que usava o trabalho como escape para tudo na vida.

— Não quero que se preocupe comigo. — Me ouvi dizendo. — Eu sou adulta, pai. Sei cuidar de mim mesma. — Não sei por que eu disse isso, quando tudo o que queria era saber o motivo de sua indiferença.

— Sabe mesmo?

— Sei que não tenho sido a melhor filha ou a pessoa mais sensata do mundo. Às vezes eu... — "Não sei quem eu sou", queria dizer. Mas me pareceu insuficiente para explicar o vazio da minha alma.

— Acho que a culpa é minha. Eu nunca soube lidar com você... Depois... — Ele respirou fundo e nós dois sabíamos para onde a conversa estava indo. Também sabíamos que aquele era um assunto proibido. — Agora eu me preocupo que ficará sozinha.

— Você não vai me deixar sozinha.

Ele segurou minha mão. Eu quis tanto que ele tivesse feito isso mais vezes antes. Em todas as vezes que precisei dele.

— Eu só queria ter certeza de que você é feliz.

— Eu também. — Sorri, mas com vontade de chorar.

* * *

Quando Gael me encontrou em frente à piscina naquele fim de tarde, eu já sabia o que ia acontecer.

— Nunca mais a vi nadando.

Ele parou ao lado da cadeira em que eu estava deitada enquanto observava o céu mudar de cor, assim como a água. Descansei meu olhar em sua figura elegante. Vestia um dos seus ternos caros. Tinha as mãos nos bolsos, parecendo despreocupado. Mas os olhos estavam inquietos. Inquiridores.

Eu sabia o que ele queria.

— Tenho medo de não querer sair mais.

— É tão ruim assim aqui fora?

— Só confuso.

Ele estendeu a mão para mim.

— O que é isso? — Peguei o pacote que me oferecia. O aroma doce de açúcar e chocolate chegou até minhas narinas, fazendo meu estômago roncar. Me lembrei de que não havia comido quase nada naquele dia.

— Croasonho.

— Nossa, quanto tempo que não como isso!

— Não tinha em São Paulo?

— Não sei. Me faz lembrar tardes despreocupadas no Kobrasol com minhas amigas... — Sorri, nostálgica.

Outro tempo. Outros ares. Outros cheiros. Hoje, tudo recendia a incerteza. Mordi o croissant recheado, apreciando o gosto doce se espalhar por minha língua. Notei que havia outro pacote na mão de Gael.

— Mais doces?

Ele hesitou e sentou na cadeira ao meu lado. De frente para mim.

— Queria te perguntar uma coisa antes.

Desviei o olhar, apreensiva.

— Gael...

— Você ainda pensa no Jonas?

Eu me surpreendi com a pergunta. Voltei a encará-lo, sem saber o que responder.

— Sim, claro que sim. — Optei pela verdade. Pelo menos daquela vez, achei que não faria diferença. — Eu não esperava que ele me desse o fora. Nem que eu estaria grávida e sozinha, sem saber o que fazer.

— Você não está sozinha. — Sua voz era cheia de certeza.

Uma certeza que eu ansiava ter.

Então, ele colocou o pacote na minha mão. Abandonei o doce pela metade e abri a pequena sacola, retirando de lá o menor sapatinho que já vi na vida. Branco, feito de crochê, com lacinhos amarelos.

Me pergunto se foi naquele momento que eu decidi.

Certamente foi ali que eu senti pela primeira vez, em meio a toda aquela confusão, que existia uma pessoa crescendo dentro de mim. Que, em algum momento de um futuro não tão distante, ela estaria ali, usando um sapatinho como aquele. Naquele instante eu tive certeza: eu nunca mais estaria sozinha.

A vida, às vezes, muda num átimo. E tudo se torna claro e possível. Quando encarei Gael novamente, eu vivia em um novo mundo.

— É lindo.

— Eu sei que você está confusa. Que não esperava nada disso e que tudo parece incerto...

— Não. — Eu o interrompi. — Nunca esteve tão claro. — Sorri, por entre minhas lágrimas.

As primeiras que não eram de tristeza em muito tempo. Eram de esperança.

— Eu quero este bebê. Quero ser a mãe dele. E nunca vou abandoná-lo, como... — Sacudi a cabeça, para afastar as sombras. — Tudo vai ser diferente.

— Você vai fazer tudo isso sozinha?

Eu sabia o que ele estava questionando. Via o anseio em seu olhar – e ele ainda me assustava.

— Gael, eu acabei de terminar um relacionamento.

— Eu sei. Sei que parece assustador e não quero pressioná-la, mas eu te daria tempo. Eu te prometo que as coisas só vão mudar quando você quiser.

— E se eu nunca quiser? — externei meu medo.

Eu tinha passado anos demais odiando Gael e o que ele representava. Olhar para ele de outra maneira ainda me parecia estranho e aterrorizante. Mas lá estava ele, correndo ao meu socorro mais uma vez.

— Aí estão vocês! — A voz do meu pai entrando no jardim nos interrompeu bruscamente, e nos levantamos ao mesmo tempo. Escondi o sapatinho na sacola com pressa. — Gael, preciso de sua opinião...

Gael seguiu meu pai para o escritório, me olhando de esguelha ao passar, e eu subi para meu quarto sem pensar muito no que estava fazendo.

Entrei no banheiro e tirei a roupa, olhando minha imagem no espelho. Toquei minha barriga ainda plana, como se pudesse sentir o coração que batia ali dentro. Meu bebê.

E sorri. Lágrimas quentes inundaram meu rosto, meu coração se expandiu com um novo e incondicional amor.

— Eu vou amar você — sussurrei. — Eu prometo. Nunca vou te abandonar.

Era isso. Eu seria mãe. Eu já era mãe. E sentia que a vida parecia, finalmente, fazer algum sentido.

* * *

Quando desci para jantar naquela noite e encontrei Gael e meu pai conversando na sala, eu não hesitei. Me aproximei dos dois e segurei a mão de Gael com determinação, dizendo:

— Papai, nós temos algo para contar.

— Ana...

Gael pareceu incerto por um minuto. Mas, quando olhei para meu pai, eu sabia o que tinha que fazer.

— Gael e eu vamos nos casar.

CAPÍTULO 10 – ANA

Gosto de começar os dias assim: Alice adormecida em meu peito, a cadeira balançando devagar, em sua própria cadência, com calma, me lembrando que, apesar da fúria das ondas lá fora, aqui dentro estamos em segurança.

Sei que Alice está protegida em meus braços e que Gael está em algum lugar da casa. A essa hora, ele está fazendo café da manhã e logo me chamará para comer. Fará algum comentário sobre eu não comer direito. Eu vou sorrir e rebater com ironia, no nosso habitual jogo de palavras que parece um flerte. Depois, ele vai para o escritório, e eu vou escutar sua voz imperiosa ditando ordens e resolvendo problemas. Essa é sua função no mundo.

Às vezes, Gael volta ao "mundo real", que é como eu chamo a vida além da nossa casa na praia. Eu não. Eu fico ali, sempre, perdida na contemplação de acompanhar o crescimento de Alice, dia após dia.

Eu não penso no futuro. Não penso no passado. Vivo o milagre do presente, dizendo a mim mesma que temos o tempo a nosso favor. Que o tempo vai tratar de consertar tudo.

Não foi isso que Gael disse? Quando foi que parei de acreditar? Quando foi que o medo começou a se alastrar pelas minhas veias como aquelas ondas lá fora se espalhavam pela areia?

— Ana?

A voz de Gael me alcança e me viro para fitá-lo. Desde a tensão de ontem à noite eu não o via. Eu tinha fugido para o quarto de Alice, querendo que o eco de seus gritos silenciosos parasse de me perseguir.

— Vamos comer? — perguntou.

// 121

— Ela acabou de adormecer, não quero que acorde.

Gael se aproxima e estende a mão para tocar Alice. Abraço-a mais forte contra o peito, observando a sombra que se forma nos olhos dele. Sinto-me culpada. Ele insiste e retira a bebê do meu colo. Ela apenas resmunga, mas não acorda.

Sempre achei incrível como Gael a carregava com tanta destreza e segurança, como se fosse algo natural para ele. Observo-o se movimentar para colocá-la no berço. Meu coração se aperta.

— Você me disse que ela seria sua filha também — murmuro, sem conseguir me conter.

Eu tinha dito a mim mesma que não voltaria a essa discussão. Eu não quero discutir, porque tenho medo que Gael me faça mergulhar nas minhas próprias profundezas. Mas é mais forte que eu.

Ele me encara. Eu mordo os lábios, com vontade de chorar.

— Vamos comer — diz, ignorando minha provocação. Mas me puxa pela mão para que desçamos até a cozinha.

Tento comer, mas tenho seu olhar perscrutador preso a mim. O silêncio é cheio de intenções. Sinto que Gael é uma bomba-relógio, pronta para explodir. E isso me assusta de uma maneira que não sei descrever.

— Quero que vá até a casa da Lívia — diz, sem rodeios.

Levanto o rosto do prato e o encaro, confusa.

— Por quê?

— Não está curiosa sobre os motivos de sua saída repentina durante o jantar?

— Eu conversei com ela. Não acho que ela queira falar sobre o assunto.

— Você acha que foi por causa de Alice?

Paro de respirar.

— Por que você diz isso? O que teria a ver?

Me pego assustada com a imagem que se forma, aparentemente do nada, na minha cabeça: a foto de Lívia grávida na mesa de cabeceira. Eu tinha apagado aquela informação da minha mente.

— Talvez você descubra se for até lá. — Ele se levanta, retirando os pratos da mesa.

Parece irritado.

— Eu não quero — insisto.

Ele arremessa um dos pratos na pia, com fúria, estilhaçando-o.

— O que está fazendo? — reajo assustada. Essa falta de controle é inédita pra mim.

— Quero que admita que está curiosa!

Engulo em seco.

— Ok, eu estou curiosa com o comportamento de Lívia. Satisfeito? — disse, mais para que se acalmasse. Depois percebi que era verdade. — Parece que está tudo estranho depois que eles chegaram.

— As coisas estão estranhas há muito tempo.

— O que essas pessoas têm a ver com a gente, Gael?

— O que você acha?

— Eu não sei! Eu sinto que... tem algo acontecendo nas profundezas e eu estou presa na superfície.

— Então vá descobrir. — Ele passa por mim e abre a porta de casa.

Hesito, mas sua voz é imperativa. Me impele ao desconhecido. Eu aceito o desafio e saio porta afora.

Gael segura minha mão quando passo, em um último aviso.

— Eu sempre estarei aqui.

Sua voz me dá a sensação de segurança, a certeza de que posso me aventurar lá fora, mas ele ainda estará aqui dentro me esperando.

— Eu sei.

Caminho pela areia, o vento frio chicoteando minha pele. E o medo golpeia meus sentidos. Contemplo minha própria mão batendo na porta de Lívia.

Ela atende às batidas, surpresa quando me vê.

— Oi, Ana, tudo bem?

— Oi. — Titubeio.

— Entra. — Ela faz um sinal para que eu passe.

Adentro na sua sala, deixando o frio lá fora.

— Aceita alguma coisa? Um café?

— Não, obrigada. Onde está Rui?

— Ele foi ao Centro.

— Você está bem? — pergunto rapidamente.

Ela se desconcerta. Sabe que estou falando da maneira como terminou o jantar em minha casa, e da cena que assisti na praia. Mas sua resposta é vaga.

— Eu não estou bem há muito tempo.

— Lamento. — Me parece o certo a dizer, ainda que eu não saiba se é verdade.

— Eu... Você já se sentiu sem chão? Perdida?

— Sim. — Essa resposta já é mais verdadeira. Esse sentimento me era extremamente familiar.

— Eu me sinto assim o tempo inteiro.

— Por causa de sua gravidez?

Ela arregala os olhos.

— Como você sabe?

— A foto. Na mesa de cabeceira. — Me entreguei. — Me desculpe, fui eu que entrei aqui no dia da tempestade, para fechar as janelas.

— Ah, entendo agora...

— Me desculpe. Fui invasiva. — Me levanto, constrangida, pronta para fugir.

— Não, fique. Talvez já esteja na hora de falar sobre isso. Rui me trouxe para cá para que eu esquecesse, ao menos por uns dias. Porque eu estava enlouquecendo.

— Não precisa...

— Não, eu quero contar.

Um zunido forte toma conta de meus ouvidos. Porque, de repente, eu sei o que ela vai contar. E não quero ouvir.

antes

Eu me lembraria daquele tempo após aceitar o pedido de Gael como uma sucessão de dias que se fundiram uns aos outros, formando um borrão. Desde a surpreendentemente fácil compreensão do meu pai com o meu inesperado casamento, até o dia em que ele nos deixou.

Depois da revelação de nosso noivado, Gael e meu pai conversaram durante horas, a portas fechadas. Finda a reunião, saímos para jantar, eu e meu noivo. Ele tentou me acalmar, dizendo que explicou ao meu pai que estávamos juntos desde que voltei e que resolvemos nos casar para que ele ficasse tranquilo quanto ao meu futuro.

— Sério que você disse isso? — indaguei, surpresa. Achei que Gael pudesse ter inventado uma história de amor instantânea para ludibriar meu pai.

— Seu pai não é idiota, Ana. Ele sabe que nós nunca nos demos muito bem e que você tinha um namorado até pouco tempo.

— Não sei se gosto de mentir para ele.

— Preferia contar que você está grávida do seu ex-namorado?

— Não, ele ficaria muito decepcionado.

— Então está feito.

Eu ainda não estava certa daqueles planos, e Gael deve ter percebido minha insegurança, pois imediatamente segurou minha mão por cima da mesa.

— Vai ficar tudo bem. Eu prometo.

Quis desesperadamente acreditar nele. Era tudo o que eu tinha.

Na volta, ao entrarmos em casa, Gael segurou novamente minha mão. Foi ali que me senti tímida ao pensar que, agora, ele era meu noivo, e talvez tivéssemos que nos beijar ou ir mais além. E embora eu não soubesse se estava pronta para qualquer uma dessas coisas ainda, ao mesmo tempo, ansiava para que ele tomasse a iniciativa e aquela estranheza acabasse logo.

Como se tivesse adivinhado meus pensamentos, ele soltou minha mão e me encarou com um olhar quase divertido.

— Eu sei que é estranho.

— Ufa, achei que fosse só eu! — desabafei, o que o fez sorrir.

— Ana, eu sei que isso não é usual. Que até poucos dias não éramos quase nada um para o outro. Então, vamos dar tempo ao tempo.

— O tempo é o remédio para tudo. É o que dizem, não é?

— Sim, é o que dizem.

— Então... Boa noite. — Passei por ele e fui para meu quarto, acreditando mais uma vez que Gael tinha razão.

E assim foi, até que nos casamos.

* * *

Nosso casamento aconteceu de maneira rápida e discreta. Meu pai queria uma grande cerimônia, mas eu insisti em algo íntimo. Expliquei que nós não gostaríamos de esperar demais, ansiando para que, assim como não tinha questionado meu súbito relacionamento com seu funcionário, ele também aceitasse o casamento apressado. Ele entendeu que fazíamos aquilo por conta de sua saúde e aceitou meu pedido sem contestar.

Assim, um mês depois de contar sobre o nosso noivado, Gael e eu éramos protagonistas de uma cerimônia reservada no escritório de casa, tendo meu pai e alguns poucos parentes e amigos mais próximos como testemunhas. Se alguém achou estranho aquele enlace tão súbito, não teve coragem de questionar.

Conforme combinamos, nos mudamos para um apartamento na avenida Beira-Mar. O apartamento de Gael.

— Se você tem um imóvel seu, por que continuou morando com meu pai? — perguntei a ele, quando me levou ao apartamento claro com vista para o mar pela primeira vez.

— Não pareceu necessário que eu me mudasse. — Deu de ombros. — E então, qual quarto você escolhe para o bebê? — mudou de assunto.

Eu sorri, genuinamente feliz por Gael parecer tão animado com o bebê quanto eu.

Entrei no primeiro quarto do corredor e deixei meus olhos vagarem pelo cômodo, imaginando como ficaria um berço ali. Toquei minha barriga, que agora tinha um pequeno volume, quase imperceptível, cheia daquele amor novo e que tomava cada vez mais meu coração. Quando tudo parecia incerteza, era nisso que eu me apegava, à vida dentro de mim.

— E qual será o seu quarto? — Não sei se fiquei surpresa por ele não sugerir que dividíssemos o mesmo quarto. Na verdade, desconfiei que estávamos nos mudando da casa de meu pai justamente para que ele não questionasse quando percebesse isso.

* * *

Na noite que nos casamos, voltei a interpelar Gael sobre a questão do nosso tempo. Ele reiterou que a cerimônia não tinha mudado nada.

— Então... De quanto tempo estamos falando? — questionei, confusa.

— Não é assim que funciona, Ana. Que tal começarmos tentando ser amigos?

— As pessoas casadas são amigas?

Ele riu.

— Nunca fui casado.

— Nem eu.

— Então podemos começar nos conhecendo.

— Eu te conheço há bastante tempo.

— Você não me conhece de verdade.

— Talvez você tenha razão. — Não questionei o fato ele não ter dito que não me conhecia de verdade também.

A conversa não se estendeu muito mais. Logo Gael se retirou para o seu quarto e eu fui para o meu, me perguntando como aquele arranjo funcionaria. Porém, não tive muito tempo para me preocupar. Meu pai foi hospitalizado naquela mesma madrugada, durante uma crise aguda.

Eu não estava preparada para ver meu pai tão debilitado, seu rosto pálido sobre os lençóis. Gael estava segurando a minha mão quando o médico disse, já com uma voz fria de condolências, que era provável que papai não saísse mais do hospital.

Por um momento, não consegui mais escutar o que diziam. Me desvencilhei de Gael e corri. Parei apenas quando senti o ar da noite excepcionalmente calma em meu rosto. Gael me alcançou não muito tempo depois.

— Já podemos ir? — perguntei, ansiosa para fugir.

Para correr e me esconder em algum lugar quente e seguro, onde a morte não existia. Gael tocou minha mão.

— Podemos ir agora porque você está cansada. Mas terá que voltar amanhã, quando seu pai estiver acordado.

— Eu não sei... — Minha voz não se sustentou. — Não sei se estou preparada — sussurrei baixinho.

— Você precisa estar preparada. É seu pai, Ana. Vai se arrepender se não estiver por perto no tempo que resta.

Ele me levou de volta para casa e não precisei pedir que não me deixasse sozinha. De uma maneira misteriosa e reconfortante, Gael sempre sabia do que eu precisava. Naquele momento, não me pareceu estranho ou inadequado que ele se deitasse ao meu lado.

— Conte-me algo que nunca contou a ninguém — pedi. Pela primeira vez na minha vida, eu não conseguia fugir da realidade ao meu redor. E Gael era o que me mantinha ali, mesmo que nosso laço ainda fosse algo tão tênue e frágil. Eu não queria soltar esse laço.

— Quando meu pai morreu, eu estava cheio de rancor.

— Por quê?

— Eu tinha dezesseis anos e era um tanto egoísta. Ainda não entendia por que ele tinha deixado minha mãe ir embora.

Será que era justamente por isso que ele cuidava do meu pai com tanta devoção? Porque se sentia culpado por não ter ficado ao lado do pai dele?

// 127

— E por que acha que ele a deixou ir?

— Como disse antes, eu acabei compreendendo que não tinha nada a ver comigo. Era a vida deles e eu tinha que construir a minha.

— Acha que vai dar certo eu e você? — indaguei baixinho e ele sorriu, sua mão encontrando a minha.

— Eu não sei. Mas eu prometo que sempre estarei aqui.

Suas palavras enigmáticas encontraram uma barreira dentro de mim e eu desfiz nosso contato, fingindo não ver a dor em seu olhar.

Ficamos em silêncio. Nossos olhos cansados finalmente começaram a se fechar. Mas antes que o sono nos encontrasse senti os braços de Gael me envolvendo. Sua mão na minha barriga soou como uma promessa.

* * *

Infelizmente, a manhã seguinte descortinou a realidade dura de meu pai no hospital. Eu ainda sentia aquele velho anseio de fugir, mas sabia que não podia. Fiquei e enfrentei minha responsabilidade, recordando-me das palavras de Gael sobre arrependimento.

E assim o tempo foi passando. Eu visitava papai todos os dias no hospital, enquanto Gael viajava e cuidava dos restaurantes. Às vezes, papai parecia melhorar, e eu lhe dizia que estava tudo bem, que ele sairia daquela situação e voltaria para casa e para seu amado Mondiano. Não sei se ele acreditava, mas aquilo virou uma brincadeira entre nós.

— Não se engane, Ana. Ele não está bem. — Gael me lembrava sempre que eu falava que papai ia resistir, me impedindo de mergulhar naquela fantasia.

Com tudo isso acontecendo, eu tinha pouco tempo para pensar nos meus problemas pessoais. Em Jonas. Ou em meu estranho casamento com Gael.

* * *

Depois daquela noite, continuamos partilhando a mesma cama, embora nenhum de nós falasse sobre nossos sentimentos ou sobre nosso futuro. Por enquanto, bastava saber que ele estava ali, me abraçando para eu dormir. Me consolando quando eu chorava por meu pai. Ou segurando meu cabelo quando eu vomitava de manhã, nos incontáveis enjoos da gravidez.

Essa parte, aliás, foi o que trouxe um pouco de alento e alegria para meu pai em seus últimos dias. Gael e eu decidimos contar a ele sobre o bebê depois de alguns dias da sua internação, ainda que eu estivesse receosa sobre a sua reação. Para minha surpresa, ele ficou feliz.

❉   ❉   ❉

Eu me apegava cada vez mais àquela vida dentro de mim. Ainda mais depois de descobrir que eu estava gestando uma menina.

— Tem certeza? — questionei a médica que me mostrava as imagens borradas na tela do ultrassom. Minha voz estava trêmula de emoção.

— Sim, não há dúvida — ela confirmou.

Sorri por entre as lágrimas enquanto Gael enchia a médica de perguntas técnicas, como era esperado que ele fizesse. Mas eu estava além disso. Eu estava tocando minha barriga e imaginando como ela seria. Minha filha.

E o tempo continuou a correr. Dia após dia, me olhava no espelho, contemplando a barriga cada vez maior.

Quando ela se mexia, eu me sentia viva como nunca. Era o único momento em que um sorriso sincero aparecia em meu rosto. Ela estava ali, protegida. E em breve estaria em meus braços, para eu amar e cuidar.

— Você parece feliz. — Meu pai me surpreendeu em um desses momentos, sorrindo feito boba para minha própria barriga.

Eu me aproximei da cama e peguei sua mão, colocando-a sobre meu ventre dilatado.

— Sente?

Ele sorriu.

— Você vai ser uma boa mãe, Ana.

O sorriso se desfez um pouco em meu rosto.

— Como sabe? E se eu for como ela? — sussurrei o meu maior medo. Aquele que me assolava e eu fingia que não existia, mas que continuava ali, à espreita.

Pela primeira vez em anos, meu pai não recuou ou mudou de assunto quando falei dela. Fazia muito tempo que eu tinha desistido, porque falar sobre minha mãe era como abrir uma ferida que nunca cicatrizava.

— Eu queria... — sua voz saía com dificuldade, cheia de dor e culpa. — Queria ter sido um homem melhor. Um marido melhor. Um pai melhor para você.

— Ah, papai...

— Eu sonhei tanto com você, minha filha, com sua chegada. Quando sua mãe a esperava, tive tanta esperança. E eu a abandonei, assim como sua mãe fez. Não fui muito melhor que ela, porque eu estava lá e não pude te entender. E isso lhe causou danos irreparáveis. Não sei se um dia poderá me perdoar.

Apertei sua mão, tentando encontrar dentro de mim aquele velho rancor que me era tão conhecido. Mas não achei.

— Eu te perdoo, pai.

Ele sorriu emocionado.

— Seja uma boa mãe, Ana. Eu sei que você consegue. Você tem alguém ao seu lado melhor do que sua mãe teve.

— Gael?

— Com ele, você não sentirá que precisa ir embora. Ele te fará querer ficar. Estou feliz que vocês estejam juntos, afinal. Agora eu posso ir em paz.

— Você não vai... — Solucei. — Não quer ver minha filha nascer?

— Não há nada que eu deseje mais. — Ele apertou minha mão. — Eu espero estar aqui para ver a mãe incrível que você vai se tornar.

— Eu também, papai. Eu também.

* * *

Quando meu pai morreu, Gael estava comigo. Os médicos haviam avisado que o momento estava próximo e só nos restava esperar. Quis ir embora, me afastar de sua morte. Mas Gael me segurou firme ao seu lado enquanto esperávamos a última respiração de Fernando Mondiano.

Não consigo me lembrar com exatidão daquelas horas após o fim. Lembro apenas de pedir para Gael me levar embora.

Em casa, deixei que ele se deitasse ao meu lado e me abraçasse, até que a exaustão me levasse para um sono sem sonhos. O sono do esquecimento bem-vindo. Mas a fria realidade estava ali quando acordei. O dia nublado combinando com a desolação que tomou meu mundo.

O velório. As adulações dos parentes. Tudo isso eu não vivi. Implorei para Gael que me deixasse ficar em casa, longe de todo o espetáculo fúnebre que se sucedia à morte. Eu sabia que estava por um fio e não suportaria.

Fiquei em casa, fazendo planos de arrumação para o quarto da bebê. Eu já estava grávida de quase oito meses e, em breve, minha filha nasceria. Era somente nisso que eu queria me concentrar agora. Era tudo o que eu tinha para me manter sã.

* * *

Gael sumiu por alguns dias, ocupado com todas as providências legais que um falecimento acarreta. Eu não podia negar que me sentia aliviada por ele estar cuidando de tudo. Porém, quando ele apareceu em casa com o advogado de meu pai para ler seu testamento, lembrei do velho ciúme que eu sentia por meu então marido.

Tudo o que meu pai tinha ele dividiu entre mim e Gael.

Eu não pude deixar de lembrar dos primeiros anos de Gael em nossas vidas, de como eu me sentia ameaçada por sua posição privilegiada junto a meu pai. E agora que Fernando Mondiano tinha morrido, Gael estava onde eu sempre desconfiei que queria estar.

Eu não sei se a dor da perda fazia com que todos aqueles sentimentos ruins que moravam em mim viessem à tona, mas me peguei desconfiada de Gael. Ou era esse o jeito que eu encontrava para lutar contra algo de que eu tinha muito medo: o fato que todos iam embora da minha vida?

Minha mãe. Meus amigos. Jonas. Meu pai. E agora que tinha metade da fortuna Mondiano, será que Gael ainda ficaria?

Esperei que levasse o advogado até a porta para questionar:

— Foi isso que você planejou desde o início?

— Como assim? — Ele parou a alguns metros de mim. Ficava ainda mais bonito todo de preto. Mesmo de luto, Gael ainda irradiava força.

Ele espremeu os olhos, avaliando o que eu acabara de indagar.

— Agora você tem tudo! — disse.

Será que naquele dia na piscina, quando nos conhecemos, era isso que ele via enquanto me observava? Quando... todas as vezes...

Perco o ar, sufocando em pensamentos sombrios. Eu nunca entendi Gael, nunca compreendi suas intenções. E agora...

— Tudo o quê?

— Tudo o que meu pai te deixou.

Ele se aproximou devagar, os olhos intensos mergulhados nos meus.

— Bastaria eu ter ficado com você.

— Mesmo se eu não fosse a filha de Fernando Mondiano?

— Por que está brigando comigo, Ana? Por que está caçando provas contra mim dentro da sua cabeça? Por acaso você quer ir embora? —

ele revidou com minha indignação, me surpreendendo com a frieza de sua voz.

Eu não sabia o que responder, procurando algo dentro de mim que fizesse sentido. Me casei com Gael porque não queria que meu pai se decepcionasse comigo. E agora papai não está mais aqui.

Encarei Gael. Ele parecia feito de pedra, mas seus olhos ardiam em chamas. — Você me deixaria ir? — sussurrei.

Por um instante ele não respondeu. Eu só percebi que estava segurando a minha respiração à espera de sua resposta quando ele me estendeu sua mão.

— Vem comigo — disse ele.

— Para onde?

— Quero te mostrar algo antes de responder.

Talvez eu já soubesse qual era nosso destino quando segurei sua mão. A casa de praia.

Deixei que Gael me levasse novamente para dentro de sua casa, assim como permiti que ele me levasse para seu lado, pouco a pouco, sem ao menos perceber sua manobra, sutil como o vento de inverno que abraça o outono e se apodera do tempo.

— Você já me trouxe aqui antes — murmurei, confusa, mas maleável à sua vontade, enquanto subíamos as escadas.

— Não aqui. — Ele abriu a porta e fez sinal para eu passar.

Meus olhos se arregalaram ao me deparar com um lindo quarto de bebê, todo branco e rosa.

Por alguns instantes, consegui apenas admirar o aposento, assombrada com sua beleza. A parede fora revestida com um papel de parede floral em tons de rosa, branco e amarelo. O cor-de-rosa também aparecia em diferentes versões, como nos detalhes das cortinas e do tapete. Os móveis de madeira eram imaculadamente brancos e havia até uma confortável poltrona para amamentação.

Demorou para que fosse capaz de arrastar meus olhos de volta a Gael.

— Quando você fez tudo isso?

— Tinha que ser feito.

— Por que não me disse?

— Você estava ocupada demais com seu pai para pensar nisso. E não sabíamos quando... tudo terminaria.

Sem responder, toquei o móbile sobre o berço, a cômoda branca, as cortinas que ondulavam ao vento. Imaginei minha filha ali. E foi lindo.

Me virei para a janela de vidro, observando o mar, ainda assustador para mim, do lado de fora. Ali dentro eu estava segura. Queria ficar naquele lugar para sempre.

Gael se aproximou de mim. Fechei os olhos quando sua mão tocou meus ombros e deitei minha cabeça em seu peito como se fosse o gesto mais natural do mundo. Ansiei para que um dia realmente fosse.

— Quero que suas lembranças comecem aqui. A partir desse momento. — Sua mão migrou para minha barriga. — Quero que deixe tudo para trás. E que este seja o primeiro dia do resto de nossas vidas. Quero que seja feliz comigo, Ana.

Eu me virei para fitá-lo nos olhos.

— Você vai amar meu bebê também?

— Eu prometo que ela será minha filha.

— Acredita mesmo que isso é possível?

— Não há nada que eu não faça por você, Ana, ainda não percebeu? — Sua mão enquadrou meu rosto. — Eu venho te dando pistas por todos estes anos, venho tentando te alcançar... — Ele descansou a testa na minha e senti nossos corações batendo no mesmo ritmo.

— Estou aqui, agora. — Toquei sua mão, deixando que nossos dedos se entrelaçassem. — Não vai mais precisar correr para me alcançar. Eu prometo. — Minha voz saiu abafada por sua boca, que mergulhou na minha, selando nossa promessa.

Foi um beijo diferente dos outros. Teve gosto de esperança. E o mundo era diferente agora.

Enquanto ele dirigia de volta para a casa de meu pai, fiquei observando seu rosto através da semiescuridão do carro.

— Você vai ficar comigo hoje?

— Está me convidando para dormir com você? — indagou, e eu fiquei vermelha.

— E você se sente atraído por mulheres grávidas?

— Eu me sinto atraído por você.

Meu rubor se intensificou, mas agora não era só de constrangimento. Porém, embora fosse uma ideia que me atraía bastante, ainda não me sentia pronta.

— Ficaria bravo se eu pedisse para esperar a bebê nascer? Não sei se me sinto à vontade...

— Eu esperaria a vida inteira por você. — Foi sua resposta intensa.

— Eu prometo que não vai precisar esperar tanto — sussurrei e, em resposta, ele segurou minha mão.

— Precisamos de um nome — Gael mudou de assunto.

— O quê?

— Para a neném. Acho que já está na hora de pensarmos nisso, não?

— Hum, vamos ver... Que tal Alice?

— Alice?

— Sim, era minha história preferida quando criança.

— Eu gosto.

— Eu também. — Sorrimos um para o outro e descansei a mão na barriga. — Não é engraçado?

— O quê?

— Depois de passarmos a vida toda até aqui vivendo como gato e rato, de tudo o que já brigamos e discordamos, agora escolhemos o nome de um bebê com tanta facilidade.

Ele sorriu.

— Acho que isso diz muita coisa, não?

Eu sorri de volta. Sim, ele tinha razão.

*　*　*

Quando chegamos em casa, os acontecimentos dos últimos dias me assolaram. Lembrei que meu pai não estava mais entre nós, e fiquei devastada. Gael percebeu meu abatimento e me abraçou.

— O tempo vai curar tudo, Ana.

— Quero acreditar em você.

— Vá tomar um banho, vou fazer algo para você comer. Foi um longo dia.

Fiz o que ele sugeriu e entrei no chuveiro quente. E foi naquele momento que comecei a sentir uma dor no abdome. No começo, era apenas um incômodo e não me preocupei. Mas no final do banho ela tinha aumentado consideravelmente e, já preocupada, notei um pequeno sangramento entre minhas pernas.

Voltei para a cozinha, já vestida e inquieta.

— O que foi? — Gael percebeu.

— Acho que tem alguma coisa errada com Alice.

— Não está se sentindo bem? — respondeu imediatamente, preocupado.

— Estou sentindo uma dor estranha, que não passa, e sangrei um pouco...

— Vamos agora para o pronto-socorro.

Assenti e deixei que ele me guiasse para o carro novamente. Durante todo o trajeto, dizia a mim mesma que estava sendo exagerada, que como já havia entrado na trigésima segunda semana, o espaço no meu útero devia estar ficando menor. Aquilo deveria ser normal, não?

Ao chegarmos ao hospital, Gael fez minha ficha na recepção e fui levada para fazer um exame com urgência. Logo um médico veio me ver.

— Você perdeu líquido? — indagou, enquanto me examinava.

— Eu tive sangramento. E estou com muita dor — admiti.

— Sua barriga está muito dura. Chamamos isso de hipertonia, quando o útero se contrai e não relaxa. Precisamos fazer um ultrassom para descartar a hipótese de sangramento na placenta. O bebê está se mexendo?

— Desde que a dor começou eu não senti mais — murmurei.

Ao ouvir aquelas palavras, o médico me encaminhou para a ultrassonografia às pressas.

O medo me devorava por dentro enquanto o exame prosseguia, mas eu estava tentando manter a calma, me convencendo de que o médico estava errado, que Alice estava bem. Gael mantinha-se ao meu lado, segurando minha mão. Ele parecia impassível, mas algo me dizia que era só aparência.

A cada movimento do médico com o aparelho em minha barriga, meu coração dava um novo salto, mas eu seguia firme na tarefa de me persuadir de que nada de ruim aconteceria conosco. Até que ele me encarou com um olhar de pesar.

— Eu sinto muito, mãe, mas não há mais batimentos cardíacos.

parte 2

Profundezas

CAPÍTULO 11 – GAEL

Parado com os braços cruzados sobre o peito, a casa às minhas costas e o mar por companhia, eu espero, com o olhar preso no horizonte, por onde Ana desapareceu havia alguns minutos.

Às vezes, tenho a impressão de que sempre estive assim: esperando por ela. Desde que Ana passou a fazer parte da minha vida, essa é minha história.

Não consigo me lembrar de um tempo em que Ana Mondiano não estivesse em meus pensamentos. Ou de um tempo em que eu não ansiasse penetrar em sua mente tortuosa. Em seu corpo sinuoso. E passei anos frustrado por ela não permitir.

Quando achei que era possível, que finalmente eu estava alcançando-a, tudo mudou irreversivelmente.

Mesmo assim, continuei esperando, enquanto ela se afastava cada vez mais. Não mais fisicamente, e sim para dentro daquele lugar obscuro que era sua própria mente. Seu próprio mundo.

Agora me pergunto se ainda é possível tirá-la de lá. Se, depois de tudo, ainda restará algo para mim. Para nós. Eu preciso acreditar que sim.

Então, quando a porta da casa de Rui e Lívia se abre e Ana surge correndo pela areia, precipito-me em sua direção quase de maneira automática. Eu sei que ela vai cair e estarei lá para segurá-la.

E mesmo antes que a alcance e toque seu corpo vacilante, antes que os seus olhos atormentados mergulhem nos meus, eu sei que ela finalmente entendeu.

Ver sua perturbação dói em mim, despertando aquele velho sentimento de proteção irracional que domina meu raciocínio. Porém já tentei fazer isso mais de uma vez, protegê-la, deixá-la em segurança. E veja onde estamos.

Não. Está na hora de finalmente começar o caminho de volta.

E eu quero trazer Ana comigo. Preciso que ela venha comigo.

— Respire — ordeno contra seus cabelos, enquanto embalo seu corpo trêmulo.

Ela me empurra, pálida como a morte, com seu olhar cheio de horror.

— Lívia te contou? — Vou direto ao assunto.

O tempo da superficialidade das palavras já passou.

— Não. Mas eu sei — ela confessa.

— Sabe?

— Sim. — Sua voz é quase um sussurro. — Como? O que significa?

— Você sabe. Precisa desfazer isso agora.

Ela sacode e cabeça em negativa, aterrorizada. Desolada. Luto contra minha própria vontade de dizer a ela que não precisa fazer nada que não queira. Nada que a machuque. Não foi o que prometi?

— E se eu não puder?

Eu quero dizer que irei embora, mas sei que é uma mentira. E acho que ela também sabe.

Mesmo assim, seguro sua mão, reunindo toda a força que me resta. Toda a vontade que tenho de mantê-la junto a mim para sempre.

Não posso mais ignorar. Tenho a certeza de que preciso desfazer todo o mal que causamos na ânsia de consertar nosso mundo. Porque, nesse processo, destruímos o de outras pessoas. O mundo daquelas pessoas que estavam há alguns metros de distância.

— Olhe para mim — tento pedir com gentileza, mas sei que preciso ser enfático.

E quando ela o faz, digo o que deveria ter dito no dia em que cheguei e a encontrei em casa com um bebê desconhecido nos braços:

— Você precisa devolver Alice.

antes

A primeira vez que a vi, ela estava debaixo d'água.

Eu passava férias em Florianópolis com alguns amigos de faculdade para comemorar o fim dos malditos quatro anos de estudo. Ainda não fazia ideia de que rumo seguir, mas sabia que meu futuro seria grandioso. Não me contentaria com menos.

Meu pai não foi um cara rico, mas era um sonhador, e isso sempre me irritou de alguma maneira. Ou talvez eu não o entendesse. Sabia que minha mãe também não, e acho que talvez esse tenha sido um dos motivos para que deixasse a Argentina comigo ainda pequeno, se estabelecendo em São Paulo.

Lá eu cresci como qualquer criança de classe média criada pela mãe solteira que trabalhava por horas demais para sustentar um filho sozinha. Logo cedo aprendi, tendo minha mãe como exemplo, que trabalhar em restaurantes era uma tarefa insana e nem um pouco recomendável.

Embora eu tivesse herdado o talento culinário do meu pai, com quem passava as férias, até ele morrer de um ataque súbito do coração quando eu era adolescente, não quis seguir o mesmo caminho. Acho que minha mãe ficou desapontada quando eu disse que estudaria administração.

— Para administrar o quê? — perguntou, cética.

Eu não soube responder. Quem sabia com dezoito anos?

Quando cheguei a Floripa, eu soube qual era o meu propósito. Me apaixonei: primeiro pelo mar, depois por Ana Mondiano. Aquela cidade e aquela garota. Eu tinha encontrado meu destino.

Eu a desejei desde a primeira vez que a vi.

* * *

Todo mundo sabia quem era Ana Mondiano. Pelo menos ali, naquele jardim, eu já tinha ouvido alguns caras se gabarem por terem ficado com a filha do dono da casa. Fernando Mondiano era um rico empresário, veja só a ironia, dono de uma rede de restaurantes. Fiquei curioso, confesso.

Também conseguia observar a inveja de algumas garotas que destilavam veneno e elogios na mesma proporção. Indaguei para a garota mo-

// 141

rena que colara em mim como um chiclete, achando que seu papo sobre seus novos peitos de plástico me interessava, se ela poderia apontar quem era Ana.

— Ela está na piscina — disse a contragosto. Acho que percebeu que eu tinha perdido meu interesse em seu silicone quando balbuciei alguma desculpa esfarrapada e voltei minha atenção para a água, onde uma garota de cabelos claros mergulhava.

Não havia ninguém dentro da piscina, a não ser ela. Movia-se com graciosidade, como se estivesse em seu habitat natural. Quis levá-la para o mar naquele momento.

Uma sereia loira saindo da piscina, com todos os olhares masculinos em sua direção. Mesmo ali, sabia que eu era só mais um. Mas não imaginava que Ana não seria mais uma para mim. Ela se tornaria a única.

Naquele momento, meus olhos, que antes cobiçavam toda a opulência dos Mondiano, a casa enorme, o jardim magnífico e a festa badalada, aquele estilo de vida que tanto me parecia agradável, passaram a seguir um único ponto dourado: Ana Mondiano.

— Acho melhor você ficar longe dessa daí. — Kadu, um dos meus amigos, foi quem descolou o convite para a festa.

Tomei um gole da minha cerveja, ainda ávido, acompanhando os movimentos da moça loira.

— Por quê?

— Porque ela é encrenca! Se fosse outra, até te falaria pra ir em frente, mas o pai dela não ia gostar nada. Já fiquei sabendo de algumas histórias...

— Que tipo de histórias?

— Essa festa, por exemplo, o pai não faz ideia de que está rolando. E se descobrir, vai deixar a filha riquinha de castigo por um bom tempo.

— Ela não é tão criança para que o pai faça algo assim, é?

— O pai do Fred é amigo do Mondiano, e disse que ele e Ana são encrenca. Melhor ficar longe.

— Ficar com ela nessa festa não vai fazer diferença alguma para o pai. — Dou de ombros, já imaginando como iria chegar em Ana, do outro lado do jardim agora, segurando uma taça de espumante e rindo de alguma piada que dois babacas contaram para ela.

— Você quem sabe, mas o Fred pareceu estar falando bem sério.

— E desde quando aquele mané fala sério?

— Desde que ele nos convidou para essa festa e deixou claro que, se quiséssemos evitar encrenca, ficaríamos longe da filha do Mondiano.

— Continuo achando um monte de merda.

— Eu não sei. Era como se quisesse dizer que tem alguma coisa acontecendo no reino dos Mondiano além da superfície endinheirada.

Eu ri, sem acreditar que Kadu tinha caído na conversa fiada do seu amigo que passava a maior parte do tempo chapado. Mas não tive nem tempo de tentar conversar com Ana. Naquele momento, um homem mais velho invadiu a festa, esbravejando para desligar a música e gritando com Ana, furioso.

Eu tive a nítida impressão que já o tinha visto antes.

— Fodeu, cara — disse Kadu.

— Quem é esse?

— É o Fernando Mondiano. Vamos cair fora!

Ainda hesitei, enquanto Kadu reunia nossos outros amigos para que fôssemos embora, dizendo que os cachorros dos seguranças comeriam nossos sacos ou algo assim. Eu observava, fascinado, a cena dos Mondiano na minha frente. O homem esbravejando e a garota encolhida, pálida.

— Bora, cara! — Kadu me puxou para os portões, por onde toda a galera começava a sair.

Eu deixei Ana e a opulenta casa dos Mondiano para trás, mas elas permaneceram na minha mente.

* * *

As férias continuaram no ritmo preguiçoso de praia, festas e garotas. Porém, eu já não via tanta graça nas beldades perfeitas que levava para cama no fim da noite, ainda que Floripa tivesse algumas das mulheres mais bonitas do país.

Só conseguia pensar na chance que tinha perdido de ficar com Ana Mondiano. Eu não me importava com a nossa diferença de idade ou pelo fato de ela ser rica. Tampouco com qualquer segredo obscuro que Fred possa ter insinuado que existia. Tinha ficado tremendamente atraído por aquela garota.

Além da minha vontade de ficar com ela, cresci meus olhos ambiciosos na direção de seu pai: de onde eu o conhecia? Depois que saí da festa, às pressas, liguei para a minha mãe, contando sobre o que tinha acontecido na casa daquele bacana. Ela me surpreendeu ao dizer que conhecia Mondiano:

— Ele e seu pai eram amigos quando éramos jovens.

— Sério? Como nunca soube disso?

— Como poderia? Depois que nos casamos, poucas vezes vi o Fernando. Ele chegou a nos visitar quando você ainda era bem pequeno. Soube que se casou e que teve uma filha. Mas perdemos totalmente o contato depois que me separei do seu pai.

Desliguei pensando que era mesmo uma coincidência que Fernando Mondiano tivesse sido amigo de meu pai.

* * *

Minha história mudou de rumo drasticamente alguns dias depois, quando percebi que estava próximo ao restaurante Mondiano da Lagoa da Conceição. Fui tomado pela curiosidade e não resisti.

Obviamente, não tinha grana para comer em um lugar chique como aquele, mas entrei e pedi uma mesa mesmo assim. O garçom me mediu de cima a baixo, meu short de surfista e meus pés cheios de areia de quem ia só tomar um lanche na loja de conveniência com uns amigos.

Não me intimidei, não era do meu feitio. As pessoas gostavam de dizer que eu tinha a arrogância típica dos argentinos. Eu não me importava.

Ele me mostrou uma mesa afastada, perto dos banheiros. Deduzi que era o pior lugar possível, assim eu ficaria longe dos burgueses comendo lagosta em suas mesas bem posicionadas. Fiz uma careta para os preços, mas pedi as vieiras. Contrariando minha herança argentina, eu preferia os frutos do mar ao churrasco.

Enquanto comia, percebi que o tal do Mondiano certamente tinha uma equipe incrível no restaurante. Resolvi exercer minha insolente opulência por mais algum tempo, pedindo para conhecer o chef.

O garçom levantou uma sobrancelha, mas fez o que eu pedi, levando-me até a cozinha. Cumprimentei o chef, parabenizando-o pelo prato magnífico e ainda me exibindo um pouco, mostrando meus conhecimentos culinários.

— Você entende do que está falando, rapaz! — disse, admirado, quando citei alguns dos temperos e arrisquei a técnica que tinha usado.

— Meu pai cozinhava, aprendi muito com ele. Além disso, minha mãe é *sommelière*.

— E por que você não é chef, então? Ou não gostaria de ser?

Antes que eu pudesse responder, Fernando Mondiano entrou na cozinha perguntando como estava o movimento. Ele e o chef conversaram por alguns instantes, e então eu fui devidamente apresentado ao proprietário:

— Ei, Mondiano, esse cliente veio nos cumprimentar pelas vieiras.

Mondiano abriu um sorriso, satisfeito.

— O rapaz tem bom gosto.

— Gael Caballero. — Estendi a mão. Eu era bom em me vender e usava essa habilidade sempre que me convinha. Esperava ir longe com ela.

— Caballero? — Ele comprimiu os olhos o olhar enquanto devolvia o apcrto.

— É argentino. Acho que o senhor conheceu meu pai, Diego Caballero.

O homem abriu um sorriso genuíno.

— Você é filho de Diego? Não acredito! Acho que o conheci quando era apenas um guri!

— Sim, senhor. Eu não me recordo, pois era bem pequeno, mas minha mãe me contou que era amigo do meu pai.

— E como está sua mãe? Nunca mais a vi, mesmo antes de Diego falecer, eu perdi o contato... — Pareceu estar perdido em suas próprias lembranças por um momento. — Eu fiquei muito triste com a morte do seu pai. Diego era um homem tão forte, ninguém imaginaria que um infarto o levasse...

— Sim, foi de repente — respondi, mas sem muita emoção. — E minha mãe está bem. Moramos em São Paulo agora.

— E está passando férias aqui?

— Gael é praticamente um chef! — O cozinheiro se intrometeu, enquanto mexia nas panelas.

— De verdade? — Mondiano sorriu, surpreso.

— Não, mas entendo bastante do ofício. Deve saber que meu pai cozinhava.

— Claro que sim! Seu pai fazia o melhor churrasco de que se tem notícia! E você trabalha com o quê, meu jovem?

— Acabei de me formar em administração. Estou à procura de um emprego, na verdade.

— E o que achou do nosso restaurante? Para quem mora em São Paulo, um polo gastronômico, deve nos achar meio caipiras... — Mondiano cavou um elogio e eu não me fiz de rogado.

— Adorei o Mondiano! A comida é incrível, como já disse, mas se fosse para fazer uma crítica construtiva, eu tentaria aproximar a marca do público da Lagoa.

— Como assim?

— É um restaurante classe A, para um cliente seleto, entendo isso. Mas percebo que a galera que frequenta a Lagoa é mais despojada, um público endinheirado, mas jovem. Aposto que estão perdendo clientela mantendo o tom clássico na decoração, no menu e até no atendimento dos garçons.

Mondiano ficou em silêncio por alguns minutos, olhando diretamente para mim. "Fui longe demais", pensei brevemente, mas eu confiava no meu taco. Sabia que tinha dado uma boa dica para o empresário, ele saberia reconhecer. E não foi diferente disso.

— Eu estou precisando de um assistente, Gael — soltou de repente, me olhando com seriedade. — Minha última assistente era uma porta.

Eu ri, como ele esperava que eu fizesse, mas me perguntei se tinha entendido direito: Fernando Mondiano estava me oferecendo um emprego?

— Por que não vem jantar comigo amanhã e conversamos? Já tenho dois empreendimentos em outros estados, um em São Paulo, mas alguém com a sua visão seria muito útil para expandir ainda mais. Eu estou muito feliz de conhecer o filho do Diego e você parece um rapaz muito inteligente. Quero ajudá-lo!

Eu mal podia acreditar. Porra, aquela era uma oportunidade incrível! Acertamos os detalhes do jantar, apertei a mão de Mondiano e saí do restaurante com uma oferta totalmente inesperada.

Não parei em nenhum momento para pensar que eu tinha péssimas referências sobre trabalhar no ramo gastronômico. Nem que eu teria que me mudar para Florianópolis. Simplesmente entrei em uma loja na rua Felipe Schmidt e adquiri um terno escuro, arrojado e bem caro. Mirei minha imagem no espelho, me sentindo muito bem: era aquele homem que eu queria ser. Bem-sucedido.

Tão rico quanto aquele cara, dono de restaurantes, daquela casa opulenta, do carro luxuoso. Muito mais próximo de conquistar alguém como Ana Mondiano.

* * *

Na noite seguinte, voltei ao restaurante e, daquela vez, o garçom não me olhou atravessado. Pelo contrário: levou-me imediatamente até a mesa do dono, onde Mondiano me aguardava.

Durante o jantar, falamos de meu pai e do passado que os dois dividiram, o que aparentemente o deixava muito feliz e também a mim, que raramente conversava sobre aquilo. Sentia falta de meu pai, com quem eu era muito parecido. Era bom rememorá-lo.

No final da conversa, Mondiano pediu que eu falasse sobre mim e sobre minha experiência e meus objetivos. Me vendi brilhantemente. A noite terminou com uma oferta de trabalho real, com um salário inicial que eu jamais imaginaria ganhar tão cedo, e com a perspectiva de a minha vida mudar drasticamente a partir dali.

— E quando você pode começar? — ele perguntou, assim que eu confirmei que aceitaria a proposta. — Sei que está de férias, mas gostaria que fosse o quanto antes.

— Na verdade, eu tenho um problema: não consigo me estabelecer aqui na cidade imediatamente. Moro em uma república com os amigos em São Paulo e...

— Entendo, claro — ele interrompeu —, você pode ficar na minha casa até se arranjar.

Arregalei os olhos em descrença.

— Tem certeza disso?

— Claro, eu tenho uma casa muito grande, e só moramos eu e minha filha.

Foi então que a minha ficha caiu. Fernando Mondiano estava me convidando para morar com eles, naquela casa incrível. Debaixo do mesmo teto que Ana. Perto de Ana.

Admiti a mim mesmo que aquela ideia era quase tão excitante quanto meu novo trabalho. E eu deveria ter imaginado o banho de água fria que Mondiano despejou em seguida.

— Ana tem dezessete anos e é um tanto... problemática. Quer dizer — ele não conseguia descrever a própria filha —, ela é mimada. E está naquela fase que adora procurar problemas...

— Com garotos — cutuquei.

— Também. Mas ela gosta de me provocar, fazer coisas sem meu consentimento, como dar festas de arromba em casa. Com gente que não sei de onde saiu ou se são más influências.

— E a mãe dela, o que acha disso?

O rosto de Mondiano se transformou em uma máscara de gelo.

— Gael, se você vai mesmo entrar em nossas vidas, tem uma coisa importante que precisa saber: nós não falamos sobre a mãe da Ana. Nunca.

Fiquei intrigado, mas anuí. Aquilo não era mesmo da minha conta. Mondiano tomou um gole de sua bebida e sorriu como se não tivesse dito algo tão pesado havia alguns instantes.

— Enfim, não tenho tempo nem energia para vigiá-la o tempo todo — continuou, voltando ao assunto anterior. — Acho que vai ser bom ter outros olhos atentos sobre ela.

— Olha, Fernando, eu não sei se me sentiria à vontade... — tentei me esquivar daquela situação sem ferir o ego de meu novo patrão.

— Eu falei com sua mãe ontem. — soltou, de repente.

— Com minha mãe? Não sabia que vocês tinham voltado a se falar.

— Você me deixou impressionado. E saudoso. Eu nunca deveria ter me afastado de Diego, mas depois de... — ele respira fundo. — Enfim, tive vontade de falar com a Neiva, ela sempre foi uma mulher incrível. Conversamos longamente e, claro, falamos de você. O que me deixou ainda mais confiante em trazê-lo para nossa vida.

Mondiano me observava com cada vez mais seriedade. E continuou:

— De uns anos para cá, eu tenho me dedicado quase exclusivamente aos meus restaurantes. E eu não estou ficando mais novo. Quero alguém como você para me ajudar. Mas vou deixar algo bem claro, Gael. Preciso ter a certeza de que você entende que Ana é minha filha e que teríamos um problema grave se você não respeitasse isso. Quero que esteja ciente que trabalha para mim e que eu posso confiar em você.

Mentalmente, coloquei tudo o que tinha acontecido até ali na balança: uma garota que eu não conhecia, por quem tinha muito tesão, de um lado. Do outro, uma oportunidade de carreira que mudaria a minha vida para sempre. Não parecia difícil decidir.

Eu assenti, por fim. Apertei sua mão com firmeza mais uma vez. Ele podia confiar em mim. E disse a mim mesmo que Ana era só um desejo passageiro. Eu poderia lidar com aquilo.

* * *

Em dois dias, voltei para São Paulo para buscar minhas coisas na república e me despedir de minha mãe, que ficou em êxtase com meu novo emprego. Comecei a trabalhar para Mondiano naquela mesma semana.

Voltei para Floripa e fui me instalar na casa de meu novo chefe. Ali, me deparei com Ana novamente. A garota continuava insolente, cheia de si, achando que o mundo estava ao seu dispor e ao de seus amigos interesseiros. E linda. Absolutamente linda. Eu não conseguia tirar os olhos dela.

Confesso que fui um sacana pretencioso, cheio de vontade de deixá-la enfurecida, para que não gostasse de mim. Não era uma tarefa difícil, eu só precisava mostrar a ela que era uma menina mimada e infantil. No meu íntimo, saquei duas coisas muito rapidamente: Ana Mondiano era um pé no saco; e eu ainda não tinha me livrado do tesão por ela.

Deu certo. Enquanto eu organizava minhas roupas no quarto de hóspedes – que era do mesmo tamanho do apartamento que dividia com quatro amigos em São Paulo –, reparei que Ana não fazia questão de diminuir o volume para dizer às suas amigas o quanto tinha me detestado. Abri um sorriso agridoce.

Era melhor assim. Naquela semana, eu tinha aprendido a respeitar Mondiano e sabia que minha trajetória ao seu lado estava apenas começando. Estava animado com todas as possibilidades, entusiasmado com o meu trabalho. Grato a ele. E tinha decidido que eu seria a pessoa que transformaria aquela rede de restaurantes em um empreendimento internacional de sucesso.

Ana Mondiano continuaria sendo apenas a garota mimada de quem eu deveria manter distância. Seria fácil.

Nunca estive tão enganado.

CAPÍTULO 12 – GAEL

Eu já vi muitos olhares de Ana. Distantes, raivosos. Maliciosos. Ah, esses eram meus preferidos. Aqueles que ela mostrava apenas quando lhe convinha e depois fingia que nunca tinha me presenteado com eles.

Mas eu os guardava em minha memória, pois eram a única coisa que eu possuía para me lembrar que tinha sido real. Até que comecei a duvidar da minha própria sanidade, enquanto mergulhava na loucura dela.

Acreditei que o olhar vazio que Ana me lançou no dia em que o médico disse que sua filha estava morta fosse o pior que eu poderia ver. Estava enganado.

Ela me encara com um misto de desolação e confusão, enquanto solta suas mãos das minhas, recuando um passo. Tenho vontade de agarrá-la novamente. Sacudi-la, implorar para que volte. Que não se perca de novo em seus delírios.

"Por favor, fique comigo."

Sei que isso não vai acontecer quando ela sacode a cabeça em negativa.

— Não posso. — Ela passa por mim e volta para nossa casa. Para Alice. Ou para quem ela gosta de fingir que é Alice.

Olho para o mar, tentando achar uma saída daquele inferno em que me meti.

— Está tudo bem? — Levanto a cabeça e vejo Lívia se aproximando. Como sempre, ela parece muito frágil e abatida.

Eu sei o motivo. A culpa me corrói mais um pouco.

— Ana saiu correndo da minha casa, não entendi...

— Ela não está se sentindo bem — minto mais uma vez por ela. Sempre por ela.

— Fiquei um tanto aturdida...

— Não é nada.

Eu me viro para fugir de seus olhos inquiridores, sinto como se ela pudesse descobrir a verdade gritando em minha expressão.

— Como está Alice? — questiona às minhas costas. Paraliso. Há anseio em sua voz. Luto contra a vontade de lhe contar tudo.

— Está bem — respondo somente, e me afasto, arrastando meus pés culpados.

Quando entro em casa, escuto a voz de Ana vinda da cozinha. Uma voz maternal, cheia de carinho, um tanto infantilizada para falar com Alice. Meu coração se quebra mais um pouco enquanto a observo. Alice está em seu seio, satisfeita e feliz como qualquer bebê. Um espelho de Ana.

Sua felicidade roubada, clandestina, danifica um pouco mais meu equilíbrio já precário. Ela levanta o olhar e sorri para mim. É linda, ainda mais perfeita assim, quando está feliz. Ou quando acha que está feliz.

Isso não pode ser real. Não é real. É o que faz com que eu segure meu próprio sorriso, que quer encontrar o dela, se fundir com o dela e deixar tudo para trás. Mas permaneço impassível.

Em um silêncio mais ruidoso que as ondas se quebrando lá fora, com o coração sangrando, assisto seu sorriso se desvanecer, se apagar. Até que não consigo mais permanecer a seu lado e me afasto. Pego o celular no bolso e me tranco no escritório.

A ligação que eu faço é atendida depois de alguns toques. Acho que ela já esperava por mim.

— Preciso de ajuda.

* * *

Sinto-me mais calmo depois da conversa por telefone. A tarde finda quando retorno para a cozinha e começo a preparar o jantar. Ana reaparece depois de colocar Alice para dormir. Me encara ressabiada, insegura sobre minha reação.

— Vai me ajudar? — pergunto com um arremedo de sorriso que pede para se aproximar.

Ela morde os lábios, indecisa. Essa atitude me desconcerta. Penso se finalmente estou conseguindo atingir aquele ponto dentro dela, aquele que ela esconde até de si mesma. Aquele em que todas as suas verdades se revelam. Quero ter esperança que sim.

Respiro fundo, retirando a massa do fogo. Minhas mãos estão um tanto trêmulas, porque sei que Ana não vai gostar do que vou dizer em seguida.

Sinto sua aproximação. Ela segura o escorredor na pia para que eu jogue o macarrão dentro. Nossos olhares se encontram por um momento antes que eu desvie o meu, tão inseguro quanto o dela agora.

— Sara está vindo jantar conosco.

Ana fica completamente transtornada com a minha revelação, se desconcentra e tomba o escorredor. Pequenos cabelos de anjo se espalham por nossos pés.

— O quê? — Sua voz sai estrangulada.

Tento tocá-la, ela se esquiva. O pavor molda seu rosto.

— Ana, está tudo bem. Sara quer apenas ajudar.

— Ela sabe.

— Ana...

— Eu não sei como, mas ela sabe. Você... você a disse a ela!

— É muito confuso para explicar.

— Por favor, não quero ela aqui! — implora.

Sinto-me despedaçar.

— Ana, nós precisamos de ajuda.

— Não precisamos! Estamos bem aqui, sozinhos. Com Alice. Ela precisa de mim!

— Não. — Sacudo a cabeça de forma incisiva, deixando clara a minha posição, mesmo que seu olhar perdido esteja me devorando por dentro.

Ela está percebendo que não é só o jantar com Sara. É tudo o que eu estou querendo dizer com isso, tudo o que isso significa. Eu estou seguindo para outro rumo. Ou melhor, estou tentando voltar para o caminho certo. Como um náufrago que luta para sair do mar, em busca de terra firme.

Porém, Ana não quer sair das águas escuras, ela quer se deixar levar. Cada vez mais fundo, mais longe. E, por um momento, somos como dois veleiros durante uma tempestade. Perdidos no meio do mar.

— Alice não precisa de você — concluo. — É você quem precisa dela.

Essas palavras causam nela uma reação diferente. Despertam uma força que vem de sua convicção ilusória, algo que faz com que seus olhos verdes brilhem mais forte.

— Você está enganado. Ela precisa de mim. Ninguém nunca precisou de mim do jeito que ela precisa. — Sua voz vacila e uma lágrima escorre em sua face.

Algo frio e viscoso aperta minha garganta, esmaga meu coração. Sinto que ele vai saltar e rolar pelo chão entre nós, aos seus pés. E é assim que a vejo dar meia-volta e se afastar de mim novamente. Mais uma vez. Sempre. Eu estava tão cansado de vê-la ir embora.

— Você também está enganada! — digo bem alto, antes que ela saia definitivamente de perto de mim. Ana paralisa por um instante, mas não se vira. — Eu também preciso de você.

E sem esperar por sua reação, saio para pegar um pano e limpar a sujeira do chão. Quando retorno, encontro apenas o silêncio de sua ausência. Me ocupo com a limpeza, me perguntando se conseguiríamos, um dia, apagar toda a sujeira que trouxemos com a nossa escuridão.

Eu sabia que Ana não voltaria tão cedo, então mandei um recado para Sara desmarcando o jantar. Também não comi.

Deixo que Ana fique sozinha com Alice, permito que tenha aqueles momentos com a bebê. Rezo para que sejam os últimos. Se não forem, o que será de nós?

* * *

Não sei se me surpreendo quando acordo naquela madrugada com o suave barulho das ondas arrebentando lá fora e Ana sentada aos pés da minha cama. Ela está de lado, abraçando os joelhos junto ao corpo, a cabeça inclinada sobre eles, com os olhos fixos em mim.

Por um momento, acho que é parte de um sonho, como tantos outros. Mas também um *déjà vu*.

— Ana? — chamo na semiescuridão do quarto.

— Acha que eu não sei que precisa de mim?

Ela se arrasta até mim, como em meus sonhos. Ou seriam lembranças? Seu aroma suave e inconfundível flutua até mim e embaralha meus sentidos quando escorrega para debaixo das cobertas, ao meu lado.

— Eu sei que precisa de mim e talvez eu precise de você também.

Seu hálito beija meu rosto. Sinto seu gosto em minha língua. Cerro as pálpebras para tentar fugir daquele fascínio. Nunca é fácil.

— Abra os olhos — ela ordena. É doce e sedutor. Obedeço.

Uma mecha rebelde loira está sobre seu rosto, emprestando um ar de astúcia a seus olhos concentrados e atentos. Ela sabe o que está fazendo.

Está com medo de minha pequena rebelião tomando espaço em nosso país, e há algo desesperado em seus dedos que deslizam por meu peito. Como veneno que se alastra pelo sangue, o desejo percorre minha pele. Quente e mortal.

Mesmo assim, não a interrompo quando ela escorrega a mão para dentro da minha calça. Fecho meus olhos, mergulhando na dúvida se aquilo é alucinação ou verdade. Mas ela está ali de verdade. Na minha cama, na minha vida. No meu sexo.

Mas nada disso é real. Ana não é real.

Reúno toda a força que ainda me resta e seguro seu pulso, impedindo-a de continuar. Seu olhar se turva de frustração.

— Achei que você precisasse de mim — sussurra.

Agora há só desolação em sua expressão. Eu vacilo em minha certeza quando ela se vira para sair da cama, mas a seguro perto, trazendo-a para mim.

— Fique aqui. — Beijo a pele atrás de sua orelha. Sinto seu arrepio e a seguro ainda mais forte, sabendo que ela sente minha ereção. — Sabe o que eu quero mais que tudo. Mas isso não vai resolver nada — murmuro em seu ouvido.

Ela estremece, mas agora não é de desejo. É de medo.

Mantenho-a perto de meu corpo. Vem a sensação de *déjà vu* de novo.

antes

Eu me apaixonei por um milhão de garotas antes de Ana. Aquilo nada tinha a ver com amor. Era tesão, orgulho, passatempo. Ana era um enigma a ser desvendado e aquilo me fascinava.

Ela era mimada, eu sabia. Mas sua atitude infantil e praticamente intragável só aumentava minha atração por ela. Me dava vontade de calar sua boca com a minha quando ela me insultava.

Eu adorava imaginar como seria se eu a puxasse no corredor vazio e lhe desse um beijo, prensando-a na parede e segurando seu rosto. Deslizando minha perna por entre as dela. Será que ela me empurraria, me afastando, ou me puxaria para seu quarto? Ou será que eu a puxaria para o meu, engolindo seus gemidos para que seu pai não ouvisse?

Ela quase nunca olhava para mim. Se olhasse, certamente saberia o que eu estava pensando. Às vezes, eu achava que sabia mesmo assim, e isso me deixava furioso.

Eu a observava rodeada por aqueles amigos interesseiros. O jeito que ela se moldava a eles, sem ao menos perceber, transformando-se em quem eles queriam que ela fosse. Era nítida sua carência, e isso começou a criar uma pequena rachadura no meu peito. Eu sentia vontade de fazê-la perceber que ela não precisava se moldar a ninguém. Muito menos a mim.

Um sentimento contraditório, já que eu morria de ciúmes de seus amigos, de seus namorados, do jeito que ela se transformava por eles, como um camaleão; enquanto para mim, Ana demonstrava apenas desprezo.

Muito possivelmente, comecei a despertar para a verdadeira realidade de Ana quando cheguei em casa antes do seu pai e a peguei naquela maldita festa. Eu não parei para pensar nem um segundo antes de ajudá-la. De protegê-la.

Talvez, naquele momento, quisesse me convencer que queria apenas evitar uma briga com Fernando, mas no fundo eu sabia que era muito mais. A partir dali, comecei a desenvolver uma perigosa obrigação de proteção em relação a Ana Mondiano.

* * *

E naquela noite, depois que a festa acabou, foi que percebi que Ana tinha mais camadas escondidas sob a pele alva, a língua ferina e a carência desmedida do que eu poderia imaginar.

Fernando me chamou para uma reunião e, enquanto debatíamos sobre a possível necessidade de mudar o chef do restaurante da Beira-Mar, eu só conseguia pensar na decepção de Ana com o fim da festa. E em como ela preferiu virar piada entre seus amigos idiotas à possibilidade de decepcionar seu pai.

Eu não entendia por que Fernando não dava atenção à filha. Ele vivia para seus restaurantes, é claro, e eu imaginava que isso tinha a ver com a misteriosa ausência da mãe de Ana, da qual ninguém nunca falava.

E embora estivéssemos construindo uma ótima relação de confiança, eu não tinha coragem de tocar nesse assunto proibido com ele.

Quando fui dispensado procurei por Ana, um tanto preocupado. Sabia que ela provavelmente teria um ataque de infantilidade, mas não me importei. Certamente não esperava vê-la debaixo d'água. Me aproximei e fiquei esperando que emergisse, mas isso não aconteceu.

Um terror frio tomou conta de meus membros e, sem pensar, pulei atrás dela, alcançando seu braço praticamente inerte e puxando-a para fora da piscina.

Encostei meus lábios nos dela para trazê-la de volta. E em algum lugar da minha mente pensei: não era assim que eu imaginava que isso aconteceria. Respirei em sua boca e ela tossiu, abrindo os olhos confusos para mim.

— Que inferno você estava fazendo?! — vociferei.

Ela cruzou os braços em frente ao peito, sentando-se, ainda aturdida.

— Que inferno *você* está fazendo? — retrucou.

— Está de brincadeira? Acabei de impedir que você se afogasse!

— Eu não estava me afogando! — Ela pareceu indignada.

Eu a encarei em busca de uma resposta. Precisava disso, porque era tenebroso demais pensar que Ana não estava apenas fazendo uma brincadeira de mau gosto.

— Você estava se afogando e nem percebeu! — eu disse, acreditando que aquilo era uma grande confusão. Era?

Ela desviou os olhos por um instante, como se estivesse buscando a resposta dentro de si mesma. Senti que meu inquérito a incomodava.

— Eu não pedi para ser salva! — rebateu.

"Ah, Ana, você realmente não faz ideia...", pensei.

— Suas palavras são bem diferentes das suas atitudes — respondi por fim, levantando-me e deixando-a sozinha com seus pensamentos.

Entrei correndo no chuveiro para tirar de mim os resquícios da água da piscina e do gosto de Ana em meus lábios. Lutando contra a vontade de correr atrás dela novamente e exigir que admitisse a verdade pra mim.

Qual era a verdade? O que ela estava fazendo? Isso estava me consumindo e assim foi durante toda a noite. Não consegui dormir, e lá pelas altas horas da madrugada algo me fez ir até seu quarto checar se estava tudo bem com Ana. E não estava.

* * *

Encontrei-a dentro da banheira, tremendo sob a água já fria, com os olhos perdidos em algum lugar muito distante.

— Ei, que merda está fazendo aí, congelando!? — Corri para tirá-la da água, frouxa como uma boneca de pano. Ela estava completamente nua e a cobri com uma toalha, esfregando o tecido em seus membros opacos, tentando aquecê-la. Seus lábios estavam roxos.

— Ana? Fale comigo! — gritei perto de seu rosto.

Finalmente ela pareceu me notar, prendendo os olhos turvos em mim.

— Me tira desta banheira... — Sua voz era apenas um chiado de medo.

— Eu já tirei, calma, você está bem. — Carreguei-a para o quarto e a sentei na cama.

Revirei seu armário à procura de uma camiseta e a vesti em seguida. Ela não resistiu quando a deitei na cama e puxei o edredom sobre seu corpo. Tampouco quando eu me deitei ao seu lado, esquentando-a com meu próprio calor enquanto ela não parava de tremer.

— Eu não queria me afogar, eu juro! — sussurrou em certo ponto.

Não falei nada. Não entendia o que estava acontecendo ali. Só tinha certeza que deveria ficar ao seu lado. Por alguma razão desconhecida, eu queria cuidar dela.

* * *

Acordei em algum momento durante a noite e Ana estava adormecida, finalmente com o corpo morno, ainda colada em mim. Retirei uma mecha de cabelo de seu rosto. Ela estava corada e respirando.

Parecia bem, em paz. Como se toda aquela cena nunca tivesse acontecido. Relutei em sair de sua cama, em tirar meus braços de seu entorno. Parecia tão certo que ficassem ali. Desejei que ela estivesse acordada e percebesse também. Me indaguei se conversaríamos sobre isso na manhã seguinte.

Lutando bravamente contra minha vontade, levantei-me e fui para meu quarto. Não seria nada apropriado que Fernando me visse ali. O que me fazia lembrar da minha promessa: Ana era território proibido. E deveria permanecer desse jeito.

Mas isso não impediu que, na manhã seguinte, eu a encarasse na mesa de café da manhã, corada e sorridente, na companhia de seu pai.

Depois de meu costumeiro banho de mar para começar o dia, me aproximei dos dois, e vi seu sorriso cheio de ironia enquanto Fernando comentava algo. Aquele mesmo olhar de ciúme que era tão nítido. Como se eu quisesse roubar seu pai.

Fernando se retirou primeiro e foi a deixa que eu precisava.

— Ei, quer conversar sobre ontem? — indaguei.

Ela tomou um gole de suco e tocou a tela de seu celular.

— Você vai jogar o negócio da festa de novo na minha cara?

— Não. Estou falando... da piscina.

— Ah, sei. Quer um agradecimento, então? Muito obrigada! — cuspiu de má vontade.

Segurei seu braço quando levantou, antes que se afastasse.

— E sobre depois?

— O quê? — Ela soltou o braço. — Do que você está falando?

— Não sabe?

Ela deu de ombros.

— Por que não me deixa em paz, Gael? Você me salvou da ira do meu pai e eu até já agradeci, e depois cismou que eu estava me afogando, uma completa bobagem!

— E depois?

Ela parou e me encarou, rindo.

— Depois o quê? Agora?

— Ontem à noite.

— Nada aconteceu ontem à noite. Não sei do que você está falando.

Eu não conseguia desvendar se Ana estava fingindo ou se ela realmente acreditava naquilo, e continuo olhando-a, incrédulo, pedindo que confirmasse para mim que passamos aquela noite juntos. Eu ainda sentia o calor de seu corpo junto ao meu. Ela continuou seu caminho para a cozinha, me deixando completamente aturdido.

Seria possível que estivesse falando sério, que não se lembrava da cena na banheira? Não, ela sabia do que eu estava falando. Estava fingindo. Fugindo

Foi assim que eu descobri mais uma camada obscura de Ana Mondiano. Foi naquele dia que eu percebi que ela fugia da realidade. Eu só não sabia, ainda, que as coisas seriam bem piores do que eu pensava naquela época.

158 \\

CAPÍTULO 13 – ANA

Quando acordo, Gael não está mais na cama, mas sua presença fica impregnada em todo o quarto. No cheiro do travesseiro, tão natural agora. Homem e água do mar.

Enterro meu nariz no tecido, desejando que esteja ali. Mas não com aquela expressão de angústia que agora encobre sua face sempre que descansa o olhar em mim.

Não, eu quero a esperança. A certeza indelével de que tudo é possível porque estávamos juntos: eu, ele e Alice. Nosso pequeno milagre.

Mas tudo está diferente agora. Por isso vim parar aqui ontem? Por que via a despedida em seu olhar, a acusação muda... A fúria silenciosa? Era um medo que eu não estava preparada para sentir. O medo que ele me deixasse.

Eu subestimei Gael todas as vezes que ele tentava se esgueirar para dentro da minha vida. Sempre achei que ele me deixaria, como todas as outras pessoas. Que, como os outros, ele perderia o interesse em mim. Meus amigos, minha mãe, Jonas... Até mesmo meu pai.

Mas Gael insistiu e ficou. E eu permiti, com aquela pequena parte esperançosa do meu coração que ainda sonhava, apesar de tudo, acreditar que ele ficaria para sempre. E quando Alice chegou, ele prometeu que seria assim. Apenas nós três e o mar, guardando nosso segredo. Em silêncio.

* * *

Levanto-me e caminho até o berço de Alice, ansiando por sentir seu corpinho quente, seu olhar dócil procurando o meu, como se eu fosse a única pessoa do mundo.

O chão foge de meus pés quando percebo o berço vazio. Perco todo o ar por um momento e sinto que vou desfalecer.

— Alice — sussurro, com as garras frias do pavor tomando minha alma. Ele não faria... Faria?

Com os pés pesados como chumbo, rumo para fora do quarto, sem enxergar nada a minha frente. Até que paro ao ver, ainda na escada, Gael contra a parede de vidro. E a sombra de Alice em seus braços.

— Você me assustou — murmuro, sentando no degrau da escada. Meus pés perderam a força para manter meu corpo ereto.

Gael se vira, está dando a mamadeira para a bebê. O sol pálido da manhã paira atrás de sua cabeça, não consigo distinguir sua expressão. Escondo meu rosto entre as mãos, ainda tentando respirar normalmente depois do susto.

Ele caminha em minha direção, sobe as escadas e senta ao meu lado. Sua mão livre toca meu cabelo. Minha atenção vai para Alice, que parece bastante à vontade contra o peito desnudo dele. Sua pele branca num contraste doce com a pele morena de Gael.

— Achou que eu não cuidaria dela? — Sua mão continua em mim, acariciando de leve meu rosto.

Ele parece ainda mais bonito essa manhã, com algumas mechas de seu cabelo escuro caindo, rebeldes, na frente dos olhos. "Está precisando de um corte", penso, fora do contexto.

É estranho pensar como a vida corre. Nossos cabelos cresceram, a comida está acabando na geladeira e o sol voltou a brilhar no meio do inverno. Coisas tão singelas, tão triviais e belas em sua simplicidade. Assim como Gael capturando minha atenção neste momento.

Percebo o quanto não quero perdê-lo.

— Eu não sei mais o que você quer — respondo, segurando sua mão com força. Quero que ele leia a minha mente.

"Por favor, não me abandone sozinha dentro de mim mesma."

Porém, ele se solta de mim. E isso diz tanto sobre este momento, o momento em que nossos papéis se invertem. Não sou mais eu que rejeito seu toque.

— Sabe, sim — ele diz, por fim, desviando o rosto para o mar de novo.

— Você me trata diferente agora. Tem uma sombra em seu olhar, Gael. Está se afastando de mim. — Minha voz está cheia de insegurança, mas eu não me importo.

— Faz diferença pra você? — Ele volta a me fitar. Parece perdido em um nevoeiro. — Você realmente me quer aqui ou eu sou apenas seu cúmplice, Ana?

Sinto vontade de chorar. Ah, Gael, o que eu fiz com você? O que eu fiz com a gente? Deixo minha mão buscar a dele novamente, entrelaçando nossos dedos com delicadeza.

— Não fale assim...

Alice começa a chorar, como se percebesse o clima pesado entre nós. Estendo os braços para trazê-la para mim sem pensar, sua necessidade sempre acima da minha. Gael a deixa vir. Coloco-a em meu peito e abro a blusa. E, como sempre, é como se ela tirasse toda a tensão do meu corpo.

Gael nos observa. Não sei o que se passa em sua cabeça, mas novamente há angústia em sua expressão. Sinto culpa. Sinto pesar. Sinto uma necessidade ardente de fazê-lo acreditar que não estamos errados. Mas antes que eu possa dizer ou fazer qualquer coisa, ele se levanta e desce as escadas.

Termino de alimentar Alice com a mamadeira e a levo para o quarto. Troco sua fralda, coloco a bebê no carrinho e levo-a para a cozinha, onde Gael serve o café da manhã.

Alice tem apenas três meses, mas quando seus olhinhos se prendem em Gael, sinto que o reconhece. Que fica feliz por ele estar presente.

— Ela gosta de você.

Ele levanta o olhar. Abro um sorriso sutil.

— Alice, ela gosta de você. Ela sempre parece mais feliz quando você está conosco.

— Eu gosto dela também. — Ele também sorri, desviando os olhos para a menina.

É tão doce. Aquece meu coração de esperança e de sonhos. Imagino Alice daqui alguns anos, correndo entre nós. Se aninhando no colo de Gael. Quase posso tocar essa imagem em minha mente, de tão perfeita. Efêmera.

Mas, em seguida, ele se volta para mim, a bancada da cozinha entre nós.

— Quero que apenas tente. — De repente, segura minha mão. Agora há veemência em seu olhar. — Quero que escute a Lívia.

— Gael... — Tento soltar minha mão, mas é em vão.

Ele agarra meus dedos com mais força.

— Eu sei que você ama Alice. Mas há alguém lá fora que a ama também.

— Não. — Não quero ouvir o que ele tem a dizer.

Ele se levanta e pega Alice do carrinho, ao mesmo tempo em que alguém bate à porta. Ele não precisa dizer quem é. Meu impulso é tirar a bebê de suas mãos imediatamente e escondê-la em meus braços. Fugir dali. Mas, antes que consiga me mexer, vejo Gael subindo as escadas com Alice.

Tenho vontade de segui-los, de me trancar no quarto com eles, para ninguém nos alcançar. Por mais um instante continuo ali, paralisada. Com o coração falhando até quase parar. Até que batem à porta de novo.

Respiro fundo e me levanto. Me obrigo a permanecer calma e serena. Sei que Gael planejou tudo aquilo.

* * *

Lívia me lança um sorriso incerto quando abro a porta. Seus cabelos curtos estão despenteados pelo vento e seu rosto parece levemente corado.

— Bom dia, Ana.

— Oi.

— Gael me convidou para um passeio pela praia — ela diz, bastante hesitante.

— Ah, ele convidou? — respondo, nada surpresa. Gael é astuto e tem um propósito claro. Ele não vai desistir tão cedo.

Luto contra o medo que essa certeza me causa.

— Sei que não nos conhecemos direito, só... Me sinto sozinha aqui. Acho que talvez não seja de todo mal conversar com alguém. — Ela está me implorando com o olhar.

Pela primeira vez, sinto algo além da minha dor. Sinto a dor dela.

É essa sensação que me faz sair porta afora, com Lívia ao meu lado. Caminhamos pela praia em silêncio. Não sei o que dizer e sinto que ela também não. Me questiono se sequer deveria estar ali.

Queria tanto fingir que ela não existe, mas não consigo. Por quê? Paramos naturalmente, espiando as ondas que ameaçam nos alcançar.

— Você tem sorte de morar perto do mar — ela comenta.

— Não gosto do mar — rebato, e ela me encara, incrédula.

— Sério? — Lívia se senta na areia e eu acompanho. — Eu sou paulista e sou dessas que acredita que praia é uma boa opção em qualquer momento!

Mesmo com frio e chuva. — Ela ri, e percebo que é a primeira vez que a vejo alegre. — Acho que você não entende isso porque sempre esteve perto do mar. É daqui de Santa Catarina mesmo, não é?

— Sim.

— Não gosta do mar e escolheu morar tão perto dele.

— Isso é Gael. Ele ama o mar.

— Ah, ele parece um cara legal. — Não é a primeira vez que se refere dessa maneira a ele.

Dou de ombros, apenas. Não sei o que ela quer dizer com isso.

— Gael diz que o mar faz seus problemas parecerem pequenos, sem importância. — Completo, para não voltarmos ao silêncio.

— Parece uma boa reflexão. Queria que o mar levasse os meus problemas.

Encaro seu perfil perdido.

— Por isso está aqui?

Ela me olha.

— Eu não sei bem o que estou fazendo aqui.

— E Rui?

— Rui não entende. E isso me mata.

Alguma cumplicidade começa a se construir entre nós. Gael também parece não me entender mais.

— Casamentos — sussurro, e ela ri.

Até consigo rir um pouco também.

— É casada há muito tempo?

— Alguns meses. — Sou evasiva. Como dizer que, na verdade, eu nem me sentia casada?

Lembro de Gael dizendo aquela palavra horrível. "Cúmplice". Sacudo a cabeça para me livrar daquele pensamento.

— E você? — pergunto, para tentar voltar à realidade.

— Cinco anos.

— Você parece jovem para ser casada há tanto tempo.

— Eu tenho trinta anos. Quando era mais jovem, achava que pessoas com essa idade eram tão velhas! — ela ri novamente.

— E quando conheceu Rui? — pergunto.

— Na faculdade. Ele era um cara ambicioso e eu só uma menina sonhadora que gostava de cozinhar.

— Dizem que os opostos se atraem.

// 163

— Dizem, né? Acho que essa máxima funcionou com a gente.

— E como foi que se apaixonaram? — Não sei se estou realmente curiosa ou se só quero puxar assunto.

— Ele era insistente! — Ela sorri. — E convencido.

— Às vezes a gente gosta que eles sejam assim, né? — Lembro-me de Gael, de como eu o considerava arrogante e fingia para mim mesma que isso me irritava quando, no fundo, me atraía. Era como se a confiança de suas atitudes pudesse ser contagiosa.

Talvez Lívia seja tão insegura quanto eu.

— Sim, é atraente, sem dúvidas. Um tanto sexy... — Seu pensamento parece longe. — Mas não penso mais assim — confessa.

— Por quê? O que mudou?

— Tudo. Eu, ele, não sei. Quer dizer, acho que sei. Só é difícil dizer.

Não insisto. Me pergunto se aquela conversa não deveria se encerrar ali.

— Por que... por que vocês estão aqui? — Externo a desconfiança que está martelando na minha cabeça.

Ela me olha, incerta.

— Me disseram que alguém poderia me ajudar aqui.

— Ajudar?

— Me disseram que aqui mora uma mulher. Uma sensitiva, uma cigana, não sei direito. Me falaram que ela poderia... poderia saber onde encontrar minha filha.

"Não há mais batimentos cardíacos."

As palavras se repetiram na minha cabeça num *looping*. Não faziam sentido. Eu olhava a imagem da minha filha na tela do ultrassom. O que ele queria dizer com aquilo?

— O que... O que quer dizer? — Consegui fazer as palavras saírem em meio ao caos que era minha mente. — Temos que fazer o parto agora?

— Ana, não tem mais nada a ser feito. — Gael encarou o médico, que retirava os óculos, coçando os olhos, como se tentasse amenizar o que iria dizer.

— Não — murmurei, buscando o olhar do médico também. Gael estava errado, ele também não tinha entendido. — Não!

— Sinto muito, Ana, mas agora precisamos fazer uma cesárea de urgência. — Continuou, agora em um tom mais frio e profissional.

— Então ela vai nascer! — insisti, mais para Gael do que para o médico.

Foi nesse momento que Gael tocou minha mão e, quando nossos olhares descansaram um no outro, eu percebi a verdade. Sua expressão de pesar profundo me dizia tudo.

Um grito escapou dos meus lábios. Perdi o ar, a força. A sanidade.

— Não.

Não havia dor. Não havia mais nada, era a ausência total de vida. Alice já não existia mais, e eu também não.

Gael continuou segurando a minha mão enquanto um zunido no meu ouvido me impedia de entender o que perguntava ao médico. Palavras como "hemorragia", "pico hipertensivo" e "cesárea" saíam de suas bocas sem que fizessem sentido para mim.

Eu só queria sumir. Me esconder. Achar um lugar em que nada daquilo fosse real. Um lugar onde eu estaria feliz com a minha filha nos meus braços, onde finalmente conheceria seu rostinho que tanto havia imaginado, seu cheiro, o som de seu choro. Como eu havia esperado tanto.

— Ana, faremos uma cesárea imediatamente — repetiu o médico de maneira mais assertiva, e eu tentei escutá-lo. — Neste caso, você está correndo algum risco.

Risco? — repeti, sem emoção. Quem se importava se eu estava em risco quando minha filha seria tirada de mim?

— Você pode ter uma infecção e, como está muito frágil nesse momento, pode se tornar perigoso — ele continuou.

— Então faremos a cirurgia imediatamente — Gael interrompeu bruscamente nossa conversa, segurando minha mão. — Ana, a prioridade agora é você. O que precisamos fazer, doutor?

— É uma cesárea normal, nós vamos retirar... Retirar a bebê.

— Eu não quero ver! — gritei, desesperada, buscando a compreensão de Gael. — Por favor, não quero ver isso! Eu não posso vê-la sem... — Não conseguia nem dizer as palavras.

Se não visse nada, poderia fingir que tudo não passava de um pesadelo.

— Podemos optar pela anestesia geral, Ana. — O médico tomou a dianteira, percebendo que Gael não conseguiria me acalmar. — Você só voltará a acordar depois que tudo tiver acabado.

Acordar depois? E se eu preferisse não acordar nunca mais?

Fui levada para a sala de parto, já preparada. Apagada. A última coisa que vi foi o olhar de Gael mergulhado no meu. E, pela primeira vez desde que nos conhecemos, ele parecia não ser capaz de me proteger.

* * *

Quando acordei o mundo era diferente. Mais escuro. Uma enfermeira tirava minha pressão e perguntava como eu me sentia, com um sorriso polido. O que eu poderia dizer? Eu não sentia mais nada.

— Sei que é muito difícil, querida — ela me falou com doçura —, mas você vai superar isso, vai ter outro bebê. A vida é assim...

Desviei meu rosto para a parede. O que ela sabia sobre o futuro?

Quando ela se foi, ousei passar a mão sobre minha barriga. Ainda tinha algo ali, bem menor do que o imenso volume dos oito meses de gestação. Apenas uma massa de gordura inerte. Cortes e cicatrizes.

Não era mais Alice. Nunca mais seria.

Gael voltou. Sentou-se ao meu lado, tocou meus cabelos com ternura, perguntando como eu me sentia.

— Quero ir para casa — pedi simplesmente. Não aguentava mais ficar naquele lugar que para sempre me lembraria do tamanho de minha perda.

— Preciso saber se você quer ir ao velório — disse com cuidado.

— Velório? — mais palavras que não faziam sentido.

— Precisamos enterrá-la.

— Não. — Comecei a sentir dificuldade de respirar.

— Ana, você pode se arrepender...

— Não me obrigue, por favor, não consigo. Eu só quero ir pra casa e tentar... — Tentar o quê?

Não morrer? Esquecer? Entender? Nada daquilo me parecia possível.

— Tudo bem — ele concordou, por fim. Parecia um tanto contrariado, mas aceitou minha vontade.

— Preciso sair. Há muito a ser resolvido, tenho que avisar as pessoas...

— Não. — Interrompi imediatamente.

— O quê?

— Não avise ninguém. Não quero... falar com ninguém sobre isso ainda — insisti.

Se já tinha sido difícil aguentar o olhar de pena e as palavras vazias da enfermeira, não conseguia imaginar como seria com amigos ou parentes. Todas aquelas pessoas que estavam esperando me ver com um bebê nos braços.

Meus braços. Olhei para eles, cruzados sobre minha barriga, sem utilidade. Ela deveria estar ali.

Fiquei sozinha no quarto enquanto Gael resolvia todas as tarefas de ordem prática, como sempre. Toda vez que uma enfermeira entrava para checar se eu estava bem, tinha certeza que a trariam para mim. Minha Alice. Nunca a trouxeram. Voltei para casa alguns dias depois com o corpo debilitado e os braços vazios. E o coração partido.

Gael passava todo o tempo comigo, certificando-se que eu me sentia bem a cada cinco minutos, até que eu pedisse para parar. Não poderia, nunca, responder àquela pergunta. A resposta não era óbvia?

— Eu sei que é horrível, Ana — ele disse, um tanto exasperado com meu silêncio apático —, mas você precisa comer. Reagir. — Insistiu, observando meu prato de comida intocado. Aquela mesma omelete que havia me ensinado a fazer anos atrás. Parecia outra vida.

— Eu não quero. — Empurrei o prato para longe e me levantei. — Vou dormir.

Ele não me impediu quando fui para o quarto e deitei. Ainda podia ouvir o barulho que fazia pelo apartamento, mas era o seu ruído constante de preocupação o mais difícil de tolerar.

Quando me levantei na manhã seguinte, vi Gael dormindo no sofá ao lado da minha cama. Fui até o banheiro. Ainda sentia muita dor na cicatriz profunda que a cirurgia deixara.

Tirei a roupa e observei meu corpo, ainda desfeito. Malfeito. Os pontos na minha pelve pareciam um caminho sem começo nem fim. Como a minha vida, agora.

Algum tempo depois, Gael me encontrou na banheira. A água já estava começando a ficar fria.

— Ana, o que você está fazendo? — Sua voz era cheia de urgência quando me alcançou.

— O que foi? Estou tomando banho. — Não entendi seu desespero.

— Você nunca toma banho de banheira.

— Como você sabe?

Ele não falou nada. Apenas ficou me encarando, como se eu estivesse escondendo aquela resposta. Talvez ela estivesse mesmo em algum lugar dentro de mim, mas não queria lhe dizer. Morria de medo que ele descobrisse o alcance da minha escuridão.

Naquele momento, me passou pela mente que talvez ele já soubesse.

* * *

Como um relâmpago, um pensamento atravessou minha mente naquele exato segundo. Nos poucos momentos em que me dediquei a fazer alguma pequena tarefa em casa, notei Gael como uma sombra atrás de mim. Sempre por perto, me observando, atento aos meus movimentos. Até demais.

E assim se passaram os dias, as semanas. Lembro-me de Gael ter me abraçado com um tanto de exagero quando me viu próxima demais das janelas nesse período. Ou que, de uma hora para outra, era responsável por cortar tudo o que fosse preciso na casa, de modo que eu não encontrei nenhuma faca disponível nos últimos dias. Todos os objetos cortantes da casa tinham desaparecido. Os olhos escuros de Gael me seguiam por todos os lados. Sabia que ele queria que eu reagisse, mas eu não sabia como.

— Estou preocupado, Ana — ele disse, em mais uma noite que mal toquei a comida no prato.

— Sinto muito por deixá-lo preocupado — respondi, sem emoção.

— Já se passou um mês. Talvez você precise de ajuda.

— Ajuda?

— Sei que se afastou bastante de seus amigos aqui na cidade, que seu pai se foi. Mas você ainda tem seus parentes, sua família. Tia Norma, talvez? Seria bom você conversar...

— Não quero ver ninguém! Ninguém pode me ajudar.

— Ana, você não pode fingir que nada está acontecendo. Falar sobre o que aconteceu pode ajudar. — Ele parecia desesperado para me alcançar. — Talvez um psicólogo...

— Não quero falar com ninguém.

— Não vou forçá-la a nada. Quero respeitar seu tempo. Mas tenho medo que você precise mais do que minha presença silenciosa e meu cuidado por você.

Senti um enorme aperto no peito ao ouvir sua apreensão, notando seu olhar perdido, sem saber o que fazer pela primeira vez. Aquilo era completamente novo e eu não conhecia um Gael que não sabia dizer exatamente o que eu deveria fazer. Meu coração se encheu de ternura ao ver que ele podia também ser vulnerável. Mas, ao mesmo tempo, eu sentia falta de sua postura assertiva e protetora.

A culpa não era dele. Afinal, Alice nem era sua filha de verdade, ele já tinha sido extremamente compreensivo de permanecer ali comigo.

— Talvez isso não seja justo com você — murmurei.

— Nada disso é justo. — Ele se levantou, colocando nossos pratos sobre a pia. Virou-se para mim, me encarando, e notei um traço de hesitação em seus gestos ao se aproximar novamente. — Você acha que se sentiria melhor conversando com Jonas? Talvez seja bom contar a ele tudo o que aconteceu.

— Não sei — respondi com sinceridade.

Até aquele momento, não tinha pensado em Jonas por nem um segundo. Desde o começo da gestação Gael havia deixado tão claro que estaria ao meu lado, resolvendo tudo o que estava ao seu alcance, que eu sequer havia lembrado da possibilidade de Jonas querer participar. Ou eu queria me convencer disso?

Ainda que não admitisse, eu estava ansiosa demais para ver nossa família se formando: eu, Gael e Alice. E não deixaria que nada entrasse no meio dessa construção, nem mesmo Jonas. Mas de repente senti que talvez eu precisasse trazê-lo de volta a essa conversa.

Pense nisso, Ana.

— Estaria tudo bem para você? — Era difícil saber o que se passava em sua mente.

— Eu só quero te ajudar a passar por isso. Se você precisa de alguém além de mim, é assim que vai ser.

Eu não dormi aquela noite. Pensava na sugestão de Gael, pensava em Jonas. Em como ele tinha me deixado ir com tanta facilidade. Será que um dia tinha realmente se importado comigo? Será que se importaria com Alice?

Ele era o pai dela, afinal, e talvez pudesse me ajudar... Em quê? Eu não conseguia dizer por que estava pensando naquela possibilidade. Porém, quando a manhã surgiu e me encontrou ainda acordada, eu sabia exatamente o que queria fazer.

Não pensei muito no que estava fazendo quando escrevi um bilhete para Gael, desci para a garagem e entrei no carro, nem quando dirigi até São Paulo. Horas depois, trafegava pela cidade cinza levando apenas uma pequena mochila com uma muda de roupa. No banco de trás, a cadeirinha de Alice, recém-instalada, ia vazia.

Lembrava bem do trajeto até minha antiga casa, o bairro charmoso, beirando o rio. Onde achei que tivesse sido feliz por um tempo. Tudo parecia tão estranho agora.

Eu não pertencia mais àquele lugar, se é que um dia tinha verdadeiramente feito parte daquilo. De repente, não tinha mais certeza de que falar com Jonas era o que eu queria. Encostei o carro por um momento, pois não estava me sentindo bem.

Percebi que estava com dificuldade de respirar. Minha barriga vazia doía no ponto em que a tiraram de mim. Tudo em mim doía. E eu não conseguia suportar aquela dor. Queria voltar a não sentir nada.

Decidi seguir a pé a partir dali. Saí do carro, trôpega, o ar frio da tarde de outono me atingindo em cheio. E foi então que eu a vi... Alice.

Por um momento, achei que estivesse sonhando. Delirando. Talvez eu tivesse deixado aquelas ideias que passavam pela cabeça de Gael sobre objetos cortantes e banheiras cheias d'água me seduzirem, afinal, e tudo agora fosse uma espécie de paraíso. Era isso que tinha acontecido, então.

Fechei os olhos por um momento, como para dar uma última chance para a realidade se abater, cruel, sobre mim. Porém, quando os abri, ela ainda estava ali. A alguns passos de mim. Era Alice.

Um carrinho de bebê. Em uma praça completamente vazia, sem ninguém por perto. Absolutamente ninguém.

Caminhei até ela como se um imã nos conectasse. Como se ela me chamasse, chorando baixinho. Era uma bebê tão linda! Branquinha, com poucos cabelos e tão ralos. Não resisti e toquei seu rosto. Quente. Perfeito.

Uma lágrima caiu do meu rosto.

Nunca senti nada tão certo como quando a tomei em meus braços e a aconcheguei em meu colo, sentindo seu coraçãozinho vivo junto ao meu. Um instinto mais velho que o tempo me fez abrir a blusa e levá-la ao peito. Ela sabia onde ir. Sugou com avidez meu seio, que ainda tinha algum leite mesmo depois daquele mês sem utilidade. Com graça e doçura, se alimentou em mim.

Cerrei minhas pálpebras, apreciando o silêncio que se seguiu quando ela parou de chorar. Por um instante infinito, tudo o que existia no mundo éramos eu e ela.

Jamais serei capaz de me lembrar com exatidão o momento em que decidi. Só houve um instante fugidio no qual ainda olhei para os lados, procurando por qualquer pessoa a quem ela pudesse pertencer. Me dei conta que ela só poderia ser minha.

Então era isso que chamavam de milagre?

Meu pequeno milagre, minha pequena Alice.

Eu não era mais uma mãe sem um bebê quando voltei para Florianópolis.

CAPÍTULO 14 - ANA

Quando colocamos conchas sobre os ouvidos, escutamos apenas o eco distorcido do que acreditamos ser o barulho do mar. É assim que escuto Lívia agora. Como um eco distante da realidade. Até que não apenas a sua voz desapareça, mas também a sua imagem.

— Ana? — Escuto Lívia me chamando de algum lugar muito distante. Meu primeiro instinto é correr.

Levanto-me num pulo, abrindo os olhos que nem tinha percebido que havia fechado. Lívia me observa, confusa.

— O que foi? Você parou de me responder e...

— Eu preciso ir. — Corro de volta para casa, sem olhar para trás.

Para longe de Lívia e de toda aquela realidade paralela que não quero conhecer. Não quero pertencer.

Ao chegar na varanda, vislumbro Gael através das portas de vidro. Ele me encara com pesar. Com um olhar de quem sabe que fugi de novo. Percebo que, ainda mais do que em outras situações, ele não vai desistir.

Eu sei o que ele quer e tenho medo que ele consiga.

— Ana. — Ele dá um passo em minha direção, mas recuo.

Vou até o carrinho de bebê de Alice. É disso que preciso: da preciosa normalidade de suas necessidades. Abro minha blusa e a alimento.

Sei que Gael continua ali, à espreita, porém o ignoro. Quando termino, levo-a para o quarto e coloco-a na cama ao meu lado. Faço tudo por ela. Tudo vale a pena por ela, preciso me lembrar disso. Não há nada sem a sua existência.

Permaneço na cama até que Alice acorde novamente precisando de mim. A coloco sobre meu peito, balançando-a, acalmando seu choro fino até que durma de novo. Dessa vez a coloco no berço e, mais calma, desço as escadas.

Mas não é Gael que está ali me esperando. É Sara.

— Você contou a ela! — grito em sua direção.

Sara ergue a sobrancelha.

— Contei o quê, querida? — Sara responde, com certa ironia.

— Você sabe! — Começo a tremer e em algum lugar da minha mente sei que pareço uma pessoa incoerente. Insana.

"Mas não é o que você é mesmo?", uma voz sussurra em meu interior.

— Por que Gael me chamou aqui, Ana? — Continua Sara, aparentemente sem perceber a confusão que acontece dentro de mim.

— Você não ouviu o que disse? Você... Está tudo ruindo... Não consigo respirar!

Preciso me afastar com urgência. Atravesso a sala, deixando Gael e Sara sem entender minha súbita disparada. Corro para a praia e caio na areia, lutando para trazer ar aos meus pulmões. Lutando contra o medo que ameaça me sufocar.

— Respire. — A voz de Sara parece estar dentro de mim quando a escuto. — Respire. — Repete numa cadência doce. — Está tudo bem.

Pouco a pouco, consigo me estabilizar. Abro os olhos e Sara está ao meu lado, uma presença silenciosa e serena. Lembro-me da primeira vez que a vi.

"Tempos difíceis estão por vir." Suas palavras exatas voltam à minha mente.

— Você sabia — murmuro, tocando o colar que ainda está preso ao meu pescoço. — Sabia o que ia acontecer...

Ela não responde, pois não precisa. A resposta é óbvia.

— O que aconteceu?

— Você não sabe? Não é uma espécie de bruxa ou sei lá como a chamam? — ironizo. Não faço ideia do que ela é.

Eu sei que existem muitas crenças no mundo, apesar de meu pai não ter me criado em nenhuma delas. Alguns de nossos parentes eram católicos, espíritas ou evangélicos, mas eu nunca me interessei por nada. Nem mesmo pela cartomante que supostamente lia o futuro de Karine. Eu nunca acreditei nessas coisas.

Sara não parece se importar com minha ironia.

— Eu não sou sua inimiga, Ana. — Ela sorri amigavelmente.

A encaro com todo o peso de minhas descrenças e percebo que aquela mulher é a única com quem posso me abrir. E eu não sabia o que precisava falar até aquele momento.

— Parece que estou em uma armadilha — sussurro. — Não consigo entender nada!

— E você entendia antes?

— Eu era feliz antes.

— Era mesmo?

— Sim — insisto. Porque é a verdade. Por que ninguém mais parece entender isso?

— Com base em que você diz isso? — A pergunta perspicaz de Sara me pega de surpresa.

Luto para encontrar uma resposta em que acredito de verdade.

— Eu acho que podemos escolher. Podemos escolher como vamos ser feliz. Às vezes, é só isso o que nos resta. E quem pode nos julgar? Por que eu tenho que escolher sofrer se existe a possibilidade contrária?

— E Gael pensa assim também? — rebateu.

— Achei que ele pensasse, mas agora...

— Ele está errado?

Não respondo.

— É assim que você quer viver para sempre? — mais uma vez, ela questiona profundamente, mas com suavidade.

— Acha que seria permitido? — Eu a olho com a esperança de quem gostaria que ela sorrisse, tocasse minha mão e dissesse que tudo ia ficar bem. Que tinha visto nos astros ou com os espíritos que eu não estava errada. Que tempos incríveis estavam guardados para mim.

— Você acabou de dizer que podemos escolher...

— Eu queria muito. — Minha convicção parece tão ingênua agora, até mesmo pra mim. Isso dói.

— E se Gael não quiser?

— Ele te disse? — Eu a contemplo, apreensiva. — Ele te disse, não é?

— Deve perguntar a ele.

Mordo os lábios, incerta, enquanto observo o mar. Odeio a forma incerta como Sara se comunica, sem discursos claros.

— Talvez eu não precise perguntar. Acho que já sei.

— Você se encontra em uma bifurcação, Ana. O caminho que tomar agora irá determinar o restante de sua vida. É neste momento que você escolhe o jeito que quer viver.

— E o que eu vou fazer? — Busco desesperadamente por uma orientação em seus olhos, acreditando por um instante em seu poder mágico.

— Não tenho todas as respostas, ninguém tem. O futuro depende de suas ações, do que você precisa encarar agora. Há uma consequência para todas as nossas escolhas. Está pronta para elas?

Sei o que ela quer que eu admita, mas não consigo.

— Vá para casa, querida. Tudo o que precisa está dentro de você. — Ela toca em minha mão. — E sabe onde me encontrar.

Sara começa a se afastar de mim e do mar. Por um segundo, ela para e se vira novamente em minha direção.

— Ana?

Eu a encaro.

— Coisas incríveis te aguardam. Só depende de você. Estradas difíceis podem levar a lindos destinos.

Ela retoma seu caminho, enquanto eu volto a observar o mar.

O dia está no fim, e os tons de laranja que deram o ritmo para aquela tarde de falso verão são ameaçados pelas nuvens que se aproximam. A noite cai com velocidade, tornando tudo escuro como breu.

É como eu me sinto também, percebendo minha ilusão de felicidade e calor ameaçada pelas verdades indesejáveis, cada vez mais difíceis de ignorar. Ou esquecer.

As palavras de Sara dançam em minha mente como fantasmas que voltaram para me assombrar. Elas falam comigo através de sussurros que não vão embora, mesmo que eu reze para todos aqueles santos que não acredito.

Volto para casa e Alice está na sala, em seu carrinho. Gael está sentado ao seu lado e não fala nada quando passo por ele. Seu silêncio podia significar alívio, mas sei que estou decodificando errado.

Pego Alice, verificando se ela precisa ser trocada.

— Eu já fiz isso — Gael diz.

— Obrigada.

— Sobre o que vocês conversaram?

— Podemos não falar sobre isso? — imploro.

Sinto a tensão em Gael, que desvia o olhar do meu, levantando-se.

— Vou nadar.

Ele se afasta e eu abraço Alice, lutando contra a vontade de chorar. Não quero que Gael me odeie, mas já não sei mais o que fazer para consertar as coisas.

Sara me perguntou se eu era feliz. Eu tinha desejado aquilo com todo meu coração. Acreditei que seria extremamente feliz com a esperança que renasceu com Alice. E desejei, ah, como desejei que Gael fizesse parte daquela felicidade. Mas o que é que ele quer? Quais eram seus anseios, antes de proteger os meus?

Com a dúvida borbulhando dentro de mim, coloco Alice no carrinho e corro para fora, ansiando encontrar Gael antes que ele mergulhe. Sinto-me mais perdida do que já estive antes quando paro em frente ao mar, sem coragem de entrar.

Sem coragem de confrontá-lo. De buscá-lo. E eu achava que aquele tempo já tivesse passado, mas estava profundamente enganada. Com quais outras coisas eu também me enganei?

Ele me vê de longe e sai da água, vindo diretamente em minha direção.

— O que você quer, Gael? — pergunto finalmente.

Ele não reage como eu esperava. Seu olhar parece desolado como nunca vi antes, e isso me amedronta de um jeito que não achei que seria possível.

— Você sabe.

— Você quer que eu devolva Alice. — Mal consigo pronunciar aquelas palavras. Elas me rasgam por dentro como espinhos afiados.

— Sim. — Sua resposta é simples, sem rodeios.

Então, é aqui que estamos. Finalmente.

— Por que faz isso? Não sabe que eu não posso?

— Não podemos mais viver assim.

— Estávamos vivendo até agora! — Toco seu rosto, ansiando que entenda. Que lembre por que estamos aqui.

— Não mais. — Ele segura minha mão e a tira de seu rosto, e esse gesto de rejeição destrói o restante da esperança que eu tinha.

— Eu achei que você me amava — sussurro —, que queria viver comigo e Alice.

— Às vezes o amor não é suficiente, Ana.

— O que vai acontecer se eu não quiser mudar as coisas?

— Talvez eu mude tudo.

— Vai entregar Alice? Vai tirá-la de mim?
— É você que tem que fazer isso, não eu.
— O que então, Gael?
— Amar, às vezes, significa aprender a aceitar o fim.

A vida tinha um novo significado para mim. Era como se tudo tivesse acontecido por um propósito, um fim. Para minha pequena Alice estar comigo novamente.

Liguei para Gael apenas quando já estava instalada na casa de praia, ignorando as milhares de ligações perdidas em meu celular. Ele estava desesperado por notícias minhas, gritando e exigindo saber como eu tinha desaparecido daquela maneira. Parecia enlouquecido. Respirei fundo e pedi que apenas viesse me encontrar.

Desliguei e peguei Alice do berço que finalmente era preenchido, colocando dessa vez a mamadeira em sua boquinha. Ainda me impressionava o quanto ela era um bebê quietinho, tão perfeita em meus braços. Eu não sabia como ela se comportaria durante a nossa extensa viagem de volta a Florianópolis, mas me preocupei apenas por alguns minutos: assim que a coloquei na cadeirinha, ela se aconchegou e dormiu profundamente, acordando de tempos em tempos em busca de leite e um pouco de carinho.

Éramos perfeitas juntas. As longas horas na estrada compensaram o vazio imenso que eu sentira até então. Aquele pesadelo tinha finalmente terminado e tudo voltara ao normal. Essa certeza embalava meu coração quando Gael chegou e mirou nossa imagem com assombro.

— Ana, onde esteve? O que... — Seus olhos iam de mim para Alice. — Que bebê é esse?

— Alice. — Sorri.

Ele franziu a testa, confuso, e depois se aproximou, observando a bebê dormindo em meu colo.

— Ana, essa não é Alice — falou com cuidado. — Alice.

— Não fale. Ela está aqui, essa é Alice. Eu a encontrei!

Gael deu um passo para trás, passando as mãos trêmulas pelos cabelos.

Eu entendia sua confusão, mas queria fazê-lo compreender a magnitude daquele milagre. Ele tinha que entender.

Passei por ele, colocando Alice de volta no berço.

— Onde encontrou esse bebê?

— Ela estava me esperando.

— Esperando? Onde?

— Estava abandonada. Deixaram ela lá, Gael! Sozinha e com fome!

Ele me encarou por um momento, avaliando minhas palavras.

— Ana, você roubou essa criança?

— Não! Não ouviu o que eu disse? Ela estava sozinha, sem ninguém por perto. Ela estava me esperando! Por qual outro motivo estaria ali sozinha?

— Você não viu ninguém por perto e simplesmente a pegou.

— Ela não estava com ninguém! Por que não me escuta? Eu a vi sozinha e tomei conta dela, sim! Alice estava lá me esperando. Escute-me, Gael: eu nunca senti algo tão forte e tão certo. Você precisa acreditar em mim!

Gael não disse nada por alguns instantes e a sua falta de reação me assustou. Ele sempre sabia o que fazer, o que dizer, nunca hesitava em suas ações. Passou diversas vezes as mãos em seus cabelos escuros. Parecia perdido. Aquilo me assustou.

— Você tem que devolvê-la.

— Não!

— Pelo amor de Deus, Ana, isso é insano!

— Não é! Nós podemos escolher ficar com ela, Gael. Ela é só um bebê, sozinha, sem ninguém. Agora ela tem a mim. E nós a temos.

— Nós?

— Sim, nós.

— Você acha mesmo que podemos simplesmente ficar com ela aqui, como se fosse nossa filha?

— Ela é minha filha!

— Existe um mundo lá fora, Ana, além dessa realidade que você está tentando forjar.

— O que tem lá fora para nós? Nada, não tem nada! Aqui nós temos Alice. Eu só quero ficar com ela. — Toco a mão de Gael. — E com você. Eu

178 \\

prometo, nós seremos felizes! Eu, você e Alice. Nós três. Nós fizemos promessas aqui, você se lembra?

— Lembro.

— E por que não fazemos mais uma? Ainda podemos ser felizes, Gael. Por favor, fique comigo. Fique conosco.

Ele não respondeu.

Me perguntei o que faria se Gael não concordasse. Se eu conseguiria seguir sozinha, apenas com Alice. Por um momento, duvidei. Mas, então, Alice chorou. Seu rosto vermelho banhado em lágrimas apertou meu peito. E ali eu soube que daria conta do que fosse necessário para mantê-la segura.

Era como se toda a minha vida tivesse me preparado para aquele momento. Eu simplesmente soube. Todo o medo e a insegurança que senti até ali haviam desaparecido, sumido junto da versão da Ana que eu fora até então. Não me preocuparia mais em ser uma pessoa diferente, em tentar agradar quem quer que fosse. Não precisava daquilo. Eu era a mãe de Alice.

— Ei, não chore, querida, estou aqui. — Eu a coloquei no meu colo. Ela não segurou meu peito dessa vez, e lembrei que fazia pouco tempo que tinha mamado. O que poderia ser?

Deitei-a no trocador e tirei sua fralda. Não estava suja. Ela começou a chorar sem parar. Tentei a mamadeira, que vez ou outra ela preferia ao meu peito. Nada.

— Alice, por favor, se acalme. — Ninei Alice, como via outras mães fazendo, sacudindo seu corpinho com delicadeza enquanto passeava pelo quarto. Observava seu rostinho inquieto de perto.

Quando levantei a cabeça, Gael estava na porta olhando em minha direção com seus olhos cheios de tormenta.

— Por favor — implorei. — Eu preciso de você.

Por um instante, contemplei sua imagem, clamando com todo meu ser para que ficasse. Alice deu um grito mais alto, como se percebesse minha apreensão. Eu a sacudi, ainda mais angustiada com seu sofrimento do que com o meu.

— Shhhh... O que você tem?

Ela apenas chorou em resposta. Quando levantei a cabeça novamente, Gael não estava mais ali.

Dessa vez eu chorei com Alice, me sentando na poltrona em frente ao mar.

Não sei quanto tempo fiquei no mesmo lugar, embalando o corpo quente e inquieto de Alice, sentindo um misto de sensações passar por minha alma. Do enlevo supremo de estar com a bebê em meus braços à angústia de não saber o que Gael ia fazer.

A noite já tinha caído quando vi sua figura surgindo à porta. Ele parecia tão cansado quanto eu, mas havia uma determinação diferente em seu olhar.

— Você precisa comer.

— Não estou com fome.

Ele estendeu a mão.

— Deixe-a comigo.

Segurei Alice com mais força, com medo do que ele poderia fazer. Uma sombra turvou seu olhar.

— Vou apenas segurá-la, Ana. Como vai conseguir cuidar dela se estiver debilitada? Confusa?

Parecia razoável. Com cuidado, passei Alice para seus braços, apreciando como ela parecia se encaixar ali também.

— Eu fiz o seu jantar.

Eu ainda fiquei ali por um instante, observando aquela nova interação. Não queria sair de perto deles.

— Por favor, Ana, vá comer — insistiu.

Fui até a cozinha mesmo contra minha vontade e encontrei o jantar pronto, com o esmero típico de Gael. Não sentia fome, mas comi pensando que precisava estar forte para Alice. Da cozinha, ainda a ouvia chorar baixinho.

Quando terminei o jantar, o silêncio imperou. Franzi o cenho e corri para cima, me desesperando quando encontrei o quarto da bebê vazio. Antes que começasse a gritar, vi a luz acesa no quarto principal e entrei.

Os dois estavam na cama. Gael, compenetrado, massageava a barriguinha de Alice, que parecia gostar daquilo, resmungando de tempos em tempos.

— O que está fazendo?

— Acho que ela está com cólica. Li que podemos fazer uma massagem leve para aliviar.

— Ah... Você procurou isso na internet?

Ele deu de ombros.

— Onde mais? — Continuou concentrado em Alice.

Eu ri. Era uma coisa tão simples mas, de repente, comecei a rir sem parar. Gael me encarou como se eu fosse louca, mas não me importei. Sentei ao seu lado da cama me sentindo plenamente feliz em muito, muito tempo.

— Posso? — pedi, ansiando por ajudá-la também, agora sem dar risada.

Gael segurou minhas mãos, movendo-as, ensinando-me os movimentos circulares que ajudariam a barriga de Alice a se acalmar. Era tão bom tocá-la, trazer-lhe conforto. E ser confortada por ela.

Era assim que eu queria viver para sempre. E me questionei se aquilo seria permitido.

* * *

Acabamos adormecendo ali mesmo, velando Alice até que ela se acalmasse, dormisse e despertasse mais uma vez para mamar. Permanecemos a noite inteira naquela suave rotina, até que o dia finalmente nos encontrou em uma exausta sensação de paz.

Pelo menos, era assim que eu sentia no meu coração. Contemplei Gael, ainda deitado ao meu lado, à espera de uma resposta. Quando ele se levantou e disse que prepararia o café enquanto eu dava banho em Alice, tive certeza.

Nós tínhamos um novo segredo juntos.

CAPÍTULO 15 – ANA

O silêncio que nos acompanha até em casa sussurra para mim que Gael desistiu. Desistiu de mim, de nós. E chego a me questionar se um dia ele acreditou de verdade. Se, em meio à minha ilusão, eu não estava sozinha.

Desejo somente me aninhar em Alice, que dorme quietinha no carrinho. Ela é tão linda e pura. Tão em paz em seus sonhos. Mas eu não consigo evitar minha angústia. As palavras de Gael voltam para me atormentar, para apertar meu peito de incerteza e dor.

E se eu fizer como ele quer? E se estes forem nossos últimos momentos juntas, meus e de Alice? O que restará para mim e Gael?

Provavelmente nós não existiríamos mais também. Se é que um dia a gente existiu. Meu coração se enche de tristeza, não consigo conter as ondas que transbordam, inexoráveis, do meu peito.

Tento imaginar um futuro, mas só vejo desolação. Um deserto. Onde nem mesmo eu existo mais.

* * *

Ao passar pelo quarto, escuto o som do chuveiro ligado no banheiro. Entro. Esse seria o meu quarto e de Gael, mas quase nunca estive ali. Fico com Alice em seu quartinho, velando seu sono e sua pequena vida.

Se tudo estivesse como antes, antes de eles chegarem, quanto tempo demoraria para eu regressar àquele quarto? Àquela cama? Nós teríamos cumprido as promessas feitas, ali mesmo, naquela janela, com o mar por testemunha, de sermos felizes juntos?

Sinto vontade de chorar ao lembrar que Gael não se importa mais. Pelo menos, não o suficiente para aceitar que meu destino está atrelado ao de Alice. Na verdade, que não consigo mais imaginar um futuro sem ela. Sinto como se o tempo estivesse escorrendo pelas minhas mãos.

De repente, escuto o celular tocando em cima do aparador. Avisto o nome: é Neiva, a mãe de Gael. Mordo os lábios, sem saber se devo ignorar a ligação. Hesito por um momento, mas acabo atendendo.

— Alô.

— Ana?

— Sim.

— É a mãe de Gael.

— Oi. — Sinto-me um pouco sem graça. Eu mal a conheço, o que é um tanto esquisito.

Mas o que é usual na minha vida?

— Como vai, querida?

De repente, me pergunto o que ela sabe sobre mim ou Alice. Eu acreditava que ninguém conhecia nosso segredo, que todos tinham certeza de que tudo ocorrera bem com a minha gestação. E era só o que precisavam saber.

Mas será que Gael teria confessado algo à própria mãe? Sinto-me apreensiva.

— Estou bem. — Tento ser educada, pelo menos. — Você quer falar com Gael?

— Sim, ele está por aí?

— Está no banho.

— Então eu tento mais tarde. Liguei apenas para desejar um feliz aniversário a Gael.

— Hoje é o... aniversário dele? — Mordo a língua depois de deixar escapar essa sentença. Neiva apenas ri.

— Ele conseguiu esconder até de você?

— Acho que eu deveria saber. — Faço uma careta, culpada.

— Bem, ainda dá tempo. Diga a ele que ligo mais tarde, sim?

— Tudo bem.

Devolvo o celular no aparador e saio do quarto. O chuveiro ainda está ligado.

Eu realmente não sabia ou não me lembrava da data de aniversário de Gael? Quanto isso deveria parecer estranho para sua mãe? E por que eu me importo tanto com a sua opinião?

Bem, porque me importo muito com Gael. Então, tenho uma ideia.

Alice está acordada quando a retiro do berço e, com alguma dificuldade, ajeito a bebê na cadeirinha do carro. Rabisco um bilhete para que Gael não fique preocupado e dirijo até o mercado na vila. A jovem atendente me responde entediada quando pergunto se vendem bolos de aniversário:

— Não temos.

— Droga — murmuro. Então só me resta tentar fazer um.

Caminho até a prateleira com Alice no colo e começo a pegar alguns ingredientes que devem servir. Pelo menos eu sei que vai farinha. E ovos. Eu sou tão ruim na cozinha que não sei nem o que temos em casa. E chocolate? Sim, seria uma boa ideia. Encontro um pacotinho de velas. Acho que vai servir.

Estou indo para o caixa quando levanto o olhar e avisto Rui. Ele está compenetrado no telefone, com cara de poucos amigos. Não quero falar com ele de jeito nenhum, por isso passo direto. Mas ele me vê. Me reconhece.

— Ei, oi... Ana!

— Sim — murmuro, com um medo terrível tomando meu corpo.

É como se soubesse o que fiz.

— Tudo bem?

— Sim. Eu estou com pressa, preciso ir.

— Claro. — Percebo que Rui dá uma olhada superficial em Alice, que dorme com o rostinho encostado em meu peito.

Me dirijo ao caixa, mas escuto seu telefone tocar. Ele atende, ainda de mau humor.

— Oi, eu já falei que estou a caminho! Por que está gritando comigo de novo? Eu sumi porque não aguento mais essa choradeira. Que merda! Acha que não me importoo? Quê? Que merda você tá falando? Estou indo pra casa, só passei no mercado.

Desvio o olhar, que sem que eu percebesse estava fixo nele, quando a moça diz o valor da compra. Pago rápido e saio com pressa do mercado, sem conseguir respirar direito.

As coisas não pareciam nada fáceis entre Rui e Lívia. "Isso é culpa sua", uma voz viscosa escorre como fel em meu íntimo.

Eu a ignoro, não posso pensar nisso. Não posso.

Me sinto um pouco mais calma quando chego em casa, disposta a fazer o bolo para Gael e tentar esquecer o que vi no mercado. Esquecer de Rui e de Lívia. Esquecer de tudo.

Gael não está por perto, quando coloco Alice no carrinho e abro uma receita de bolo de chocolate na internet. Não parece tão difícil. Estou me perguntando como conseguiria medir quatrocentos gramas de farinha, quando Gael surge pela porta.

— Onde você estava?

Ele parece muito assustado.

— Não viu o bilhete que deixei? Fui ao mercado.

— Nunca saі com Alice...

— Você estava no chuveiro, eu não podia deixá-la sozinha. — Bufo, meio irritada.

— O que está fazendo? — diz, mais calmo.

— Tentando fazer um bolo.

Ele ergue uma sobrancelha.

— Foi isso que foi fazer no mercado? — pergunta, como se tivesse desconfiado que meu bilhete escondesse ideias escusas.

— Sim. Bom, na verdade, minha intenção era comprar um bolo.

— Ah, e isso porque...

— Não se faça de bobo! Sua mãe me disse que é seu aniversário.

— Minha mãe? — Gael estava bastante intrigado.

— Ela ligou e eu atendi — respondi. Não ia comentar nada, mas foi mais forte que eu. — Por acaso ela sabe de algo?

— Ninguém sabe, Ana.

Solto minha respiração de uma vez, aliviada. Ficamos em silêncio por um momento, cada um perdido em seus próprios pensamentos.

— Então, isso é um bolo? — ele pergunta, confuso, e eu consigo reconhecer que fazer um bolo de aniversário no meio daquele caos parecia a ideia mais bizarra do mundo.

— Sim, não confia em mim?

— Ana, você sabe o que está fazendo?

— Óbvio que não. Estou seguindo uma receita! Preciso só descobrir como medir quatrocentos gramas de farinha...

— São duas xícaras.

— Ah, muito mais fácil! — Pego uma xícara no armário e despejo nela farinha, fazendo uma sujeira considerável. Repito, sem ceder ao olhar julgador de Gael.

— Tem certeza que não quer que eu faça isso? — ele diz com suspeita.

— Claro que não, o aniversário é seu. Seria ridículo!

Ele continua me observando com bastante curiosidade. Sinto que está mais confuso do que nunca, o que não deixa de ser divertido. Gael já viu tantas facetas horríveis minhas que provavelmente não achou que se surpreenderia com algo desse tipo.

— O que está olhando? — indago, acrescentando a quantidade correta de ovos.

— Você.

Paro o que estou fazendo e o encaro, ainda com as mãos sujas. Gael parece tão ansioso por respostas. Me pergunto se ele está pensando sobre a conversa que tivemos mais cedo. Em seu ultimato. Se está cogitando o que vou fazer.

— Isso é apenas um bolo de aniversário — digo, tentando me justificar. — Não significa nada além disso, uma comemoração. Sei estamos em um impasse, mas talvez por isso seja bom termos alguma normalidade agora, não? — Olho profundamente em seus olhos, quase suplicando. — Por favor. Não quero pensar em nada ainda, não consigo.

— Tudo bem — ele diz, por fim. Não sei se está convencido ou se, como eu, quer apenas um tempo de esquecimento.

— Vamos fingir — digo subitamente.

Ele ri.

— Fingir.

Dou de ombros.

— Só por hoje? Vamos fingir que nada mais existe.

— Tem certeza, Ana? De que é só por hoje? — Seus olhos parecem querer me ler por dentro.

Desvio os meus para o bolo sendo batido.

— Acho que você já bateu demais essa massa. — Ele pega uma assadeira embaixo da pia.

— Certo. — Aproveito a deixa e entro na dança com ele. — Vou aceitar as dicas do chef!

Despejo a massa na assadeira e a levo ao forno.

— Vá tomar um banho, está toda suja de farinha! — Gael toca meu nariz de forma divertida, me mostrando a ponta do dedo branca. Nesses praticamente inexistentes momentos em que ele se mostra como um menino para mim, eu derreto completamente.

— Oh! — Passo a mão no rosto e Gael ri.

— Você só piorou tudo!

— E você não deveria rir de mim! — Para repreendê-lo, passo meus dedos sujos em seu rosto. Para minha surpresa, ele dá uma gargalhada intensa, tentando segurar minha mão, mas já é tarde: espalhei farinha em tudo. — Quem está rindo agora?

— Não devia ter feito isso! — ele diz, se fazendo de bravo, mas consigo ver que está se divertindo.

E porque entrei com tudo nessa onda de fingir "só por hoje", rio e enfio a mão no saco de farinha. Ameaço por um segundo e jogo em Gael um punhado de pó branco, que se espalha por seu pescoço e camiseta branca.

— Porra, Ana! — reclama, desconcertado, e eu aproveito sua distração para atacá-lo de novo. Mas, dessa vez, ele é mais rápido e toma o saco de mim e, antes que eu possa me defender, me atinge com outra leva de farinha no rosto!

Grito alto, correndo, mas ele me alcança e derrama a farinha em meu cabelo.

— Para! — Imploro, gargalhando quando o balcão me impede de continuar em fuga. Gael está rindo daquele seu jeito presunçoso de quem ganhou a batalha enquanto despeja o resto da farinha em meu cabelo.

— Você se rende? — me pergunta.

— Não tem mais farinha aí! — grito, tentando limpar meu rosto com as mãos.

— Ainda posso usar o chocolate.

— Você não ousaria! — Retiro a mão do rosto, assustada, mas ele está rindo. Claramente brincando comigo. — Seu idiota! — Continuo a me limpar, porém quanto mais tento tirar o pó do meu cabelo, mais meu rosto fica sujo.

— Foi você que começou! — Ele estende a mão, me ajudando a tirar a farinha.

— Você também está ridículo! — Rio, fazendo o mesmo com seu rosto. Obviamente, não obtivemos muito sucesso.

Em um segundo, Gael não ri mais. E seu olhar não é mais de deboche ou de vitória. É intenso e cobiçoso. Seus dedos em minha pele parecem queimar agora, retirando não só a farinha, mas todas as minhas defesas.

Tudo o que eu vinha tentando esconder de mim mesma, há tanto tempo que nem me lembrava mais. O que eu tinha esquecido que existia, porque todo o meu ser estava voltado para Alice.

Mas Gael está aqui, agora. E em breve não poderá mais estar. Não sei o que vai restar de mim quando ele partir. Estremeço. De medo e de desejo.

Meus dedos migram para seu cabelo. Seus dedos agora estão em meus lábios, que se abrem num convite mudo e inesperado.

— Estamos fingindo ainda? — sussurro.

— O que gostaria de fingir?

— Que você quer me beijar agora.

— Você pode fingir que quer o mesmo?

— Posso. Eu quero... — E então, suas mãos estão em minha cintura, me colocando em cima do balcão, e sua boca está na minha.

Suspiro e derreto com um beijo que fala de desejo e expectativa. De anseio e sonho. De esperança.

Quero tanto que aquele beijo seja de verdade, que seja apenas o primeiro de muitos. Agarro-me a Gael com pernas e braços, mantendo-o perto, respirando sua essência, tirando tudo e dando mais.

Meus lábios, meu corpo, o que ainda resta da minha sanidade. É tudo dele. Naquele momento e em todos mais que ele quiser...

E suas mãos se apossam de mim do mesmo jeito. Afoitas, ávidas. Ansiosas. Como se eu fosse feita de ar e pudesse me extinguir a qualquer instante. Meu coração se enche de esperança e possibilidades.

Porém, mais uma vez, do mesmo jeito que começou, aquele beijo termina. Ele me encara com tormenta no olhar.

— Eu não fingi isso... — murmuro. Ele sorri, encostando a testa na minha, tão ofegante quanto eu.

— Sei que não está fingindo, Ana.

— Sabe?

— O que me machuca é quando finge que nada aconteceu depois.

Não consigo responder porque percebo, talvez pela primeira vez, o quanto minhas atitudes o afetam.

— Não quero mais machucar você.

— Então, o que vamos fazer? — Ele acaricia meu rosto, com o pesar escurecendo o seu desejo. Sei que está falando de Alice, também. E isso é a única coisa da qual eu não estou disposta a abrir mão.

Como poderia fazer algo assim? Abrir mão do meu bem mais precioso, mesmo que fosse pela promessa da felicidade ao lado de Gael?

Alice chora e qualquer mínima dúvida que eu tivesse some imediatamente. Sou transportada para aquele lugar onde só existe a necessidade dela, de minha filha. É isso que Gael não entende. Nem ele nem ninguém mais.

Ele me solta ao notar que eu me contraio.

— Eu preciso... — tento explicar o que ele já está cansado de saber.

— Vá. — Sua voz é suave e triste.

Afasto-me rapidamente, lamentando que tudo esteja acabando assim. De uma maneira ou de outra, percebo, perderei algo essencial para mim.

* * *

Alimento Alice e entro logo em seguida no banho. Desço para jantar com a bebê no carrinho e não me surpreendo quando vejo que Gael já preparou o jantar. Ele não diz nada quando me vê.

— Podemos fingir por mais algum tempo que está tudo bem? — pergunto baixinho.

Ele crava o olhar em mim, impassível por um instante.

— Pelo seu aniversário. Por favor? — Sorrio.

— Só se você me prometer uma coisa.

— O quê?

— No final dessa noite eu vou te fazer uma pergunta. Você precisa me prometer que será sincera em sua resposta.

Sinto medo da força de seu olhar, mas me vejo acenando positivamente.

— Então, coma. — Ele dá a conversa por encerrada.

Eu me alimento, agora um tanto apreensiva, mas acompanhando os sons calmantes que Alice faz enquanto dorme. Ao fim da refeição, Gael abre a geladeira e tira um bolo perfeito, confeitado.

— O que é isso? — questiono indignada. — Era para eu ter feito seu bolo!

— Sou melhor confeiteiro que você, Ana.

Reviro os olhos, espantada com sua arrogância. Ele pega pequenas velas coloridas em uma das gavetas.

— Deixe que eu arrumo isso, pelo menos.

Coloco as velas no bolo e acendo.

— Faça um pedido — peço.

Ele ri e apaga as velas.

— Acho que deveríamos ter cantado "parabéns pra você"?

— Não é necessário.

— Então, vamos comer e ver se fiz um bom trabalho!

Ele ri do meu entusiasmo e corta o bolo. Me surpreendo ao ver um recheio cremoso no meio do bolo seco que eu tinha feito.

— Hum, está delicioso — digo, mordendo avidamente um pedaço.

— Obrigada — Gael responde com seriedade.

— O que você está agradecendo? Fui eu que fiz!

— Qualquer um faz massa de bolo!

— Que arrogante! — Bufo, mas ele tem razão, o bolo não seria nada sem aquele recheio cremoso.

Terminamos nossas fatias em silêncio. Percebo que Gael raspa o fundo do prato com o garfo.

— Obrigado — ele diz com sua voz grave.

— Pelo quê?

— Pelo bolo.

— Eu nem teria lembrado se não fosse sua mãe. Desculpe não ter anotado...

— Tudo bem. — Parece sincero.

Gael tira a mesa enquanto subo com Alice. Penso que ele vai se dedicar a limpar a cozinha, como sempre faz depois que jantamos, mas ouço um barulho em seu quarto. Parece que tem outros planos.

— Podemos ficar aqui com você? — Sigo ninando Alice até a porta do quarto.

— O que é isso? Está com medo que minha pergunta envolva sexo e trouxe Alice para se safar?

— Não sou eu que recusa sexo, se bem me lembro — falo com malícia, indo para a cama com Alice.

Gael indica a cama com a mão. Me sento, e ele se acomoda ao meu lado. Ficamos em silêncio por alguns instantes. Novamente, aquela sensação ruim de despedida nos ronda, mas não sei ao certo a quem ela pertence. Despedida de quem? Minha? De Gael? De Alice? De tudo o que eu considero seguro até agora?

— O que você queria me perguntar? — questiono por fim, enfrentando Gael.

— Aconteceu uma coisa em outro aniversário meu. Nós nunca conversamos sobre isso, como também nunca falamos sobre outras coisas que aconteceram entre nós durante todos estes anos.

Desvio o olhar.

— Você realmente não se lembra? — Ele continua, com um leve tom de exasperação em sua voz. — Ou fingiu esquecer, como faz sempre?

— É mais fácil para mim assim. Sempre foi — sussurro.

Não finjo mais. E, de repente, percebo que a despedida é muito mais sombria do que cogitei. É uma despedida de mim mesma.

antes
GAEL

Durante anos, fingi junto dela. Compactuei com a fuga dentro da sua própria mente. Ajudei Ana a esconder suas lembranças, cúmplice de um crime hediondo. Às vezes, dizia a mim mesmo que não me importava se ela fosse louca ou se apenas estivesse fugindo das consequências.

Tentei esquecer o episódio após a noite da piscina, em que Ana quase se afogou. Achei que fosse apenas uma maneira de ela fugir de explicações de seu comportamento estranho na banheira. Mas da segunda vez, foi diferente.

Eu estava saindo com a Carol há algum tempo quando ela descobriu que meu envolvimento com a filha do meu chefe era mais complicado do que eu queria assumir. Carol era uma garota legal, bonita e descomplicada, de quem eu gostava tanto quanto possível, dada a intensidade com que ainda desejava a filha proibida de Mondiano. Era inútil negar. E na noite em que Ana me ligou pedindo para buscá-la porque o namorado inútil tinha lhe dado o fora, eu estava no apartamento de Carol.

— Vai mesmo atender o pedido daquela menina? Achei que não a suportasse! — ela disse, meio irritada quando saí da cama me vestindo.

— Ela é a filha do meu patrão, não posso deixá-la na rua.

— Ela não é mais criança, Gael.

— É complicado — desconversei.

Carol acompanhou meu mau humor naquela missão ingrata. Ela tentou ser simpática com Ana que, como era de se esperar, não fez muita questão de retribuir. Porém, naquele dia, ela parecia ainda mais orgulhosa do que o normal, e mais brava, lançando-me olhares furiosos pelo retrovisor.

Quando deixei Carol em casa, fui surpreendido pelo questionamento:

— O que rola entre você e a Ana Mondiano, Gael?

— O quê? — Ri do absurdo da pergunta.

— É sério. Ela estava morrendo de ciúmes de mim.

Ergui a sobrancelha, aturdido.

— Que merda está falando?

— Do fato de você correr para buscá-la sem a menor necessidade. E, andei pensando, sempre achei estranho esse seu empenho em detoná-la pra mim. Achei que não gostasse dela, mas é o contrário, não é? Vendo o jeito que Ana me olhou hoje, se não existe nada entre vocês...

— Não existe nada entre nós — refutei, muito sério.

E, merda, era verdade!

— Mas vocês gostariam que existisse.

— Que porra está falando? Não tenho nada com a filha do Mondiano, ela é... quase uma criança.

Carol riu.

— Ela não é criança e você sabe disso! Entendo que deva ser complicado comer a filha do seu chefe bem debaixo do nariz dele...

— Você está falando muita merda! — Peguei a chave do carro e corri porta afora, disposto a fugir das acusações não tão absurdas assim de Carol.

Ela não insistiu para que eu ficasse e nem havia mais clima.

O que eu não imaginava era chegar em casa, ainda furioso com as tolices que havia escutado, e encontrar Ana me esperando, sentada na minha cama.

Ela ainda usava a mesma roupa da noite, com a maquiagem borrada nos olhos.

— Que diabos está fazendo aqui?

— Por que você fica falando de mim pra sua namorada? — Não me respondeu de propósito.

— O quê? Sério que você está aqui para me perguntar isso? Levante da minha cama e saia daqui agora!

— Não vou a lugar nenhum até que você me explique! Não gostei nada de saber que você fica por aí me chamando de infantil.

Eu tive que rir.

— Ana, você é infantil, veja sua atitude agora mesmo.

— E o que você tem a ver com isso? — Ela me interrompe e finalmente se levanta, mas é para me enfrentar de perto.

— Nada mesmo! Aliás, nós não temos absolutamente nada um com o outro, então, saia daqui.

— Talvez eu não queira sair ainda! — Ela cruzou os braços em frente ao peito. "Infantil", pensei, mas as palavras de Carol voltaram à minha mente: Ana estava com ciúmes.

Essa constatação bateu em mim como a droga mais inebriante. Minou meu controle e dominou meus sentidos. Sem pensar, segurei seu braço e a empurrei contra a parede. Ela soltou um grito abafado de susto. Os olhos arregalados de surpresa.

— Que merda está fazendo aqui? — sibilei baixo em seu rosto, me encostando nela. Ela ofegou e eu aspirei. Era doce e proibido. Perfeito.

— Me solta... — sussurrou baixinho.

Meus dedos ainda estavam em seus braços como garras.

— Não solto até você me responder o que veio fazer aqui. Está com ciúmes?

— Por que eu teria ciúmes?

— Diga você. É o que estou te perguntando — insisti.

Porra, se ela respondesse que sim, eu não ia responder por mim! Estava de saco cheio de resistir e se Ana sentisse o mesmo...

Mas antes que ela pudesse responder, uma porta se abriu no corredor: a porta do quarto de Fernando. Dei um pulo para trás, irritado e frustrado, e Ana aproveitou para fugir antes que eu a impedisse.

Olhei desconfiado pelo corredor, aflito pela possibilidade de ter sido pego em flagrante, mas Fernando não deve ter visto nada. Ao menos, nunca comentou coisa nenhuma comigo e, considerando que eu mantive meu emprego por muitos anos, acredito que tivemos sorte.

No dia seguinte, Ana fingiu que nada tinha acontecido. Eu não conseguia acreditar em como ela estava agindo normalmente, sendo até minimamente mais simpática comigo do que de costume. Para quem nos via de fora, era apenas mais um dia na casa dos Mondiano.

Daquela vez, achei melhor assim. Tinha sido uma bobagem, um delírio. O problema é que aquela não foi a única vez.

* * *

Eu costumava viajar para São Paulo no meu aniversário para encontrar a minha mãe, já que não nos víamos muito. Mas, naquele ano, eu teria que ficar em Florianópolis para participar da reabertura do Mondiano da Beira-Mar depois de uma grande reforma. E, para completar, o inverno tinha me trazido uma gripe daquelas.

Ainda saía com Carol eventualmente, mas as coisas não eram mais as mesmas desde o dia em que discutimos sobre Ana. Houve um tempo em que eu achava que nosso relacionamento poderia evoluir para algo mais sério, mas isso nunca aconteceu – e nós dois sabíamos o motivo. Apesar de tudo, deixei que ela organizasse uma pequena comemoração em um bar mexicano com alguns amigos, mesmo me sentindo bastante doente.

Convidei Fernando, que, para minha surpresa, aceitou o convite, e claro, estendeu-o para Ana. Não esperava nada diferente do que quando a vi fazendo careta para o pai, emendando que iria para o Kobrasol com suas amigas.

Naquela noite, Carol apresentou Helena a Fernando, e eu achei que os dois pudessem se dar bem. Ainda não sabia, mesmo depois de tanto tempo, o que havia acontecido com a mãe de Ana, mas seria interessante que pelo menos alguém naquela família superasse o passado.

No fim da noite, sem conseguir comer nem beber nada, voltei sozinho para casa, me sentindo ainda pior do que antes. Sentei na sala, enrolado em um cobertor, tentando assistir a uma corrida de Fórmula 1 na TV. Minha cabeça estava prestes a explodir.

Ana chegou algum tempo depois. Esperei que passasse direto por mim e subisse para seu quarto, mas ela entrou na sala semiescura e me encarou.

— O que está fazendo aqui?

— Morrendo — resmunguei, assoando o nariz.

— Está doente?

— Acho que é bastante óbvio.

— Pensei que estivesse comemorando seu aniversário.

— Eu estava.

— Achei que fosse passar a noite com a Carol.

Levantei o olhar com ironia, dado meu estado deplorável.

— É, isso seria meio nojento — ela disse, rindo.

Eu tive que rir de volta.

— Cadê meu pai?

Eu queria dizer que esperava que ele estivesse trepando, mas me calei. Ana era ciumenta demais com o pai e, com certeza, não ia gostar nada de saber que ele podia estar com uma mulher.

— Eu não sei, acho que esticou a noite.

— Que ironia! Os dois jovens da casa chegando cedo e o velho na noitada.

— Acha que seu pai está na noitada?

Duvido. Ele deve estar no Mondiano trabalhando. Como você também, né? Se não estivesse tão doente.

— Achei que você tinha dito que eu estaria transando.

Ela deu de ombros.

— Então, ainda estão juntos? — Não entendi quando ela se sentou ao meu lado. Reparei que estava segurando um pacote nas mãos, algo com um cheiro bastante doce.

— O que é isso? — perguntei, subitamente com fome. Meu apetite tinha voltado, então.

— Croasonho. Quer?

Peguei o pacote de sua mão, ávido que alguma coisa me interessasse a essa altura.

— De nada! — resmungou, com um tom divertido, quando devorei a guloseima em poucos segundos.

— Nada tem gosto com essa merda de gripe.

— Croasonho sempre tem.

— Vou me lembrar disso. Obrigado.

— O que está assistindo?

— Treino de Fórmula 1.

— Que coisa mais chata. — Ela fez que ia se levantar, mas segurei seu pulso sem pensar.

— Fica.

Ana levantou a sobrancelha, surpresa. Porém, não se mexeu.

— É chato ficar sozinho, doente.

— Eu não sabia que era tão carente, Gael Caballero!

— Pode tirar sarro, estou tão mal que não me importo com sua impertinência hoje. — Passei o controle remoto para ela. — Deixo até você escolher o canal.

— Tudo bem. Vou me lembrar disso eternamente: Gael é um bebezão quando está doente.

— Já disse que não me importo — suspiro.

Ela colocou um filme qualquer e tirou os sapatos, esticando as pernas no sofá. Ao se ajeitar, encostou na lateral do meu corpo.

— Credo, você está pegando fogo! — exclamou.

— Isso se chama febre.

— Já tomou alguma coisa?

— Odeio remédio.

— Puta que pariu, Gael! — Bufou e se levantou.

Achei que tinha me abandonado ali, mas não demorou para voltar com uma garrafa de água e um antitérmico.

— Tome isso!

— Ok, mãe — resmunguei, recebendo um olhar de desdém em resposta.

Me enrolei na coberta novamente enquanto Ana me encarava.

— Você não parece nada bem. — Sua voz estava mais suave desta vez, sem ironias.

— Eu não estou nada bem. Mas pode ir se quiser. Vou sobreviver.

Ela não foi embora. Em vez disso, sentou-se novamente e, dessa vez, enfiou-se embaixo da coberta comigo. Eu não me mexi, mas olhei em sua direção. Seus olhos verdes brilhando no escuro estavam muito próximos.

— Você só está aqui porque gosta de me ver sofrer — brinquei. Não sabia o que fazer.

Ela sorriu.

— É uma ideia...

— Por que me odeia tanto, Ana?

— Por que acha que te odeio?

Não respondi. Aquela conversa era tão fora do lugar e sem propósito que eu só conseguia pensar que talvez estivesse com mais febre do que imaginava. Estaria delirando?

Fechei os olhos de novo e tentei esquecer que Ana estava ali. Adormeci, meu corpo se entregando à doença. E conforme as horas passavam e eu mergulhava em um sono irrequieto e inconstante, sempre me surpreendia ao despertar e encontrá-la ainda ao meu lado.

Em algum momento da noite, eu podia jurar que senti sua voz em meu ouvido.

— Eu não odeio você, Gael. Odeio o fato de não conseguir odiá-lo, mesmo que eu tente. De todas as coisas que eu quero esquecer, você é a mais difícil.

Quando acordei no dia seguinte, Ana não estava mais ali.

Tentei não me afligir quando ela nunca mais comentou sobre aquela noite. Daquela vez, achei que era eu quem tinha imaginado tudo.

*   *   *

A primeira vez que Sara me perguntou sobre Ana, achei que ela fosse maluca.

Eu a conheci enquanto passava meus dias de folga construindo a casa de praia, meu sonho de criança que finalmente poderia ser realizado graças ao generoso dinheiro dos Mondiano. Eu gastava todos meus momentos livres projetando e ajudando a construir o que um dia, eu tinha certeza, seria o lugar em que eu passaria o resto dos meus dias.

Nos fins de tarde, depois do trabalho exaustivo, eu ia até a vila para caminhar na praia, olhar as barracas de artesanato e distrair a cabeça. Um dia, Sara me abordou sem rodeios:

— Quando a moça virá?

Encarei a mulher em sua barraca. Ela sorria para mim enquanto repetia a pergunta.

— Quando ela virá? A moça que está esperando.

— Moça, que moça? Do que a senhora está falando?

— Sou Sara. — Mudou de assunto completamente, se levantando e me estendendo a mão.

— Olá, Sara. Sou Gael.

— Bonito nome. Dizem que vem da palavra hebraica Ga'al, que significa "o que protege, o que redime".

— Interessante...

— E qual é o nome dela?

— Eu ainda não entendi de quem a senhora está falando. Eu estou aqui sozinho, construindo uma casa na praia.

— Pode estar construindo sozinho, mas não vai morar lá sozinho.

Levantei a sobrancelha, curioso sobre aquela conversa maluca.

— É mesmo?

— Eu sei o que vejo. E vejo você acompanhado nesta casa.

— Como pode saber? Você é uma cigana ou algo assim? — questionei com ironia. Não acreditava em nada dessas besteiras.

— Algo assim. — Ela piscou. — Vai levar a pedra? É uma turmalina negra, a pedra de proteção mais eficaz.

— Não, obrigado. Sinto muito, mas não acredito nessas coisas.

— A gente nunca acredita até precisar delas.

— Pode ser. — Fiz menção de que iria me afastar, mas ela me chamou.

— Gael?

— Sim?

— Ela virá. Não vai ser fácil, mas ela virá.

* * *

Quando trouxe Ana na minha casa pela primeira vez, antes de ela estar pronta e de Ana ir para a faculdade, eu finalmente entendi o que Sara queria dizer. E, pela primeira vez, me permiti ter esperança.

CAPÍTULO 16 – ANA

— A melhor forma de evitar ter o coração partido é fingir não ter um coração.

Meu murmúrio sai após um tempo. Estamos em silêncio desde o questionamento de Gael sobre as coisas que escolhi esquecer. Mas a verdade é que não esqueci. A gente não esquece.

A gente finge que não existe para continuar em frente. Por medo e para não sofrer mais.

Ninguém que passou pela minha vida teve efetivamente um lugar nela, e isso não foi culpa de nenhuma das pessoas que eu conheci. Era minha. Não era eu que vivia aquela vida, era alguém que eu criei. Diferentes versões de uma Ana que, no fundo, nunca existiu.

Olho para Alice adormecida entre nós, seu dedinho segurando o meu, e sinto como se toda a vida viesse dela. E só de pensar em mudar algo naquela imagem foi o suficiente para partir meu coração em mil pedaços.

— Eu nunca quebraria seu coração — Gael diz.

Eu o encaro na semiescuridão do quarto.

— Quem garante?

— Não há garantias, Ana.

— Mas você quer quebrá-lo — sussurro, saindo da cama e levando Alice comigo.

Ele não vai atrás de mim. Sento-me com ela em meu peito na poltrona de amamentação no outro quarto, fecho os olhos e imploro para encontrar uma solução.

Na manhã seguinte, espero por aquela sensação de esquecimento intencional que sempre fora fácil para mim. Mas ela não vem. Todas as dúvidas ainda estão aqui. Dentro de mim.

* * *

Como sempre, Gael preparou nosso café. Ele sorri para mim quando me sento à bancada. É um sorriso triste.

— Sinto muito por ontem — murmuro.

— Por quê?

— Na verdade, acho que sinto muito por todos os ontens que ignorei.

Sei que não estou nem perto de consertar tudo o que está quebrado entre nós, mas tento começar com isso. Depois de tudo o que vivemos juntos, merecemos a tentativa. Por Alice.

Meus subterfúgios não têm mais lugar entre nós. Pelo menos, alguns deles, aqueles que me deixavam mais próxima de Gael. Eu não tinha mais condições de negar a mim mesma que queria estar perto dele. Porém, saber que ele não quer aceitar os meus monstros escondidos me deixa perdida.

— Eu não sei o que fazer, Gael — confesso.

— Você deveria conversar com Sara.

— Acha que ela tem as respostas?

Ele demora mais que o necessário para responder.

— É você que tem as respostas, Ana.

É disso que tenho medo.

* * *

Quando chego na barraca de Sara, ela parece estar me esperando. Me recebe com um sorriso ao ver que empurro o carrinho de Alice. Eu poderia tê-la deixado em casa com Gael, mas não queria me separar dela nem por um minuto. Tenho medo de afastar meus olhos e ela desaparecer.

Sara pede que eu a acompanhe em uma volta pela praia. Não sei o que dizer ou mesmo o que estou fazendo aqui.

— Você não parece bem — ela diz.

— Não estou.

— O que lhe aflige?

Eu a encaro com ironia.

— Você precisa dizer — ela afirma.

Engulo em seco.

— Falar não adianta. — Resisto.

— A dor da perda costuma ser um processo muito íntimo e delicado, meu anjo.

— Eu não quero mais perder. Eu não posso... — externo meu maior medo, enquanto arrumo o cobertorzinho que cobre Alice.

— Perdas são inevitáveis, Ana, mas nunca perdemos completamente as pessoas que amamos. Elas ficam conosco, ainda que não seja fisicamente.

— Isso é mentira! Elas vão embora e não voltam nunca mais.

— Elas permanecem no seu coração. Não é assim com a sua filha?

Ela não olha para Alice quando diz isso.

— Minha filha está aqui, ela não se foi.

— Achei que esta fosse a filha de Lívia.

Sinto como se tivesse tomado um soco no estômago.

— Não é mais! — grito, e me arrependo imediatamente. — Nunca foi, eu não... É isso que você quer que eu confesse? Alice é minha filha agora! Minha!

— E onde está a filha de Lívia?

— Ela estava me esperando, não tinha uma mãe! Não é errado que eu fique com ela! Nós somos felizes juntas!

— Você não sabe o outro lado, Ana. Precisa entender antes de tomar suas decisões.

— Eu não posso. Eu não consigo.

— Consegue sim, querida.

— Como pode saber?

— Precisa ter fé.

— Fé? Como posso ter fé? Acha que algum deus permitiria que uma pessoa sofresse tudo o que eu sofri?

— A fé não torna as coisas mais fáceis. As torna possíveis.

— Fé em quê?

— Em você mesma, para começar. Na sua capacidade de se reconstruir.

— E se não for possível?

— Por que não seria? Todos sofremos, Ana. Não é algo que acontece só com você. O sofrimento é uma resposta emocional natural a algum tipo de perda. A dor sempre vai ser diferente para cada pessoa. Não há um tempo certo para diminuir ou acabar.

— Mas ela acaba em algum momento?

— Você só saberá se permitir que ela acabe.

— Eu estou tentando!

— Em cima da felicidade de outra pessoa. — Sua voz é suave como o vento mais cortante do inverno. Açoita e fere.

Fecho os olhos com força. A imagem de Lívia me vem à mente. Ajoelhada na areia, chorando de frente para o mar. Não quero mais pensar nisso, mas já não consigo mais fingir.

— Ignorar a dor não vai fazê-la ir embora mais rápido, Ana. — Sara continua.

— Então, o que eu posso fazer?

— O que você sabe sobre a Lívia?

— Nada. — "E nem quero", penso, mas não digo.

— Então talvez seja a hora de saber.

* * *

Sara não me dá mais informações, pelo contrário: praticamente me obriga a voltar para casa, para resolver sozinha os meus problemas. Não sei nem como consigo fazer o caminho de volta, mas observar Alice, sonolenta, pelo retrovisor, me acalma um pouco.

Antes que o medo consiga bloquear o impulso que sinto, coloco Alice para dormir muito rapidamente e me conduzo até a casa de Lívia. Quando bato à sua porta, tenho a nítida impressão que ela está me esperando.

— Ana? — Sua voz é impassível, mas seu olhar tem algo que não consigo definir. E nem quero.

— Posso entrar?

— Claro.

Ela parece ainda mais perturbada do que nos outros dias. Faz sinal para que eu passe. Percebo que a casa continua praticamente intocada.

— Onde está Rui? — pergunto, sentando-me em um dos sofás.

— Ele foi embora.

— Embora?

Me recordo do momento em que o vi ontem, de como parecia irritado. Ela dá de ombros.

— Só não está mais aqui agora.

— Vocês... parecem estar com problemas.

Minhas palavras têm um efeito potente em Lívia, que perde o controle.

— Foi para isso que veio aqui? Para apontar os meus problemas com meu marido? — Há agressividade em sua voz.

Me sinto quente, devo estar vermelha.

— Não, claro que não. Me desculpe.

— Então por que veio, afinal?

— Eu vim conversar sobre sua filha.

— Minha filha? — Sua voz falha. Ela arregala os olhos e passa as mãos no cabelo curto, sempre despenteado.

— Você me disse que veio até aqui para tentar entender o que aconteceu com ela.

— Ela desapareceu! — Lívia me interrompe, como se eu tivesse dito um absurdo.

— Desapareceu? Ou você a abandonou? — Arrisco. Percebo, imediatamente, que tomei um caminho sem volta.

Ela franze a testa com minha acusação.

— Por que eu abandonaria minha filha? Você está maluca?

— Eu não sei...

— Tudo bem. — Lívia retoma a compostura por um segundo, sentando-se no sofá em minha frente. — Eu vou contar exatamente como Maria desapareceu.

LÍVIA

— Estou grávida.

Eu nunca tinha imaginado como seria dar aquela notícia. E muito menos que a daria durante um jantar de família, com todos me encarando embasbacados.

Minha mãe foi a primeira a sair do transe e me abraçar, seguida por meu pai. Minha irmã ainda estava surpresa, e não de uma forma muito boa – mas eu conseguia entender seu desconforto. Clarice era cinco anos mais velha do que eu e estava casada há três. Sempre desejou ter filhos. Na verdade, ela era a única que queria ser mãe. Eu sempre fui a filha que priorizava a carreira.

— Grávida, você?

— Como assim, Clarice? — Meu cunhado, Bruno, me abraçou também.

— É uma boa notícia, não? — Disse, dando tapinhas nas costas de Rui.

Só me voltei para meu marido naquele instante. Parecia que ele ia vomitar. Oh, merda! Eu claramente não deveria ter feito isso daquela maneira! Precisava ter contado a ele primeiro.

Em minha própria defesa, eu tinha acabado de descobrir e estava, eu mesma, um tanto abalada. Fiz o teste de farmácia na casa dos meus pais não muito tempo antes daquele jantar e a imagem positiva me assustara bastante. Encontrei com Rui somente no restaurante, não nos vimos antes. Sem conseguir me conter, soltei a bomba.

Eu não esperava aquela gravidez, Clarice tinha razão. Era uma surpresa. Mas a maior surpresa para mim ainda tinha sido a minha reação inesperada diante do resultado.

O mundo mudou. Era como querer muito algo que eu nem sabia que existia. De repente, eu queria aquele bebê como não tinha desejado mais nada em minha vida inteira: trabalho, carreira, prêmios, nada daquilo importava mais. Queria ser mãe daquele bebê.

Porém, percebendo agora o silêncio desconfortável de Rui, sentia minha empolgação arrefecer.

— Sim, mas não era Lívia quem sempre dizia aos quatro ventos que não queria ter filhos? — Clarice insistiu, sem conseguir esconder o tom de inveja de sua voz. Fiquei magoada, mas decidi ignorar.

Estava mais preocupada com a reação de meu marido.

— É uma notícia bastante inesperada, sim, mas é uma boa notícia! Eu acho, pelo menos. — Sorri, bastante constrangida com tudo o que acontecia.

— Ah, querida, estamos felizes por vocês, vai dar tudo certo! — Minha mãe tocou minha mão de forma carinhosa e eu me senti mais segura.

Sim, tudo daria certo.

Terminamos o jantar em meio à empolgação de meus pais, que seriam avós de primeira viagem, às brincadeirinhas sem graça de Bruno e aos olhares invejosos de Clarice, que já nem tentava mais disfarçar. Eu ainda não conseguia olhar na direção de Rui, que não disse mais nenhuma palavra durante todo o encontro.

Quando chegamos em casa, veio a explosão:

— Que merda você fez, Lívia? — disse, no segundo em que abriu a porta.

— O que é?

— Como assim, você está grávida?

— Olha, Rui, eu sei que deveria ter te contado antes do jantar, mas...

— Você deveria ter me avisado sobre seus planos de engravidar!

— Você sabe que eu não fiz nenhum plano. Simplesmente aconteceu.

— Essas coisas não acontecem assim! — Ele estava transtornado.

— Pois acontecem, mesmo com todas as precauções. — Eu tentava manter a calma e me ater aos fatos, pois sabia que arranjar uma briga com Rui não era o melhor caminho. — Você sabe que eu nunca faria nada assim de propósito.

— E o que vamos fazer agora?

— Como assim, Rui? — Olhei bem em seus olhos. — Agora nós vamos ter um bebê.

— Eu não quero ter filhos, você sabe disso! E pelo que eu sabia, nem você!

Aquilo me machucou demais. Ainda que tivéssemos conversado sobre isso algumas vezes durante nosso casamento de cinco anos, eu esperava que Rui mudasse de ideia ao saber da notícia. Imaginei que ele pudesse ficar tão feliz quanto eu.

— As coisas mudaram — respondi, tentando não chorar. — Eu realmente achei que não quisesse ser mãe, mas agora estou grávida e nada pode mudar isso. Vou ter um bebê. Ele já existe e eu penso que isso é maravilhoso!

— E sua carreira? E a minha? Inferno, nós havíamos concordado em não ter filhos! Agora você diz que mudou de ideia?

— Por que você não pode mudar também? Sei que é algo inesperado, mas podemos fazer isso dar certo.

— Não sei se concordo contigo, Lívia. — Ele se acalmou por um segundo, mas ficou ainda mais sério. — Sinto muito.

— E o que sugere que eu faça, Rui?

— Você pode interromper essa gravidez, ainda está no começo...

Gelei.

— Não. Isso nunca.

— Lívia, você precisa pensar direito. Esse bebê não tem nada a ver com os nossos planos.

— Planos podem ser mudados, a vida traz surpresas para a gente. Não ter filhos foi um plano que fizemos há cinco anos, nós somos pessoas diferentes agora.

— E se eu continuar o mesmo?

— Você vai ter que mudar. Porque algo dentro de mim já mudou. — Toquei seu rosto, tentando fazê-lo entender. — Rui, a gente se ama. Temos uma vida estável, uma base financeira para criar essa criança. Por que não tentar? Eu prometo que tudo vai ficar bem. Por favor.

— Bem, parece que você já tomou a decisão, não é?

— Não tem que ser só minha. Só... nos dê uma chance. — Toquei na minha barriga. — Nosso bebê já está aqui. Sei que agora parece assustador, mas ele é nosso e vamos amá-lo. Você vai ver.

* * *

Naquele momento, eu realmente acreditava no que tinha dito, mas à medida que a gestação evoluía, percebi que eu estava realmente sozinha. Os meses que se passavam velozes, a enxurrada de exames, as mudanças no meu corpo e no meu humor, os preparativos... Tudo aquilo inaugurou uma nova etapa em nossas vidas.

E quanto mais eu me abria para todas as incríveis possibilidades à nossa frente, inversamente Rui se fechava ao inesperado. Quando eu o questionava, ele dizia estar tentando, mas sentia-se inseguro e despreparado para ser pai.

— Você só saberá como é quando ela chegar, Rui. — Eu tentava acalmá-lo, dizendo que também tinha medo de não ser uma boa mãe e estava muito apreensiva sobre o parto.

Na verdade, eu estava mais ansiosa do que preocupada, flutuando naquela onda de felicidade que é a espera de virar mãe. Mas disfarçava, para não deixar Rui ainda mais aflito.

Descobrimos em um dos exames que o bebê era uma menina e eu decidi, praticamente sozinha, que se chamaria Maria. Um nome singelo, o primeiro nome de minha falecida avó. Minha mãe ficou radiante, Rui não esboçou nenhum tipo de reação. Mais uma vez, ignorei, inebriada na minha própria felicidade.

Eu teria que deixar meu trabalho de lado por alguns meses, mas não me importei, poderia correr atrás depois. Rui, por outro lado, começou a ter cada vez mais compromissos profissionais, o que eu não achei ruim: não queria mais carregar o peso de tentar convencê-lo de algo que eu julgava natural como respirar agora.

Maria nasceu em uma manhã de outono, planejada com minúcias em um parto no melhor hospital da cidade. Ainda parecia tão estranho que aquele pequeno ser fosse meu. Ela era perfeita, pequenininha, e tinha os meus olhos, eu já conseguia ver. Fui tomara da maior alegria que senti na minha vida até então. Estava, finalmente, completa.

Quando voltamos para casa, minha mãe ficou comigo durante os primeiros e assustadores dias. Eles eram repletos de dor: da recuperação da cirurgia, da amamentação, e de saber que, a partir daquele momento, teria que colocar outra pessoa à frente de minhas próprias dores.

Não me recordo daquele período com exatidão. Meus objetivos eram bem simples: passar por mais uma mamada. Enfrentar uma nova troca de fraldas. Me perder em contemplação de seus membros tão pequenos e perfeitos.

Rui estava ali, como um coadjuvante em um filme estrelado por Maria e eu. Ele parecia muito mais assustado e nervoso com a presença de nossa filha do que minimamente feliz. Apenas realizava as tarefas que eu lhe pedia sem muita emoção. E, de tão enlevada em meu amor recém-descoberto, não me importei.

Ele fazia as tarefas que lhes eram solicitadas. Segurava Maria quando eu pedia, tirava fotos para apresentá-la aos parentes distantes, esquentava a água para que eu pudesse limpá-la. Mas não se manifestava para ajudar naqueles pequenos e chatos cuidados que todo bebê precisa.

Confessei a algumas amigas que tinham ido me visitar o quanto me sentia desamparada. Elas estavam, como sempre, radiantes – arrumadas, seus cabelos brilhantes, as unhas feitas, como eu mesma era há algum tempo. Eu não tinha tido tempo sequer de pentear meus cabelos, que eram compridos e volumosos.

Quando começamos a namorar, Rui me disse que adorava meus cabelos de cigana. Era piegas, mas eu gostava.

Minhas amigas sugeriram, então, me levar a um cabeleireiro, me dar algum tempo de folga e cuidado comigo, para variar a rotina cem por cento dedicada ao bebê. E como eu poderia? Minha mãe tinha ido embora no dia anterior, quem ficaria com Maria?

— Oras, o pai! — me respondeu Larissa.

Eu hesitei, mas elas me incentivaram a levar o carrinho de bebê para o escritório, onde ele trabalhava naquela tarde de sábado.

— Eu não posso ficar sozinho com ela! — disse Rui, antes mesmo que eu pedisse, assustado e exasperado.

— Por favor. Ela está dormindo e não vai mamar nas próximas horas. De qualquer jeito, tirei leite e deixei na geladeira, é só esquentar.

— Tem mesmo necessidade disso?

— Eu preciso de um momento pra mim — implorei, quase chorando. — Preciso dar um jeito no meu cabelo, está terrível! — acrescentei. — Acho que até você vai gostar.

— Ok — ele concordou, por fim, mas sem olhar para mim.

Percebi que ele observava Maria com pavor, como se não fizesse ideia do que fazer com aquele serzinho. Por um segundo pensei em desistir, não confiava em deixá-los sozinhos, mas os olhares animados de minhas amigas me fizeram embarcar na ideia. Troquei de roupa rapidamente e saí com elas em seguida.

*　　*　　*

"Não me despedi de Maria", foi o que pensei quando recebi a pior ligação da minha vida naquele começo de noite.

Voltei para casa, com meus cabelos recém-escovados e hidratados, sem entender o que Rui dizia em meio a gritos de: "Ela sumiu! Roubaram a nossa filha!". Minhas amigas dirigiram de volta comigo, pois eu estava completamente desorientada. Quando chegamos, encontramos carros de polícia na porta. Junto a eles, meus pais.

E Rui aos gritos.

— Eu não sei o que aconteceu! Eu a levei para a praça porque não parava de chorar! Coloquei Maria no carrinho e dei uma volta com ela, tirei os olhos dela por um segundo para pegar o celular no carro! Quando voltei ela tinha sumido! Alguém roubou minha filha e não é a mim que você deveria estar interrogando! É a algum louco por aí que rouba bebês!

Senti minhas pernas fraquejarem e todo o ar sendo roubado de meus pulmões.

— Rui, o que está dizendo?

Todos se voltaram para mim. Ainda não haviam me visto. Senti os olhares de pesar, de medo e de pena.

Fechei os olhos, desejando com todas as minhas forças ter dormido de exaustão no cabeleireiro e estar tendo um pesadelo.

— Onde está Maria? — insisti, mesmo já sabendo a resposta.

— Eu não sei! — Rui passou a mão pelos cabelos, frustrado e nervoso. — Ela estava no carrinho e quando voltei.

— O que está dizendo? Deve haver algum engano, você sabe onde ela está...

— Lívia, querida, tenha calma, vamos encontrá-la. — Minha mãe tentou me segurar, mas corri direto para o quarto de Maria.

Vazio. Comecei a tremer descontroladamente, com a mente rodando. Minha mãe me alcançou de novo, me forçando em um abraço. Eu já não tinha mais forças para lutar, não sentia nada. Mais nada.

Minha filha tinha sumido.

— Nós vamos encontrá-la, tenho certeza — minha mãe dizia, me oferecendo um copo d'água. Eu vi que ela tinha dissolvido um remédio ali, mas tomei sem reclamar. — Aconteceu há apenas algumas horas, a polícia já está cuidando de tudo...

* * *

Maria não foi encontrada. Os dias se seguiram em uma sucessão de cochilos inquietos, sempre induzidos por remédios, e a sensação de estar em um eterno pesadelo. O carrinho vazio estava ali, na porta da sala, esperando por Maria.

Uma lembrança de que ela tinha existido, e que talvez ainda existisse em algum lugar do mundo. Sem mim.

Que tipo de pessoa completamente maluca rouba uma criança? Com que intuito? Ninguém havia entrado em contato, nem para pedir um resgate. Eu pagaria: daria tudo o que tinha para vê-la novamente. Repórteres foram chamados. Investigações foram feitas. Pistas que não levaram a lugar algum chegaram até nós por semanas.

Eu vivia à base de calmantes e esperança, só queria que ela estivesse viva e bem. E que me fosse permitido tê-la em meus braços novamente. Braços que agora não tinham a menor utilidade.

Eu era uma mãe sem um bebê.

CAPÍTULO 17 – ANA

O relato de Lívia termina com um silêncio opressivo na sala, quebrado apenas pelas ondas do mar batendo lá fora.

É estranho ouvi-la falar de sua filha, Maria. Não sinto que é Alice, minha Alice. Rejeito essa ideia com todas as forças que ainda me restam.

Observo Lívia sentada no sofá à minha frente. Ela tem o semblante perdido, sem expressão. Conheço aquele olhar. Me reconheço nela.

Ela passa os dedos pelos cabelos curtos.

— Não suportava ver os meus cabelos quando ela desapareceu. Eu me culpava. Culpava minha vaidade fora do lugar, tinha sido minha responsabilidade ter saído aquele dia e a deixado com o pai. Como se ainda ter alguma vaidade depois de tudo fosse uma afronta. — Ela me encara. — Por que achou que eu abandonei minha filha?

— Por que uma mãe abandonaria sua filha? — rebato a pergunta. Quero falar sobre minha própria mãe, mas me calo.

Há diferentes tipos de abandonos, mas todos têm a mesma consequência: o vazio é eterno.

Lívia olha profundamente nos meus olhos mais uma vez. Agora, há tormenta em sua expressão:

— Talvez tenha razão. Crianças são realmente abandonadas, às vezes. — Ela diz com o olhar perdido. — Eu acho que meu marido é culpado pelo desaparecimento da minha filha.

Lívia não dissera mais nada. Depois que externara sua desconfiança sobre Rui pareceu constrangida, como se tivesse falado demais. Mas já era tarde: a dúvida estava plantada dentro de mim também.

Eu sei o que eu vi aquele dia em São Paulo. Não havia automóvel algum junto do carrinho de bebê, nem próximo a ele. Eu olhei. A praça estava completamente vazia. Mas que diferença isso faria para mim agora?

Alice é minha filha, não é? Me apego a esse raciocínio enquanto Lívia se fecha em seus próprios pensamentos. Ela também não me impede de ir embora, sem sequer me despedir.

*   *   *

Eu não fiquei surpresa quando dei de cara com Sara em frente à minha casa.

— Agora eu sei — comunico, embora Sara não precise dessa confirmação.

— Você fez bem, Ana, tinha que saber. Todas as histórias têm mais de um lado.

— E qual é o certo?

— Isso é relativo, depende do que a gente quer acreditar.

— E se eu quiser acreditar que a filha de Lívia não é Alice?

— Ainda conseguiria viver com isso? — ela indaga com suavidade.

Sinto vontade de chorar. Parece que meu peito vai explodir.

— Não é justo. Eu sou a mãe dela. Por que ninguém entende isso?

— O papel de mãe é algo tão profundo que é impossível explicar em palavras, é preciso viver para entender. E, no fim, não importa se é mãe biológica ou não, quando nos entregamos a esse papel, tudo se transforma. Ninguém está dizendo que você não é mãe, Ana.

— Mas querem que eu entregue minha filha!

— Ela já tem uma mãe que está sofrendo com sua falta.

— E o que eu faço com o meu sofrimento?

— Ele tem que ser vivido.

Eu a encaro sem entender.

— Como alguém pode buscar o sofrimento por livre e espontânea vontade? Eu não entendo isso!

— Assim é a vida, Ana. As experiências pelas quais passamos foram escolhidas por nós mesmos, são grandes desafios. Nada é por acaso.

— É difícil de entender...

— Eu sei. A maioria de nós passa a vida sem aceitar nossos sofrimentos e provações como parte de algo maior, de um plano maior. Ignorar ou

// 211

suprimir a dor que você sente só a fará sofrer mais a longo prazo. Sei que parece que você pode ser feliz agora, Ana, com Alice. Sei que parece certo. Mas, um dia, você olhará para trás e perceberá que foi um grande erro.

Lanço meu olhar para o mar. As ondas estão quase tocando meus pés, que se afundam na areia. Sinto-me sufocar.

Quero que tudo seja como antes. Quero fechar os olhos e acreditar que Alice é minha. Meu bebê, minha menina. Parte de mim: meu coração, minha vida, minha alma. É assim que eu sinto.

Foi assim que eu encontrei minha maneira de ser feliz.

Mas Sara tem razão: agora que eu sei, as palavras de Lívia não param de ecoar em minha mente. Sua dor é a mesma que a minha, a mesma que eu senti quando não havia nada além de um ventre vazio. De braços vazios.

Sinto que vou desintegrar. Como se um campo magnético puxasse minha alma para todos os lados, a ponto de estilhaçar.

— Você sabe o que tem que fazer, Ana.

— Não vai restar nada...

— Sabe que não é assim. Ainda existe algo dentro de você. Precisa dizer a verdade a si mesma, todas as verdades. Precisa encarar as suas perdas. Vivê-las. Aceitá-las.

Sacudo a cabeça em negativa porque, de repente, eu sei que ela não está falando apenas de Alice.

— Tem dias em que é quase insuportável permanecermos em nós mesmos, não é? — ela diz com um sorriso triste. Uma lágrima solitária cai do meu olho e se junta ao mar aos meus pés. — Vivemos uma realidade paralela, enquanto o mundo ao redor continua normalmente. Parece tão injusto que a vida siga seu rumo lá fora.

Fecho os olhos, a dor lancinante quase me fazendo dobrar ao meio.

— Essas frases que nos dizem, "você precisa ser forte" ou "ela está em um lugar melhor agora", só nos fazem sentir pior. Ninguém parece entender.

— Mas ninguém entende.

— É por isso que finge para si mesma que nunca aconteceu?

Eu a encaro, perdida.

— É a única maneira que encontrei de continuar.

— E por isso deixou se repetir?

Não consigo responder.

Ela toca meu braço com delicadeza.

— Acabou, Ana. Não percebe?

Sacudo a cabeça em negativa, ainda relutando.

— Eu não vou conseguir.

— Vai sim, querida. Nós nos surpreendemos com a nossa força quando temos algo pelo que lutar.

— E se eu não tiver?

— Eu acho que você tem. Está apenas com medo. Realmente não há garantias, é como entrar no mar e se deixar levar. Apenas arrisque, Ana. Apenas viva.

Fico parada, em silêncio, de olhos fechados, por longos segundos. Não posso acreditar que estou tão perto de perder tudo novamente. Quando abro os olhos, Sara não está mais comigo, mas Gael se aproxima.

— Sara disse que você conversou com Lívia. É verdade? — Sempre direto, Gael. Sempre sabe o que me dizer.

— Lívia acha que foi Rui quem abandonou sua filha.

— Maria.

Eu o encaro com espanto.

— Sim, eu sei sobre a filha de Lívia. Como acha que eles vieram parar aqui, Ana?

— Então foi mesmo você? — Não consigo deixar de me sentir traída.

No fundo eu sabia que aquilo não poderia ser algo do acaso: de todas as casas de praia do país, Rui e Lívia aparecerem justamente na ao lado da nossa. Porém, ouvir aquelas palavras, com todas as letras, saírem da boca de Gael quebrava um pouco mais meu coração já ferido.

— Não tinha como ser de outro jeito, Ana.

— Como?

— Eu procurei notícias sobre o desaparecimento de uma criança em São Paulo no mesmo dia que você havia estado lá. Cheguei até Lívia e Rui e bati as informações. Eu sabia que era Alice. Investiguei sobre o casal e, por ironia do destino, descobri que tinha conhecidos em comum com Lívia, por causa dos restaurantes. Soube que deveria trazê-los para cá imediatamente.

— Lívia disse que veio por causa de Sara...

— Foi uma isca.

— Por que não me disse desde o começo? Por que me deixou ficar confusa e com medo, quando...

— Você precisava descobrir por si mesma. Precisava ver que ao manter a fantasia de Alice, você estava roubando a felicidade de outra pessoa... — Ele tenta tocar meu rosto, mas eu o empurro.

— O tempo inteiro, você queria que ela fosse embora. Você sempre quis tirá-la de mim, mesmo sabendo que ela é minha vida!

Ele segura meus braços, olhando diretamente em meus olhos.

— Ela não é tua vida! Eu estou tentando justamente fazê-la ver isso! — Ele me sacode. — Inferno! Acha que não acaba comigo vê-la assim? Eu prometi te proteger. Prometi proteger seu segredo, mesmo tendo certeza que estávamos errados, mas eu fiz! Por você! E é por você também que estou desfazendo essa bagunça agora, Ana.

— Então por que simplesmente não a levou embora? Se sabia da Lívia... Por que não disse a ela sobre Alice?

— Eu não podia, você tinha que ver com seus próprios olhos. Tinha que descobrir sozinha que Alice tem alguém, uma mãe, que sofre ainda mais que você, Ana. Você precisa aprender a fazer o que é certo.

Ele finalmente me solta.

— E se eu não conseguir fazer isso?

— Você sabe que não existe mais outra possibilidade de desfecho. Dessa vez, se você insistir, eu não poderei mais te proteger. — O chão sumiu de meus pés: eu nunca havia ouvido Gael me dizer qualquer coisa parecida com aquilo antes.

Ele era meu porto-seguro, mesmo quando eu não queria que fosse. Ele sempre me protegia, me salvava. E, agora, dizia para mim que eu estava sozinha.

Não percebo quando Gael começa a me puxar em direção à casa. Quando chegamos, me surpreendo ao ver as costas de uma silhueta conhecida nos aguardando.

— Jonas? — sussurro, completamente aturdida.

— Oi, Ana.

Meu olhar passeia de Gael a Jonas, com dificuldade de aceitar que aqueles dois homens estão ali, parados na minha frente.

— Você precisa começar a encarar tudo o que deixou pendente, Ana. A começar por isso.

— Por Jonas? — murmuro, sem entender o que Gael quer.

— Você tem que contar a verdade a ele.

antes
GAEL

Eu me perguntei muitas vezes por que protegi Ana. Por que havia compactuado com seu delírio, e não simplesmente virado as costas para suas perturbações. Talvez eu nunca soubesse a resposta. Ou talvez fosse algo tão simples quanto o destino.

— Você acredita em amor predestinado, Gael? — Sara me questionou quando lhe confessei meu maior crime.

Os dias haviam passado com lentidão desde que eu aquiescera com os planos de Ana. Me deixei levar em sua doce fantasia de que seríamos felizes juntos. Eu, Ana e Alice.

Porém, por mais que eu quisesse acreditar, que meu coração e minha alma ansiassem por esse desfecho, a minha razão sempre me ditava o contrário. Aquilo não era real.

Sara ouvira minha confissão pungente com incrível compreensão.

— Não sei como resolver isso, como fazê-la entender. Sinto que ela não suportará. Ana é cheia de complicações. — Hesitei em dizer quem era a verdadeira Ana. Aquela que ninguém sabia existir, além da garota linda e mimada, a herdeira de Fernando Mondiano.

— Quem é ela, Gael? A Ana por quem você se apaixonou?

— Eu não lembro quando aconteceu. Simplesmente estive sempre ali. E, por mais que eu dissesse a mim mesmo que era errado, primeiro porque seu pai era um homem por quem eu tinha muito respeito, e depois quando descobri todas suas nuances complicadas, mesmo assim, fui incapaz de me afastar.

— Você se afastou de Ana por causa do pai dela?

— A princípio, sim.

— O que mudou?

— Ele nos viu juntos um dia...

Ainda me lembrava do pavor que senti naquela noite quando vi Fernando nos observar, à espreita, enquanto nos beijávamos na piscina.

* * *

— Desde quando isso vem acontecendo? — ele indagou muito sério, me obrigando a sentar na sala.

— Fernando, não é o que está pensando.

— Não sou idiota, Gael. — Ele me cortou. — Talvez tenha sido um pouco ingênuo, apenas.

— Não aconteceu nada, foi apenas hoje. Eu jamais desrespeitaria sua filha.

— Eu sei que não. — Seu tom mudou um pouco — Mas vocês são adultos. Embora Ana seja minha filha, eu sei que ela já teve muitos namorados. E você é um homem. Acho que eu fui muito confiante em achar que nunca se atrairiam...

— Certo, tem razão, eu me sinto atraído pela Ana. Não posso negar. Mas eu prometi a você...

— E se eu lhe livrasse dessa promessa?

Meu queixo caiu.

— Ora, Gael — dessa vez, ouvi até uma certa ironia em sua frase —, Ana tinha dezessete anos quando você se mudou para cá. Claro que eu precisava de garantias, afinal, eu nem te conhecia direito. Mesmo sendo amigo de seu pai e tendo muita confiança em seu caráter, como poderia ter certeza? Agora, você já é como um filho para mim. Olhando por um novo prisma, talvez seja o desfecho ideal.

— Desfecho ideal?

— Sim — afirmou, misterioso.

— Fernando, eu realmente não estou entendendo onde você quer chegar. Acho que está confundindo as coisas — tentei me explicar —, eu e Ana não temos absolutamente nada. Ela sequer gosta de mim.

— Bobagem. Ana é complicada. — Fernando não ligou nem um pouco para o que eu estava tentando lhe dizer. — Ela gosta de fingir que não se importa porque... — De repente ele parou, hesitando. — Talvez já tenha percebido, não é?

Então, entendi que Fernando conhecia mais sobre os delírios da filha do que eu supunha. Eu só não sabia que, até o fim daquela noite, eu descobriria que eles eram muito mais profundos do que eu imaginava.

— Gael, acho que chegou a hora de eu ter uma conversa com você.

Foi naquele momento que toda a minha percepção a respeito daquele pequeno mundo dos Mondiano em que eu me inseria mudou.

Fernando me contou, com pesar, que estava doente. Não havia garantias de que seu câncer seria curado, mas não queria falar à Ana por enquanto.

— Não acha que ela merece saber? — questionei, eu mesmo muito abalado pela notícia. Fernando era a figura mais próxima de um pai que eu tinha em muito tempo.

— Temo que ela não lide bem com isso. — Fez uma longa pausa, e eu percebi que não havia me contado tudo. — Na verdade, Gael, eu preciso saber uma coisa. Você acha que conseguiria proteger Ana?

— Por que ela precisaria de proteção? Há alguém querendo fazer algum mal a vocês, Fernando?

— Temo que Ana precise de proteção contra si mesma.

Aquilo me assustou. "Por que você mesmo não a protege?", pensei com meus botões. Fazia tempo que me perguntava aquilo, mas seria impertinência demais da minha parte dizer isso ao meu chefe. Porém, muito me intrigava a maneira com que Fernando sempre se afastava de Ana, como fugia dela, ainda que a menina só estivesse procurando por um pouco de atenção do pai. Era cruel de sua parte fazer aquilo com uma pessoa tão carente.

— Eu não consigo lidar com Ana — emendou Fernando, como se lesse meus pensamentos —, porque não consigo lidar com a minha própria culpa.

— Culpa? — Eu não estava esperando por aquilo.

Ele fez outra pausa contundente.

— Ana já te contou como quase se afogou quando era criança?

— Ela disse que estava na praia com a tia e que, quando entrou no mar, uma onda forte a derrubou. Por isso tem tanto medo do oceano.

Novamente, silêncio. Aquele mistério estava me enervando.

— Não foi assim que aconteceu, Gael. Essa é a história que Ana inventou para se proteger das próprias lembranças.

— Que lembranças?

— Foi a mãe dela quem tentou afogá-la.

* * *

Eu contei tudo a Sara: as revelações assustadoras sobre Ana, como me senti perdido por um tempo, achando que o melhor que eu poderia fazer era arrumar as malas e deixar os Mondiano para sempre.

Porém, sentia que deveria ficar. Não sabia explicar ao certo, mas algo me dizia que eu deveria ser aquele cara, o protetor que Ana precisava. Eu sentia que nossa história não terminava ali, antes mesmo de começar.

Só fiquei mais desconcertado quando ela engatou um namoro com um cara de São Paulo, um estudante vagabundo, e ainda por cima resolveu viajar com ele para Cuba, para o horror de Fernando.

Eu disse a ele que não me sentia confortável para interferir na vida de Ana, embora acompanhasse de perto, sem conseguir resistir. E mesmo sabendo que o tal do Jonas poderia enfiá-la em confusão, também entendia que não iria impedi-los de ficar juntos. Mesmo morrendo de ciúmes.

Não resisti à ideia de estar tão perto dela e não a ver quando viajei a trabalho para São Paulo. Usando a desculpa que precisava conversar sobre seu namoradinho e aproveitando o convite de minha mãe para jantar no restaurante em que trabalhava, convidei-a – ou quase isso – para jantar.

Apenas constatei que a atração entre nós ainda estava ali, camuflada, como sempre esteve. Porém, Ana estava apaixonada por Jonas, ou ao menos pela ideia de que ele era o cara certo para ela, falando com empolgação sobre seus ideais idiotas. Ela ainda se transformava em outra pessoa quando precisava ser amada.

Ela não sabia que eu não mudaria nada nela? Eu só queria que ela descobrisse quem era de verdade e assim eu poderia acolhê-la. Do jeito que fosse.

Talvez por isso obriguei Jonas a sumir do mapa quando paguei sua fiança. Ele não poderia nunca mais procurá-la, garanti. Eu estava preocupado com Ana e assustado com o rumo que ela estava tomando na vida, não por suas convicções ou ideologias – que eu tinha certeza que não eram tão reais assim –, mas pelo fato de ela estar disposta a ir tão longe por aquele cara.

Além disso, eu já tinha esperado demais. Queria lutar por Ana.

* * *

— E quem é você para me pedir isso? — Jonas indagou calmamente, nós dois ainda na delegacia.

— Estou pagando sua fiança, garantindo um advogado pra você. Me certificando de que você vai sair livre dessa e seguir com a sua vidinha do jeito que bem entender. Saiba me agradecer.

— E para ser tão generoso comigo está exigindo que termine com a minha namorada, é isso? — Ele ainda parecia incrédulo.

— Sim, é exatamente isso. Você sabe tanto quanto eu que, no fundo, essa história de vocês já deu o que tinha que dar.

— Não é você que tem que dizer isso.

— Ana não é assim, Jonas. — Ele queria parecer mais furioso do que estava realmente. Eu podia sentir até um certo alívio no seu tom de voz, então aproveitei para dizer. — Ela faz tudo isso por você, essa história de manifestações e ideais, mas não é nisso que ela acredita. Você já deve saber e não quer admitir, ou então está tirando vantagem disso.

— Eu não tiro...

— Tira, sim — interrompi, insistindo no assunto. — A viagem para Cuba foi paga por quem, por acaso? E sei que ela também te dá dinheiro.

— Não é pra mim. O dinheiro é para as causas sociais que...

— Tá, acredite no que quiser. — Aquele papo furado me cansava. — Eu já conheço esses amigos sanguessugas de Ana há anos. Você não é o primeiro, mas me certificarei de que seja o último.

— Você é muito arrogante se acha que...

— Olha, sinceramente, não me interessa o que você pensa de mim. Eu vou levar a Ana para casa e está decidido. O pai dela está doente, e se descobrir o que aconteceu aqui, vai ter um enorme desgosto que eu não gostaria de dar a ele nesse momento. Então, se você tem alguma consideração por Ana, vai deixá-la seguir a vida dela. Eu duvido que você possa colocá-la em primeiro lugar, e você sabe que estou certo. Isso uma hora ia acabar, é melhor que seja logo.

Eu saí da delegacia sem saber se Jonas terminaria com Ana conforme eu tinha pedido. Sabia que não podia obrigá-lo, mas ele o fez. O que ninguém esperava àquela altura era que Ana estivesse grávida.

Por um momento, me arrependi de ter tirado Jonas de sua vida. Afinal, ele era o pai do bebê que ela esperava, e quem era eu? Porém, o que aquele baderneiro podia dar para Ana e seu filho? Talvez ele nem se importasse com o fato de Ana estar grávida.

E o que eu sentia? Eu me importava? Não sabia responder. Só tive uma vontade imensa de segurar sua mão e dizer que não estava sozinha, quando ela me contou. E foi o que eu fiz.

Eu não podia garantir que tudo daria certo, que todos os seus fantasmas iriam desaparecer. Mas eu poderia tentar. E naquela conversa com Fernando Mondiano, eu prometi que tentaria protegê-la de tudo. Até dela mesma.

E foi o que eu fiz. Quando Alice se foi, eu temi não conseguir. Sua dor me deixava sem chão, o vazio em seu olhar era a coisa mais assustadora que eu já tinha visto. Me dava a sensação de que, enfim, ela estava se sentindo como se não pertencesse a esse mundo. Isso me apavorava.

Eu quase a segui até São Paulo, mas achei que era melhor que ela encontrasse Jonas sozinha. Ela precisava se responsabilizar por não ter contado a ele sobre a gravidez. Eu deveria ter seguido meu instinto, como me arrependo.

Quando cheguei na casa de praia e ela estava de volta, segurando um bebê no colo, eu fiz o inimaginável.

* * *

Sara me encarou com um olhar compreensivo diante de minha confissão.

— Não sei como reverter tudo de ruim que eu fiz. — murmurei.

— Algumas vezes cometemos erros que parecem não ter volta. Você foi movido pelo amor, por querer protegê-la. O destino pode aproximar duas pessoas, mas as escolhas, as atitudes, essas são determinadas pelo livre-arbítrio. A partir do momento que nos responsabilizamos por nossos acertos e erros, temos o poder de mudar tudo. Viramos o agente do nosso próprio destino.

— Se eu assumir esses erros, posso perdê-la para sempre. E se, no final, nosso destino não for ficarmos juntos?

— Algumas histórias de amor têm que acontecer, mas isso não determina se um romance terá final feliz ou não. Porém, Gael, eu não acredito que você vai desistir sem tentar, não é?

* * *

Naquela mesma noite, eu entrei em todos os sites de notícias procurando pelas informações que já sabia que iria encontrar. Seu nome era Maria, seus pais se chamavam Lívia e Rui. Aquela, obviamente, não era Alice, e ali estava sua verdadeira vida, diante de meus olhos.

Eu tinha que encontrar uma maneira de convencer Ana a devolvê-la à sua família. Era a única maneira de seguir a partir dali, de tentar recomeçar. E rezar para que restasse algo para nós, no final.

CAPÍTULO 18 – ANA

Sinto-me estranha na presença de Jonas. Ele é um completo estranho para mim agora, e sua presença parece não encaixar nesse lugar, na casa de Gael. Durante os meses que se passaram, não havia imaginado encontrá-lo novamente. Vê-lo parado em minha frente é muito abstrato.

Mas cá está ele. Com a mesma aparência que tinha meses atrás, talvez a barba um tanto mais longa. Há um resquício de saudosismo em mim, um tanto de lembranças. Nenhum ressentimento, o que é inesperado dadas as circunstâncias que nos separamos. Poderia haver algum rancor, mas eu não sentia nada.

Por um momento, enquanto o estudo, me parece que está tão desconcertado quanto eu.

— O que está fazendo aqui? — Quebro o silêncio.

— Ele não disse?

Gael havia nos deixado a sós, mas se fazia presente. Sacudo a cabeça em negativa.

— Ele me disse que você precisava falar comigo — continua.

— Você e Gael conversam? — Não sei como me sentir em relação a isso. A ligação no celular de Gael, agora essa visita inesperada. Eram... amigos?

— Ele entrou em contato comigo há cerca de dois meses. Disse que você tinha ido a São Paulo, pois precisava me encontrar, mas não atendia o celular e estava preocupado. Eu respondi que você não tinha me procurado, obviamente.

— Ele te disse o motivo da minha ida? — perguntei, me preparando para revelar toda a história.

— Não, pediu apenas para que eu entrasse em contato caso você aparecesse. O que está acontecendo, Ana? — Jonas se aproximou de mim e fez menção de segurar minha mão. Recusei. — Como você casou com esse cara?

Não respondi. Talvez não soubesse a resposta. Jonas continuou:

— Ele me retornou depois de uns dias, disse que havia sido um engano, que estava tudo bem. Eu pedi para falar contigo, mas ele me proibiu e... agora me pede para vir até aqui porque era muito importante. O que está acontecendo?

— Você realmente se importa? — respondi, magoada. — Achei que tinha deixado bem clara sua posição em relação a mim.

— Gael te disse que foi ele quem me pediu para que eu fosse embora? Que era a condição para que ele me tirasse da cadeia?

Mais uma vez, Gael sendo Gael. Me protegendo daquela maneira quase assustadora. Eu não podia acreditar que aquilo que Jonas me contava era verdade. Ou podia?

— Eu não me surpreendo. — Eu já deveria ter desconfiado. — E sei que deveria estar brava, mas não estou. Isso não importa mais, importa? Os motivos pelos quais nos separamos? Não era pra ser.

— Sim, só por isso que eu terminei, Ana. Eu nunca teria aceitado um pedido deste, mas, no fundo, sabia que uma hora iríamos acabar. Aquela não era sua vida. Eu sinto muito. — Ele me pareceu bastante sincero.

— Eu também senti. Fiquei arrasada, não entendi nada na época. Mas agora vejo que não tinha outro jeito. Aquela pessoa que você conheceu, aquela Ana, não era eu — confesso. — Eu queria que você gostasse de mim, que se apaixonasse por mim.

— Não precisava ter feito isso.

— Será?

— Acho que agora não faz mais diferença, não? Você se casou com esse cara. Acho que eu deveria ter desconfiado do jeito que ele se esforçou para me tirar da sua vida...

— Não tinha nada.

— Não?

Por que eu ainda tinha que negar?

— É, tem razão. — Era a primeira vez que eu tinha coragem de dizer aquilo. — Havia algo. Não físico, nem mesmo romântico. Eu não sei explicar o que sempre houve entre mim e Gael, mas o fato é que sempre esteve ali, nas profundezas, esperando a hora de vir à superfície.

— E você se casou com ele e tiveram um bebê. — Eu o encaro, surpresa por ele saber de Alice. — Eu vi quando cheguei, a menininha. Presumi...

Eu não consigo disfarçar a minha reação. Quero que Jonas embarque na história que eu mesma construí, mas não consigo. Balanço a cabeça, olhando para o chão, como quem pede desculpas por tudo o que aconteceu. De repente, ele entende e empalidece.

— Essa criança não é dele! Ana, ela é...

— Sim, eu estava grávida quando a gente se separou.

— Por que não me disse?

— Porque nossa separação era fato consumado, e eu estava ferida e confusa. Gael me levou para casa e propôs que nos casássemos. Eu estava com medo do meu pai, medo de decepcioná-lo em meio à sua doença... Já deve saber que ele morreu.

— Sim, Gael me disse. Sinto muito. Mas ainda assim, você devia ter me contado, Ana.

— Você ficaria comigo se soubesse da gravidez?

— Acha que eu não me importaria?

— Não sei. Só... Já não fazia sentido.

— Então, o que estou fazendo aqui? E por que você foi atrás de mim em São Paulo? Você queria me contar sobre o bebê?

— Alice... — sussurro.

E, de repente, entendo o que preciso dizer a Jonas.

O que não quero falar em voz alta. O que achei que nunca mais teria que proferir. Sinto o ar rarefeito à minha volta. Hesito.

— Ana? — Jonas se aproxima novamente e toca meu braço, percebo vagamente que não consigo respirar. Há um nó em minha garganta.

As palavras querem sair. Querem ganhar vida.

— Ana? — Jonas insiste.

— Alice morreu.

* * *

Duas palavras tão simples. Mas que têm o peso de uma avalanche que leva tudo o que tem vida e sentido embora. Alice morreu. Deixou de existir.

— Morreu? — Jonas me encara, extremamente confuso.

— Nossa filha nasceu morta.

A quantidade de informações que eu despejava estava fazendo com que Jonas desmontasse. Eu via em seus olhos que ele precisava de um alento, de um tempo para conseguir entender tudo o que havia acontecido. Mas não tínhamos mais tempo.

— Quem é aquela criança lá em cima, Ana? — Ele pergunta, atordoado.

— Não é Alice — admito.

Aceito, finalmente.

Cerro minhas pálpebras, incapaz de olhar para Jonas ou para qualquer outro pedaço do mundo ao meu redor. Não quero viver nesse mundo onde aquela linda menina que amo e protejo não é Alice.

Sinto os braços de Jonas à minha volta. Não há lágrimas em mim, apenas dor e angústia. Luto para respirar e não cair.

Não sei quanto tempo permaneço naquele limbo, com Jonas me segurando. Mas, em algum momento, eu começo a falar. Começo a confessar a ele o que fiz.

Jonas não diz nada. Apenas me escuta, até que não reste mais nenhum segredo dentro de mim. Me desvencilho de seu abraço, agora mais frouxo e, por fim, o encaro. Descanso meu olhar em seu rosto triste e me dou conta de que não sou a única que perdeu.

E entendo o que Gael queria trazendo Jonas.

— Sinto muito — murmuro.

— Eu também. O que vai acontecer agora? — Sei que ele está perguntando sobre a neném a quem chamo de Alice.

Meu peito se aperta. Não respondo em voz alta, não é necessário. Nós já sabemos a resposta.

* * *

Jonas se vai, entendendo que aquele momento tem que ser somente meu. Nos abraçamos com ternura, finalmente deixando o passado para trás, sem mágoas. Fico olhando meu reflexo no vidro, com o mar à frente e a decisão mais difícil da minha vida me esperando.

Sinto meus batimentos cardíacos em meus ouvidos. A princípio, altos, ensurdecedores, mas vão aos poucos se extinguindo, como uma música triste. Um lamento. Como uma marcha fúnebre.

A despedida de quem eu fui até aqui, de tudo o que eu acreditei até esse ponto da minha vida.

Movo-me pela casa, subo as escadas e caminho até o quarto dela, com menos vida do que tinha no segundo atrás. Alice está no berço – jamais vou conseguir chamá-la de outra maneira. Os olhinhos abertos me saúdam, os bracinhos agitados em minha direção.

Sorrio uma última vez, permitindo sentir-me importante como sempre me sentia quando ela precisava de mim. A pego entre meus braços, a acalento em meu peito. Aspiro seus cabelos. Aquilo é tão familiar, tão seguro.

Sento-me na poltrona em frente à janela, como tantas vezes antes, acreditando que seria para sempre. Sua presença curando meu coração quebrado, reconfortando minha alma castigada.

Quanta esperança eu coloquei na sua existência? Quanto amor dediquei àquela ilusão de felicidade?

Eu desejei que fosse o nosso destino. Acreditei que bastaria meu amor para que tudo fosse perdoado. Mas a realidade me alcançou e eu não podia mais fugir da verdade.

Aquela não era minha filha. E, por mais que a amasse como tal, ela pertencia a outra pessoa.

* * *

Os passos mais difíceis que dou na minha vida são para fora da casa de Gael, levando Alice comigo.

Sim, Alice. Ainda há uma pequena parte do meu coração que a sente assim, como eu a chamei por todo aquele tempo em que foi minha filha. Em que encheu meu coração de alegria e contentamento.

Meus pés afundam na areia e o vento castiga meu cabelo, secando minhas lágrimas que se derramam sem que eu possa ter qualquer controle. Alice choraminga e eu a acalmo. Pode ser a última vez.

Percebo que Gael está vindo na minha direção. Seu olhar me diz que ele sabe o que vou fazer.

— Eu vou estar te esperando. — Confirma minha intuição e beija minha testa. Por um momento, tenho vontade de pedir que vá comigo, mas sei que tenho que fazer isso sozinha. Sigo em frente.

A casa de Lívia está aberta e vejo sua figura me esperando à porta. Seu olhar muda rapidamente de meu rosto até a criança em meu colo. Se transforma em puro choque.

— Ana?

Estendo o bebê em meus braços.

— Eu vim lhe devolver Maria.

CAPÍTULO 19 – ANA

Os olhos de Lívia se arregalam em comoção quando ela entende o que eu estou fazendo. Ela caminha em minha direção, aflita para encontrar a criança, com medo, ao mesmo tempo. Como se temesse que fôssemos desaparecer.

Mas sei que é o contrário: sua filha reapareceu. E a minha está indo embora para sempre.

— Maria — ela sussurra com assombro. Com saudade. O olhar descansando na criança entre nós.

Por um ínfimo segundo, ainda hesito, lamentando a separação. Sei que quando cedê-la, não terá mais volta. Algo mudará para sempre, deixará de existir.

É como alguém prestes a dar seu último suspiro que entrego Maria aos braços de sua verdadeira mãe. E ali morro um pouco. Não sou mais mãe.

Meus braços caem em volta do meu corpo, inúteis. Meu coração bate sem propósito ou sentido. Eu observo a criança nos braços de Lívia. Não mais Alice.

Ela me encara, aturdida. Então percebo que Sara está atrás dela, sorrindo de leve em minha direção.

Eu ainda estou com os braços estendidos, como se não sentisse que o peso de Alice, de Maria, se foi deles. Cruzo-os em meu peito, confortando a mim mesma enquanto tento colocar em palavras tudo o que acontecera até então.

— Eu sinto muito por tê-la tirado de você — murmuro. — Eu só queria ter meu bebê de volta. Coloquei todas as minhas esperanças naquele novo ser dentro de mim, mesmo sendo inesperado. Eu seria mãe! Poderia mudar tudo o que eu sabia sobre essa palavra até então. E de repente, ela não existia mais, Alice estava morta dentro de mim. Eu nunca na minha vida me senti tão perdida.

Enquanto embala a bebê em seus braços, com lágrimas escorrendo de seus olhos, Lívia olha na minha direção. Reconheço um sentimento em seu olhar que me emociona. Compartilhávamos mais do que ambas gostariam de admitir.

— Todas as vezes que abriam a porta do quarto, eu pensava "é ela, estão trazendo Alice, foi só um sonho ruim!", mas meu coração se partia mais um pouco quando percebia que nada havia mudado. Sentia meus braços vazios, sem serventia. E quando eu vi aquela bebê linda sozinha no carrinho, naquela praça... Achei, em meio ao meu delírio, que ela estava esperando por mim. Que minha Alice tinha voltado. Que eu poderia ficar com ela, preencher aquele vazio.

Lívia abaixa o olhar para a criança, ainda parecendo incrédula de tê-la em seus braços.

— Eu sei como é esse sentimento... — diz, ao voltar a me encarar. — Eu também senti o vazio quando ela se foi. E não consigo nem imaginar como seria ter certeza que ela não voltaria. Que ela estaria em um lugar onde eu nunca pudesse resgatá-la. Porque o que me manteve viva e respirando foi a esperança de encontrá-la e tê-la comigo novamente.

— Eu sinto muito... — Dou um passo para trás, começando a sentir minhas pernas fraquejarem e meu coração se partindo, dessa vez, sem volta. — Eu sei que deve me odiar pelo que fiz, mas juro que não foi... Ela estava sozinha e eu pensei...

— Eu sei. Gael me disse.

Franzo a testa, confusa.

— Gael?

— Ele acabou de sair daqui e me contou a verdade. Foi ele que disse que Maria estava com você.

Olho para Sara através de Lívia. Ela acena com a cabeça. Lívia continua a falar:

— Ele também me contou sobre Alice, sua filha que morreu.

Falar de Alice é que me faz desmoronar. Então, eu corro. Corro em direção ao mar, pela areia, e só quero gritar. Só quero fazer aquela dor horrível passar.

Alice, Maria... Todas as coisas boas que eu tinha dentro de mim agora não tinham mais função. E eu grito. Grito até não ter mais voz. Até me sentir esgotada, esvaziada.

Em meio aos meus gritos, percebo que Gael está me segurando com força. Sussurrando em meu ouvido que eu não estou sozinha. Pouco a pouco, eu consigo sentir o ar novamente. O vento. O sal do mar.

E o silêncio.

CAPÍTULO 20 — GAEL

Lembro-me da tensão das últimas horas, de como tudo acontecera tão rápido. Assim que me certifiquei de que Jonas encontraria Ana e conversariam, fui até a casa de Lívia, determinado a lhe contar a verdade.

Uma parte de mim sentia como se estivesse traindo Ana. Mas a razão, a parte sensata que sempre me guiou, aquela que nem sempre estava presente quando se tratava de Ana Mondiano, se sentiu em paz.

— O que está dizendo? — Lívia havia empalidecido quando eu lhe dissera, sem preâmbulos, que sabia onde estava Maria.

— Ana a encontrou naquela praça — expliquei, vendo o rosto de Lívia atordoado. — Ela perdeu um bebê, entrou em depressão. Por alguns dias, ela levitou em dor e sofrimento. Ela foi para São Paulo contar tudo para o pai da criança e, quando voltou... Voltou com um bebê nos braços.

— Oh, meu Deus! — Lívia começou a tremer. — Está me dizendo que sua filha, Alice, na verdade é minha filha, Maria? Isso não é possível... É monstruoso!

— Eu sei o que parece — continuei com calma —, não tiro sua razão. Mas é a verdade. Ana encontrou Maria naquela praça e a trouxe para casa.

— Ana roubou minha filha! — Ela se levantou, pronta para sair pela porta. Eu a impedi com facilidade. — Saia da minha frente!

— Precisa se acalmar, Lívia. — É a voz de Sara que escuto atrás de nós. Mais uma vez, ela aparece como uma sombra, como se sempre estivesse ali, conosco, sabendo de tudo o que acontecia.

Lívia não parece capaz de se acalmar.

— Uma mulher louca roubou minha filha e eu tenho que ficar calma!?
O que é isso!?

— Eu sei, é revoltante, mas por favor, peço que escute Gael — Sara
continua.

— Não vou escutar ninguém, quero minha filha de volta!

— E eu prometo que a terá — digo com firmeza. — Por que você acha
que estão justamente nessa praia, Lívia?

Ela se aquieta minimamente, curiosa com o que acabei de dizer.

— Uma colega de trabalho me disse que conhecia uma mulher que poderia me ajudar, que via coisas... — Ela encara a mulher atrás de mim com
raiva. — O que, aliás, não me ajudou em nada! Até agora você só disse para
que eu esperasse, que tudo iria se resolver.

— Essa colega se chama Neiva? — interrompi, antes que se descontro-
lasse novamente.

— Sim, Neiva. Temos amigos em comum.

— Ela é minha mãe.

— Sua mãe?

— Sim — confirmei, agora com mais calma. — Venho pensando em
um jeito de resolver essa situação sem piorar ainda mais as coisas. Eu sabia
que precisava convencer Ana a devolver Maria...

— Você é cúmplice dela!

— Sim, eu sou. — Não havia mais motivos para mentir. — Eu não estou
aqui para me eximir da culpa. Ou Ana. Eu gostaria só que você tentasse
compreender. E que confiasse em mim quando lhe digo que minha intenção é devolver Maria.

— Então me devolva! — pediu, desesperada. — Você não sabe o que é
esse sofrimento, eu só quero minha filha de volta!

— Eu imagino o seu sofrimento, mas eu sei concretamente o tamanho do sofrimento de Ana — continuei. — Ana perdeu Alice dias depois
de perder o próprio pai. Eu não espero que entenda todas as nuances dos
problemas e traumas que ela carrega, mas quero lhe explicar mesmo assim.
Peço que me escute e, ao final, deixarei que decida como lidar com isso.

— Mas, Maria... — Ela olhou para a porta, tremendo, querendo sair
imediatamente para encontrar sua filha, agora tão perto.

Sara toca em seu braço.

— Maria está bem. Eu garanto.

De alguma maneira, Lívia se sentou calmamente, mirando em meus olhos. E assim, comecei o meu relato sobre Ana. Contei tudo o que eu sabia sobre aquela garota complicada e sofrida, que tinha se perdido dentro de si, em seus próprios delírios.

Quanto mais detalhes eu dava, ouvindo minha voz ecoando na sala silenciosa, mais delirante aquela história parecia. Mais instável Ana parecia. Eu só conseguia rezar para que Lívia tivesse algum tipo de empatia em seu peito machucado.

— Sei que talvez seja exigir demais de você, mas eu queria lhe pedir para esperar que Ana devolva Maria.

— Não posso!

— Ana é mãe, assim como você, com certeza você conhece o sentimento melhor do que eu. Como se sentiria se soubesse que Maria nunca mais fosse voltar? Você continuaria sendo sua mãe, mesmo sem uma filha, não é? É assim que Ana se sente.

Lívia me encarou com temor. Eu sabia que meu pedido era um tanto absurdo, mas não tinha nada a perder.

— Eu vou ligar para meu marido! Vou ligar para a polícia!

— Sobre Rui, você tem certeza que ele te disse a verdade todo esse tempo? Confia mesmo nele?

Ela me fitou, confusa.

— O que quer dizer?

— Ana tem certeza de que não havia ninguém junto da criança. Ninguém na praça, nem mesmo um carro por perto.

— Ela mentiu, é claro!

— Ela não mentiu, Lívia. Se tivesse acontecido como Rui disse que foi, ele teria visto Ana por perto, não teria? Uma mulher estranha se aproximando do carrinho de bebê de sua filha? Ana jamais conseguiria correr ou se esconder tão rápido, ainda mais segurando um bebê no colo.

Eu tinha juntado as peças há algum tempo, observando o comportamento de Rui perto de Lívia, seu jeito esquivo, sua falta de sensibilidade com a esposa que tanto sofria. Ele nunca tinha me enganado.

— Você está me dizendo algo muito sério. — Lívia estava a ponto de desmontar completamente, mas eu não teria como amenizar aquela conversa.

— É porque tudo nessa história é muito sério, Lívia.

— O que você está insinuando?

— Não estou aqui para insinuar nada. Estou apenas contando o que eu sei.

Ela não sabia como reagir ao que eu lhe contava. Olhava para os lados procurando alguém que lhe dissesse que aquilo não era verdade. Não havia ninguém.

— Isso não me interessa agora! — Explodiu, finalmente. — Eu só quero minha filha de volta! Vou até sua casa arrancá-la daquela mulher maluca!

— Não será preciso. Ana está conversando com o pai da filha dela, Jonas, explicando tudo o que aconteceu. E eu acredito que é isso que ela precisa para finalmente cair em si e devolver Alice. Se isso não acontecer nos próximos minutos, eu mesmo o farei.

— Como eu poderia confiar em você? — Lívia segue gritando. — Você é completamente devotado a ela para fazer qualquer coisa que ela não queira! Eu vejo como a olha, como a protege...

— Continuar compactuando com Ana, nesse momento, é o que eu poderia fazer de pior para ela — digo com severidade. É nisso que eu acredito, por mais que me doa, por mais que seja completamente contra meu instinto prometer a Lívia que eu irei desafiar Ana.

— Não, saia da minha frente! Saia agora, ou eu... — Ela me empurrou com força e, quando saiu pela porta, avistou Ana caminhando pela areia trazendo Maria.

CAPÍTULO 21 – GAEL

Com o coração aflito eu aguardo Ana sair da casa de Lívia. A vontade de entrar lá e protegê-la é forte, mas sei que Ana tem que fazer isso sozinha.

Algum tempo depois, ela corre pela areia, o rosto tomado de dor e desolação. Cai em frente ao mar. Sei que essa é a hora que eu posso agir. Eu a alcanço quando já está aos gritos, rompendo o ar com seu desespero. Ajoelho-me e a prendo em meus braços. Seguro seu corpo, sacudido por soluços.

— Ela se foi! Eu não tenho mais nada. Meus braços estão vazios!

Embalo seu corpo junto ao meu.

— Está enganada, Ana. Você tem a mim. Você tem a mim.

* * *

Não sei se são minutos ou horas que se passam, perco a capacidade de contar o tempo enquanto cuido dela. Quando seu corpo finalmente descansa – ou desliga – junto ao meu, levo-a para casa, nos braços.

Coloco Ana para dormir em meu quarto, nosso quarto. Ela volta a chorar e assim permanece até dormir. Só saio de seu lado quando sei que não vai mais acordar por muito tempo, de exaustão.

Saio do quarto. A casa agora tão silenciosa sem um bebê. Achei que não sentiria sua partida, mas meu coração está vazio. Em paz por saber que Maria finalmente está com sua verdadeira mãe. Mas vazio.

Sara está me aguardando na sala.

— Como ela está? — pergunta.

— Adormeceu.

— Vou ficar com ela.

— Acha que pode ajudá-la agora?

— Ainda há um longo caminho pela frente. Mas rezarei para que tudo fique bem.

Ela desaparece escada acima no mesmo minuto em que Rui entra furiosamente pela porta de casa. Ele se joga em minha direção, tentando me agredir, me segurar, mas não consegue. Grita palavras confusas pra mim.

— Que merda você disse para minha mulher!? Acha que pode contar um monte de mentiras para proteger seu nariz criminoso e o da sua esposa maluca?

Me livro de suas mãos desajeitadas com facilidade. Ele jamais conseguiria ganhar essa briga.

— Disse apenas a verdade.

— Verdade? A verdade é que eu vou chamar a polícia!

— Por que ainda não o fez? — digo calmamente.

— Porque eu não sei qual bruxaria que vocês fizeram, mas Lívia não me deixa. Ela não larga a criança por nada, não consigo me aproximar. Ela não me quer por perto, vocês a convenceram de que fui eu quem abandonei a bebê!

— E não foi isso que aconteceu, Rui?

— É claro que não!

Dou um passo à frente. Ele recua, com medo.

— Onde estava quando Ana pegou Maria, então? Ana me garantiu que amamentou sua filha ali mesmo, na praça. Isso demora um bom tempo... E você diz que só foi buscar o celular rapidamente no carro? Alguma coisa está errada. Ou você estava lá e não fez nada, o que é tão ruim quanto, ou simplesmente não estava por perto.

Rui claramente não consegue mais me confrontar. Ele começa a girar em torno de si mesmo, desesperado por sua farsa ter finalmente se revelado. Era como se não acreditasse que tivesse feito aquilo. No final, parece que todos nós nos esforçamos para acreditar na nossa versão das histórias. Não somente Ana inventava suas realidades alternativas.

— Eu só queria um momento de paz! — ele grita por fim, confessando. — Inferno, eu só queria um tempo sem aquele choro. — Eu o observo passar a mão nos cabelos, alquebrado. — Eu não queria abandoná-la, só fiquei desesperado. Ela não parava de chorar! Voltei para o carro só por

234 \\

um momento e, sem pensar, dei partida. Eu não queria fazer aquilo! Dei uma volta no quarteirão, foi só isso, mas voltei para buscá-la e... ela não estava mais lá! — Ele me fita com amargura. — Eu não queria que ela se fosse, foi apenas... Quem não tem um momento de desespero?

— Você terá que perguntar isso à sua esposa.

— Ela vai me odiar.

— Hoje eu entendo o valor da verdade, Rui. É a melhor alternativa.

Ele me encara em silêncio. Eu não conhecia Rui, não sabia de seus medos, do que o atormentava. Não cabia a mim julgá-lo, logo eu, que tanto mal tinha feito para aquela família. Eu já estava padecendo sob meu próprio julgamento.

Rui se sentou, finalmente, falando baixo.

— Quando olhei o carrinho vazio, achei que tivesse enlouquecido. Achei que minhas preces mais secretas tinham sido atendidas. Isso faz de mim um monstro?

— Isso faz de você humano.

— Não sei como vou consertar isso.

— Sua filha está de volta, é praticamente um milagre — respondo, pensando que, no meu caso, não seria tão fácil. — Vá para casa, Rui. Deixe que Lívia decida o que quer fazer com essa segunda chance.

* * *

Agora sou eu que contemplo a sala vazia, aguardando que Ana acorde. Parece que toda a minha vida se passou enquanto eu esperava por ela. E continuo assim. Esperaria uma vida inteira se fosse preciso. Toda a eternidade.

CAPÍTULO 22 – ANA

— Eu quero ir ao cemitério.

Essas são minhas primeiras palavras depois de acordar, já no dia seguinte, e perceber que Sara e Gael velam meu sono. Não sei que horas são exatamente, mas uma luz difusa entra pelas janelas de vidro. Eu quero vê-la.

— Eu acompanho você — diz Sara.

Gael concorda em silêncio. Ele não precisa dizer nada. Eu sei que estará me esperando.

Leva um tempo até que percorramos a estrada toda. Sara dirige em silêncio, eu contemplo a paisagem bonita até o cemitério. Desço do carro e sigo por entre as lápides, com a mulher sempre ao meu lado.

Eu só estive ali uma vez, no dia em que ela foi enterrada. Há tanto tempo que parecia outra vida. Paro ao ver a lápide com seu nome.

"Sofia Lehman Mondiano — Esposa e mãe. A sua presença sempre estará entre nós e jamais o tempo fará esquecer."

* * *

Sento-me no banco em frente à lápide com Sara ao meu lado. Num fluxo desgovernado, coloco para fora tudo o que estava engasgado dentro de mim durante todos esses anos.

— Minha mãe tentou me afogar quando eu tinha cinco anos. Até aquele momento, ninguém entendia muito bem o que acontecia com ela. Por que ela era diferente das outras mães na escola, por que sumia às vezes, ou qual era o motivo de ser tão carinhosa e, ao mesmo tempo, tão perdida em seu próprio mundo. Meu pai, que a amava mais que tudo, também não sabia lidar com sua instabilidade, mas nós éramos felizes de um jeito torto e estranho. Acho que ele só percebeu a dimensão de seu desequilíbrio naquele dia.

Paro para respirar por alguns segundos. Sara segura minha mão com força.

— Tia Norma nos levou até a praia, queria que eu conhecesse o mar. Ninguém sabia que minha mãe tinha medo do oceano, mas ela ficou animada quando segurou minha mão e me levou para dentro da água. Eu estava com medo também, mas fui, querendo aproveitar aquele momento de tanta intimidade. Em algum momento, porém, senti suas mãos me empurrando. Tentei agarrá-la, mas ela dizia "Vá, Ana! Deixe o mar levar você". Só não me afoguei porque o salva-vidas da praia foi muito rápido, nem me lembro ao certo como aconteceu.

O vento fica mais forte ao nosso redor, como se prestasse atenção na minha história. Bravo.

— Foi a primeira vez que eu fiquei com medo de meu pai, naquela noite, quando ele soube do que tinha acontecido. Não sei em que ele acreditou. Mas eu não queria ouvir. Não queria acreditar que minha mãe pudesse me machucar. Então, fingi que nada tinha acontecido. E, com todas as minhas forças, acreditei naquilo. Porém, algum tempo depois, eu a encontrei na banheira, praticamente submersa em uma água vermelha. Todos esperavam que eu fosse pequena demais para entender o que aquilo significava, mas eu já sabia que ela não estava mais com vida. Mesmo assim, a sacudi e pedi que acordasse. Ela nunca acordou.

Não tento mais controlar as lágrimas, não há necessidade. Espero que, ao deixá-las ir, finalmente eu possa ter algum descanso. Que minha mente possa se acalmar.

— Nós a enterramos aqui. Eu me lembro da sensação de saber que mamãe não iria mais voltar. Ela tinha ido embora para sempre. E foi isso o que eu comecei a dizer para todo mundo: ela foi embora. Nos abandonou. Não sei por que meu pai não me corrigiu, acho que ele embarcou na mesma ilusão que eu. Era mais fácil. Ninguém questionava nosso silêncio. As pessoas não gostam de falar sobre a morte, ainda mais quando acontece dessa maneira.

Sara toca meu ombro.

— Obviamente sua mãe era uma pessoa com perturbações, Ana. E ela não recebeu ajuda necessária para lutar contra sua doença. — Ela se senta ao meu lado com alguma dificuldade. — Foi uma tragédia o que aconteceu, sem dúvidas, mas você e seu pai deveriam ter vivido o luto. É essencial expressar nossas dores, nós precisamos nos permitir sentir. Se não choramos a dor pela morte de um ente querido, sufocamos. Torna-se algo grande demais para ser suportado.

— Eu não queria aceitar que ela tivesse partido para sempre. Na minha história, se ela tivesse me abandonado, poderia voltar um dia.

— Mas ela se foi, Ana. Ela morreu.

Eu assinto, aceitando a verdade pela primeira vez em todos estes anos.

Minha mãe morreu. Ela tirou a própria vida, e eu nunca fui capaz de lidar com isso.

— O luto precisa ser vivido. — Sara continua: — Uma parte de nós também morre com quem amamos, mas outra parte nasce para que consigamos nos reorganizar e dar continuidade à vida. Você se enganou por tempo demais, Ana. A morte de sua mãe se tornou uma ferida aberta que nunca foi bem cuidada e nunca pôde cicatrizar. E isso fez com que você não conseguisse lidar com a morte de sua própria filha também.

— Alice... — As palavras de Sara se encadeiam dolorosamente na minha mente. Elas fazem sentido. Finalmente algo parece fazer sentido em minha vida.

— Sua vida foi moldada por essa falha e você está pagando o preço. Porém, já é hora de aceitar a realidade como ela é e dar uma chance à vida. Isso já é um grande começo, Ana.

— Eu não sei como fazer isso agora. Como a vida vai continuar depois de tudo? Sinto-me perdida.

— Tenho certeza de que você vai achar o caminho. Ser feliz não implica não sentir dor. Vai haver dor, alguma confusão, alguns erros, mas você vai seguir em frente, pois assim é a vida. Dê um crédito a si mesma, Ana, você passou tempo demais no estágio da negação. Agora que consegue aceitar os fatos como eles são, talvez precise ainda passar por outros estágios para viver em paz com o que aconteceu com sua mãe e, principalmente, com Alice.

Ficamos em silêncio por mais algum tempo, com apenas o vento forte para nos fazer companhia. Pela primeira vez, eu choro pela morte da minha mãe. E choro pela morte de Alice. Parece que não tem fim: as lágrimas brotam de mim sem que eu tenha o menor controle, minha respiração acompanha o ritmo descontrolado com que elas descem.

Mas, em alguns minutos, me acalmo. Respiro fundo, colocando a mão em meu próprio coração. Percebo que este é o momento em que conseguirei deixar para trás tudo aquilo que carreguei durante todos estes anos.

Me despeço de minha mãe e de quem fui. E me despeço de minha filha e de quem eu poderia ter sido.

Retornar para casa tem um sabor estranho. Sinto-me esvaziada, mas isso não é de todo ruim. É assustador, mas significa que posso recomeçar.

Eu volto dirigindo dessa vez, me sinto tranquila. Estaciono no Centro, em frente à feira de artesanato, para deixar Sara. Nos abraçamos por alguns minutos, em despedida.

— Obrigada — murmuro com sinceridade. — Você me ajudou muito.

— Não precisa agradecer. As pessoas custam a acreditar no poder da espiritualidade, Ana. Mas ela existe para nos ajudar a lidar com o que não tem explicação. Dá sentido para nossa existência, seja qual for a linguagem que você utiliza. Não importa a religião.

Ela abre a porta do carro e salta, mas se volta com um sorriso.

— Diga a Gael que eu tinha razão, afinal.

— Tinha? — murmuro, me permitindo ter um pouco de esperança naquela tarde vazia.

— Sim. Ah, e Ana... Só mais uma coisa.

— Sim?

— Sua mãe está sorrindo agora. Ela finalmente está livre para ir embora. Porque sabe que você a está deixando ir. Assim como Alice.

Dirijo para casa embalada pelas palavras de Sara, sentindo uma tristeza doce. Eu sei que a dor no meu peito está longe de ir embora, mas agora tenho a certeza de que ela precisa existir aqui dentro. Para lembrar que eu amei. E que perdi. Mas sobretudo, que eu senti.

E a despedida é o preço que a gente paga por ter amado. Às vezes, é o fim necessário. Eu não vou mais fugir dela, não vou me esconder.

*　*　*

Estaciono o carro e caminho até a casa de Lívia, sem pressa. Eu não preciso entrar para saber que está vazia, intacta, como se nunca tivesse existido vida ali. Os móveis imaculadamente limpos, as janelas fechadas, o ar parado. Não havia mais nada. Será que um dia houve?

Permito-me pensar uma última vez em Maria. Meu coração se aperta de saudade e não consigo evitar as lágrimas, mas sei que ela está bem. Ela está onde é seu lugar.

Estou pronta para sair daquela casa quando me surpreendo com Lívia descendo as escadas. Por um momento, nenhuma de nós fala nada. Então, ela começa a se justificar:

— Eu vim apenas me certificar de que não esquecemos nada... Maria está com minha irmã — ela diz prontamente, como se precisasse me dar explicações sobre a bebê. — Estamos partindo.

— Me desculpe.

É só o que eu consigo sussurrar, olhando fixamente em seus olhos. Não há nada mais a ser dito, eu só posso tentar fazer aquilo da maneira mais direta que existe.

— Ana...

— Sei que você nunca vai me perdoar, mas eu a amei.

— Também não acredito que eu possa lhe perdoar. — Suas palavras me machucam, mas ela continua. — Mas acho que, de certa forma, eu entendo.

Olho para Lívia, incrédula. Não consigo segurar as lágrimas mais uma vez. Ela realmente está dizendo aquilo para mim?

— Eu senti o que é perder um bebê quando Maria se foi. Naquele momento, eu também seria capaz de absolutamente tudo para tê-la de volta. Consigo assimilar o que te motivou, o vazio de ser mãe e não ter um bebê. Eu desejo que você encontre sua paz, seja do jeito que for.

— Eu só desejo que ela seja feliz.

— Ela será.

— E seu marido?

Uma sombra passa por seus olhos.

— Eu a protegerei até dele, se for preciso.

— Sinto muito — digo, mais uma vez. — E eu entenderei se pretender me processar ou chamar a polícia, não sei...

— Não. Nada disso vai apagar o que já passou, pelo contrário. Eu estou em paz agora que Maria voltou para mim.

— Eu não sei o que dizer, não sei como agradecer. Eu... Obrigada, Lívia.

Ficamos em um silêncio profundo, de quem compartilha sentimentos que vão muito além do que a maioria das pessoas entenderia.

Decido ir embora, aquele não é mais meu lugar. Tomo coragem e me viro para sair, mas Lívia me chama.

— E Ana...

Eu a encaro pela última vez.

— Não esqueça da sua filha. Não esqueça de Alice. Guarde-a em seu coração.

Eu assinto, e me afasto. Dou as costas para a casa dos vizinhos e caminho pela praia. A tarde fria cai lentamente quando paro em frente ao mar.

Gael está aqui, como faz todas as tardes. Esse é o seu lugar. O lugar para o qual ele sempre retorna. Eu não tinha compreendido o quanto queria alcançá-lo. Eu fugi de tantas coisas, durante tanto tempo, e agora percebo que meu maior erro foi fugir de mim mesma e dos meus próprios sentimentos. De quem eu era de verdade.

Deixei o medo guiar todos os meus passos e, ao contemplar nosso passado, tudo me parece um enorme desperdício. Gael se vira e nota minha presença. Reúno todos meus novos anseios e insinuo-me para dentro do mar.

Seu olhar atento preso em mim parece incrédulo e confiante ao mesmo tempo. Vou sentindo a água envolver minha pele como o abraço de um amante. E então, Gael está me segurando, me impedindo de afundar. Escorrego para seus braços com o alívio de uma vida inteira de incertezas.

Por um momento, nenhum de nós fala nada. Deixamos a conversa silenciosa de nossos corpos dizer o necessário. É como a calma depois de uma tempestade. Flutuamos como dois náufragos, ancorados um no outro.

É só o que nos resta, um ao outro.

— Me desculpe — sussurro.

— Pelo quê?

— Por tudo. Você sempre teve razão, eu nunca soube quem eu era. Nunca acreditei que alguém poderia me amar como sou.

Ele segura meu rosto entre suas mãos fortes, me obrigando a encará-lo.

— Eu te amo, Ana.

Fecho os olhos, me afogando naquelas palavras doces.

— E se eu for como ela? E se terminar como minha mãe? — Expresso meu maior medo porque sei que, a essa altura, não vou mais assustá-lo.

Gael conhece minhas piores facetas e ainda está aqui. Me segurando firme.

— Você não é como ninguém, você é única.

// 241

— Eu nem sei quem eu sou.

— Então, vamos descobrir juntos.

* * *

Ele me tira do mar e me carrega pela areia até a casa silenciosa em segundos. Meu peito ameaça apertar quando lembro que somos só nós dois agora, mas isso terá que bastar. É um novo começo. Um novo nós, quando ele me põe no chão, ao lado de nossa cama, e descansa o olhar no meu.

— Uma vez você me disse que me queria inteira aqui. De alma e coração — digo baixo. — É desta maneira que estou aqui, agora.

Ele sorri e eu sorrio de volta. Sei que lembrarei deste momento para sempre, quando finalmente parei de fugir e decidi viver.

Suas mãos retiram as roupas molhadas do meu corpo com cuidado e um arrepio de desejo vibra em meu interior, transcende em minha pele. Lembro do longo caminho que percorremos para chegar até aqui, nesse lugar bonito onde eu e Gael somos possíveis. Onde não há espaço para hesitação ou subterfúgios, apenas calor e desejo.

Estendo a mão e sinto seu coração, que bate no mesmo ritmo que o meu, intenso, quente, vivo. Deixo meus dedos percorrerem sua pele úmida, meus lábios provarem o sal do mar em seu corpo.

Estremeço de prazer incandescente quando ele faz o mesmo caminho, mapeando meu corpo com sua língua, com suas mãos, com sua voz, que sussurra palavras doces e quentes em meu ouvido, carícias que derretem minha alma.

E suspiro alto quando ele finalmente se insinua para dentro de mim. Movo-me com anseio, não só pelo meu prazer: mas para saber, depois de tanto tempo, como ele é.

Gael é perfeito. É como se tivéssemos sido feitos para estar assim, entrelaçados de todas as maneiras, na união mais íntima de todas. Mergulho meu olhar no dele enquanto nos movemos juntos. Primeiro para conhecer. Depois para conectar. E por fim, para amar.

* * *

O crepúsculo cai e nos encontra entrelaçados em silêncio. Não há necessidade de palavras ou, talvez, ainda não saibamos o que precisa ser dito. Por enquanto, basta estarmos juntos.

Ainda tenho medo do futuro. Ainda tenho medo das armadilhas da minha mente e de escorregar para lá de novo. Porém, como Sara me pediu, estou começando a ter fé, a acreditar em mim.

Ainda tenho um longo caminho pela frente, mas agora sei que não vou percorrê-lo sozinha.

EPÍLOGO

O verão está especialmente quente este ano. Saio do mercado e coloco as compras no carro, mas em vez de ir para casa, atravesso a rua e caminho pela areia, parando em frente ao mar. Deixo meus olhos percorrerem a praia parcialmente cheia.

Existem famílias inteiras refesteladas na areia, casais de namorados e solteiros em busca de paquera. Mas são as crianças que chamam minha atenção. Estão tão felizes.

Sento-me por um instante e observo as brincadeiras. Um sorriso dança em meu rosto ao ver um garotinho de uns três anos discutindo por um balde de areia com uma menina mais velha.

— É meu! — ele diz, naquele tom imperioso das crianças.

— Não, eu peguei primeiro, Marcus, me dá! — ela choraminga.

Uma mulher se aproxima dos dois com um olhar impaciente.

— Já estão brigando de novo?

— Ele não quer dar meu baldinho!

— Marcus, esse balde é da sua prima, vem aqui pegar o seu! — O menino aceita a sugestão e se afasta com a mãe em busca do próprio brinquedo.

A garotinha enche seu balde de água novamente e começa a fazer seu castelo com areia.

— É um bonito castelo — digo, e ela levanta o olhar, sorrindo.

— Obrigada!

— Acho digno de uma princesa.

— Não quero ser princesa! É de pirata.

— Ah, muito bem, que criativa! — Sorrio enquanto observo ela encher o balde de água mais uma vez.

— Alice! — a mulher grita. — Cuidado com o mar!

Ao ouvir o nome da menina, uma dor aperta meu estômago, como sempre acontece. A garotinha retorna, despejando água sobre sua construção.

— Seu nome é muito bonito.

Ela sorri para mim, orgulhosa.

— Meu nome é Maria Alice.

Olho na direção da mulher que a chamou, me parece um tanto conhecida. Me falta o ar.

— Aquela é sua mãe? — digo, com alguma dificuldade.

— Não, é a tia Clarice.

— E qual é o nome da sua mamãe?

— Lívia.

Empalideço, em choque.

Continuo acompanhando os movimentos da pequena figura. Sim, ela teria a idade de Maria hoje. Maria Alice, ela disse. Será mesmo possível que Lívia tivesse deixado o nome de Alice em sua filha?

— E seu pai, como se chama?

— Meu pai chama Rui.

— Ah! — não consigo conter a onda de emoção agora.

Então aquela era Alice. Maria Alice. A criança que eu tinha amado como minha havia sete anos. Ela estava na minha frente e era linda, saudável, perfeita.

A menininha monta mais uma torre de areia e me aponta o castelo, orgulhosa de sua façanha.

— Sua mãe está aqui? — pergunto. Talvez fosse melhor que eu saísse dali.

— Não, minha mãe está viajando. Ela tem um restaurante muito importante, sabe? — afirma com orgulho, e eu sorrio.

— Eu imagino que sim. Eu também tenho um restaurante!

— Ah é? Você cozinha como a minha mãe?

— Não! — Solto uma risada sincera. — Eu ajudo meu marido a cuidar do restaurante e outras pessoas talentosas como sua mãe que cozinham. E seu pai? — Pergunto, tentando não demonstrar toda a curiosidade que sinto.

— Ele não mora com a gente.

— Ah, entendi. — Então Lívia e Rui não tinham ficado juntos, afinal. Sinto um alívio.

— Estou viajando com a minha tia Clarice e meu primo Marcus. Às vezes eu não gosto do Marcus. Ele rouba meus brinquedos.

Eu abro um sorriso divertido.

— Tenha paciência com ele! Ele ainda é bem mais novo que você.

— Eu tento.

— Alice, vamos embora! — A tia a chama e ela se levanta, recolhendo seus brinquedos.

— Tchau! — Acena para mim, enquanto se afasta na direção da tia.

Contemplo sua figura pequena partindo. Os cabelos longos, castanhos e com cachinhos, dançam ao redor de seus ombros. Uma de suas mãozinhas continua segurando o balde de areia, a outra está grudada na tia. Junto delas caminham o menino, Marcus, e um homem de meia-idade, possivelmente seu tio. Parecem uma família feliz, tanto quanto possível. Até que desaparecem de vista.

Sinto um misto de saudade e consolo enquanto volto para o carro e dirijo até em casa. Rever aquela criança é perceber que ela está bem e feliz. Me faz compreender que eu agi da maneira correta. A vida continuou. Seguiu seu rumo, como tinha que ser.

Voltar para o mundo real, sem subterfúgios ou fugas, foi um desafio. Os primeiros tempos não foram nada fáceis. Mas eu segui em frente, um dia de cada vez. Cada passo, um recomeço. E, às vezes, ainda vacilava.

Saio do carro e sigo o barulho das ondas até a praia. Gael está no mar, no seu habitat natural, onde se sente livre, completo. Eu me emociono ao perceber que, hoje, consigo reconhecer que ele tem muito mais momentos assim ao meu lado.

Por um tempo, eu não acreditei que arriscaria abrir meu coração novamente, mas aconteceu. Com muito medo e uma enorme dose de vulnerabilidade, lancei-me àquela aventura. Agora, junto de Gael.

Foram anos de lutas e descobertas. Sobre mim, sobre meu lugar no mundo e o que eu tinha a oferecer a ele. E, sobretudo, entender cada dia mais que o amor de Gael foi capaz de me salvar de tantas formas. E continuava me salvando.

Toco minha barriga proeminente. São quase oito meses agora. Logo ela chegará.

Sorrio quando meus pés tocam a água. Não há mais medo quando me lanço em frente, enfrentando as ondas que hoje estão calmas. Em direção ao homem que eu amo. Em direção à vida que conquistei.

Sara tinha razão: coisas incríveis esperavam por mim.

AGRADECIMENTOS

Eu cresci lendo romances de banca e, desde que decidi que queria ser escritora, sonhava em publicar pela Harlequin. Então, quando, num dia como outro qualquer, entrei no meu Facebook e vi uma solicitação de amizade da Renata Sturm, gerente editorial da Harlequin, mal pude acreditar.

Daquele dia até este livro estar pronto para chegar às mãos dos leitores, muitas águas (e lágrimas) rolaram. Muita gente colaborou, mesmo que indiretamente, para que este sonho se tornasse realidade.

Assim, meu primeiro agradecimento vai para a Renata Sturm, por confiar no meu trabalho e acreditar neste livro quando ele era apenas uma ideia. Assim como a toda a equipe da HarperCollins, principalmente as fadas sensatas do texto Diana Szylit, Isadora Attab e Bianca Briones. E à Priscila Ferreira, da equipe comercial, por seu entusiasmo!

Agradeço também ao meu agente, Felipe Coubert, por me guiar por todo o processo. Sem sua ajuda, provavelmente eu ainda estaria apenas sonhando.

Às minhas leitoras betas Priscila Gonçalves, Priscila Dias, Alexandra Marcela, Erika Ferreira, Mariana Basseto, Mariana Menezes e Karine Brito. Obrigada por todos os conselhos valiosos.

À minha amiga Ellen, que, além de ser leitora beta, teve que aguentar todos os meus surtos durante a escrita, assim como à minha amiga Lara Brasil, que é uma escritora incrível e me ajudou muito durante todo o processo.

À doutora Luciana Cavalcanti, por toda a ajuda com a pesquisa sobre gravidez, partos e afins.

Às minhas colegas de profissão e de casa editorial, Dani Assis e Sue Hecker, por todas as conversas e conselhos.

À minha mãe, por tudo.

E, claro, à querida amiga Karla Amandio, por sua amizade em todos estes anos e por compartilhar comigo sua história e permitir que ela me inspirasse.

E aos meus leitores. Vocês são a razão de tudo.

Gostou do livro? Tem algum comentário?
Me conta, vou adorar saber!

🌐 *www.julianadantasromances.com*

✉ *julianadantas.autora@gmail.com*

f */JulianaDantasAutora*

🐦 */julianadantas_autora*

*Não deixe de conferir outros livros
publicados pela Harlequin.*

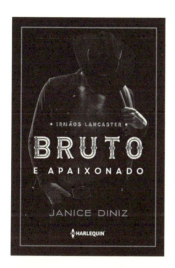
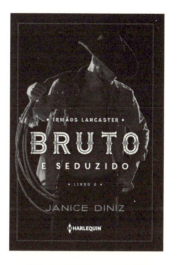
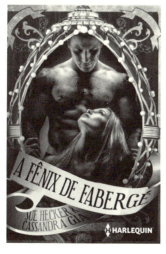

Este livro foi impresso em 2019, pela Lisgráfica,
para a HarperCollins Brasil. A fonte usada no miolo é
Adobe Garamond Pro, corpo 11. O papel do miolo
é Pólen Soft 80 g/m².